幻宮は漠《ばく》野《や》に誘《いざな》う

金椛国春秋

篠原悠希

角川文庫
20896

幻宮は漠《ばく》野《や》に誘《いざな》う

金椛国《きんかこく》春秋

西方への道

遊圭たちの往路
遊圭の復路
玄月の復路
湖
北稜山脈《ほくりよう》
慶城《けいじよう》
北天江《ほくてんこう》
運河
金椛帝国《ジンフア》 帝都

朔露領《さくろ》
天鳳山脈《てんぽう》
康宇国《こう》へ
天鳳行路
夏沙《かしや》王国 王都
死の砂漠
楼門関《ろうもんかん》
砂礫灘《されきなだ》
天竺《てんじく》へ
天鋸行路
朱門関《しゆもんかん》
天鋸山脈《てんきよ》
N

おもな登場人物

星《せい》　遊圭《ゆうけい》……名門・星家の御曹司で、唯一の生き残り。小柄で少女にも見える外見を生かし後宮へ。虚弱体質で、書物や勉学を愛する秀才。

明々《めいめい》……農村出身。生活が苦しく、幼い弟と共に都へ出て来た少女。遊圭を助けたことから、彼と行動を共にする。明るく前向きな性格。

胡娘《こじょう》……元々は異国出身の奴隷で、星家の薬師を務めていた。胡人の楽団に紛れ込み、遊圭を後宮まで追ってくる。西方医薬の知識を持つ。

陶《とう》　玄月《げんげつ》……遊圭と明々が勤める後宮の宦官。女官関連の人事や経理を管理する。有能で人当たりがよく、さらに容姿に優れ、女官たちの人気も高い。

星《せい》　玲玉《れいぎょく》……遊圭の叔母。

司馬《しば》陽元《ようげん》……金椛国の新皇帝。

天狗《てんこう》……遊圭の愛獣。外来種の希少でめでたい獣とされている。

序　金椛暦　武帝四年　春分　初候――燕の南方より至る――

星遊圭《せいゆうけい》は、ガタゴトと揺れる皇族用馬車の窓から外を眺めていた。大陸を横断する長大な北天江《ほくてんこう》を渡るなり一変する茫漠《ぼうばく》とした風景に、都を出て何日が過ぎたのかとぼんやり考える。

北天江を渡るだけで丸々三日もかかった。

数百という人馬の行列と荷車、野外でもその中で不自由なく生活できる皇族用の馬車を積み下ろしする手間もさることながら、北天江は川幅のもっとも狭い渡し場でさえ、対岸の景色は霞《かす》んで見えない。

その大河の北岸をさらに西へ進むにつれ、森は姿を消してゆく。緑は淡く薄茶を帯び、大地はいつしかむき出しの土と変わらない色合いとなっていた。露出した岩肌のそこここに、灌木《かんぼく》の群れが黒い影を落とす。見渡す限り荒涼とした丘が、うねる波のように重なり合い、はるか彼方《かなた》の山嶺《さんれい》へとどこまでも続く。

金椛《ジンファ》帝国にて年賀の朝貢を終え、帰国の途についた夏沙《かしゃ》王国の使節に遊圭が同行して、ひと月が経過していた。

宮城を発《た》ったのは、年の改まった立春の候、東風が氷を融《と》かし始めるころだった。

都をあとにして田園地帯を通り、いくつもの川を遡《さかのぼ》り、あるいは下り、大小の城市に宿泊した。遊圭の故郷から遠ざかるほどに、城市と城市の間隔は長くなり、草原は広く、越えるべき山々が増えてくる。

その間に雪は融け、草木は芽吹きはじめ、桃は花開き、鶯《うぐいす》の声を聞いた。風も陽光も日増しに暖かさを増してゆく。旅の間に見てきた光景を思い返し、金椛《ジンファ》帝国の国土の広さと風景の多様さに呆然《ぼうぜん》とする遊圭の鼻腔《びこう》に、茉莉花《まつりか》の爽《さわ》やかな香りがふわりと満ちる。

遊圭の肩ごしに、麗華《れいか》公主《こうしゅ》が自分も外の景色を見ようと身を乗り出していた。遊圭の膝《ひざ》の上で丸くなっていた西域の稀獣《きじゅう》、天狗《てんこう》が押しつぶされそうになって「きゅう」と抗議の鳴き声を上げる。

「公主さま、お慎みください」

遊圭は顔をしかめて年上の女性をたしなめたが、麗華は皮肉たっぷりに微笑み返す。

「あら、女同士なんだからいいじゃないの」

輿入《こしい》れ道中の公主が、窓から顔を出すことの軽率さを咎《とが》めた遊圭に、麗華は健康な男女がひとつ馬車の中、触れ合う近さで同乗している事実とすり替えてはぐらかした。

麗華は丸く削《けず》らせた長い爪の背で、狸にも似た灰褐色の小獣、天狗の背中をくすぐる。天狗は尖《とが》った鼻を上に向けて白い毛に覆われた首を見せ、そこも撫《な》でて欲しそうにきゅうきゅうと鳴いた。

「公主さま――」

遊圭は否定も肯定もできず、いっそう眉間《みけん》にしわを寄せて嘆息する。

確かに並んで座るふたりの見た目は、妙齢の女性同士ではある。華やかな衣裳《いしょう》と宝飾品で着飾った公主とは対照的に、遊圭は尼僧の頭布で首と髪を覆い、薄めに白粉《おしろい》をのせ、頰と唇を淡い紅で彩っていた。ふくよかで柔らかな美を具《そな》えた麗華公主とは正反対の、ほっそりとした繊細な美少女といった容子《ようす》である。

ただし、声を出さなければの話だ。

公主をたしなめる遊圭の声は、女性にしては低く掠《かす》れている。かれが実は元服前の男子であることを知っている公主と近侍の前では、遊圭はこの任務に就く直前に特訓させられた高い声を作ることはしない。

諸事情あって二年と半年前に一族郎党を失い、お尋ね者となった星遊圭は、極寒の冬を生き延びるために、出自を隠して性別を偽り、後宮に隠れ住むことになった。思春期の二年間を女装で生き抜いた遊圭は、昨年の秋にようやくその諸事情から解放された。

帝都の片隅で、ふつうの男子として新しい生活の基盤を築こうとしていた遊圭が、このように女装させられて、ふたたび皇族の近侍として駆り出されたのは、平たく言えばこの三つ年上の麗華公主の思いつきだ。

「誰が見ているかわかりません。痛い腹を探られぬよう、御用心くださいませんと」

遊圭は真面目くさった顔で言い返した。

公主が軽々しく窓から顔を出すのも困ったものだが、健康な未婚の男女がひとつ馬車に同乗していることが部外者に知られては、麗華の評判や遊圭の命だけではなく、金椛《ジンファ》帝国の威信にも傷がつく。

「それじゃ、お前がこっちにきなさい。私が窓際に座るわ」

「婚礼を前にした公主さまが、気安く窓から顔をお見せになるものではありません」

遊圭は無駄だと思いつつ、今度ははっきりと麗華に行為の軽率さを注意した。

どちらが年上かわからないほどの、麗華のはしゃぎようと遊圭の落ち着きぶりだ。

「遊々《ゆうゆう》。いつまでもそんなしかめっ面していたら、運を逃がしてしまうわよ。うちのご先祖様の尻拭《しりぬぐ》いにお前を巻き込んだのは申し訳ないけど、金椛《ジンファ》皇室という同じ船に乗り合わせてしまった者同士、最後までわたくしたちの義務を果たしましょう」

麗華公主の屈託のない笑顔を、遊圭は直視できずに視線を落とした。

遊圭が後宮にいた間、麗華公主は皇太后であった実母が主犯であった、今上帝《きんじょうてい》に対する謀叛《むほん》に巻き込まれた。同じ宮で育った麗華を、同母の妹のように愛《いと》しむ皇帝陽元《ようげん》の情けで連座こそ免れたものの、宮廷に居場所のなくなった麗華は出家の道を選んだ。

麗華は未婚のまま、残りの人生を尼寺で平穏に送るはずであった。ところがこの新春、金椛帝国の国難を救うかもしれない政略結婚が持ちあがったことで、麗華の運命は大きく変わることになる。

「ですが、本当にいいのですか。公主さま。わたしたちが失敗すれば、公主さまのお命も危ない。主上《しゅじょう》もどうしてこんな危険な任務を公主さまに……」

「あら、わたくしにとって危険なことは何もないわ。あちらの宮廷で暗躍するのはお前たちでしょ」

軽い口調で言い放った麗華は、絶句する遊圭に柔らかな笑みを見せる。

「お話をいただいたとき、このわたくしがお兄さまのお役に立てるのなら、こんな嬉《うれ》しいことはないと思ったわ」

かつて死に直面した母親の最後の願いを叶《かな》えたことで、結果的に陽元を裏切ったことへの罪滅ぼしだというのなら、それは間違っていると遊圭は言おうとした。しかし、麗華はその考えも読み取ったように、人差し指を立てて首を横に振った。

「それに、漫然と尼僧院で老いていくより、この世で誰かのために、何かを為《な》したいの」

母親の永《えい》氏の陰謀が露見したのちは、反逆者の娘として宮中に居場所もなく、尼僧院へ移ったのちも遠巻きにされていたことは想像に難くない。麗華の孤独な月日を思うと、遊圭はやりきれない気持ちになり、口も重くなる。

そんな遊圭の物憂げな表情には目もくれず、麗華は北西に広がる荒涼とした風景をうっとりと眺めた。

「本当に、この砂漠の果てに玻璃《はり》の宮殿を黄金や宝玉で飾りたてた王国があるの？　硝子《ガラス》の夜光杯や、水晶や琥珀《こはく》を鏤《ちりば》めた黄金の衝立《ついたて》、孔雀《くじやく》の羽を織り込んだ絨毯《じゆうたん》で大理石の床を覆いつくすという国々が？」

「ここはまだ砂漠とは言えません。公主さま。谷間には川も流れていますし、水路の続くところまで耕作地もありますので。夏沙《かしや》は小さな王国ではありますが、天鳳行路《てんぽうこうろ》に連なる交易都市を、半分以上領有する商業の盛んな国です。東西の産物にあふれ、豊かに富み栄えた王国だとは伺っております」

遊圭も都から馬車で三日以上の距離を離れたことはなく、国境までの地理については、書物やひとの話から学んだ知識しかない。そういう意味では麗華と同じくらい、これから向かう異国のようすについては無知であり、興味津々ではあった。

「ねぇ、雲って、あんなに低い所まで降りてくるものかしら。薄暗くって、なんだか雨になりそうね」

熱心に斜め前方を眺めていた麗華が、不安そうな声で訊《たず》ねる。遊圭は腰を浮かせて窓枠につかまり、麗華の頭上から顔を出して外を見た。

丘の稜線《りょうせん》に沿って、広く薄黒い靄《もや》が立ちのぼっている。はじめはそれがなんであるか遊圭にもわからなかった。しかし、この光景は何かの予兆であると書で読んだ覚えがある。不吉な予感に、遊圭は天狗《てんこう》を胸に抱きあげた。

あれは迫りくる軍勢の立てる砂塵《さじん》であると、遊圭がようやく思い出したころには、公主の馬車は完全に止まっていた。護衛の錦衣《きんい》兵たちが幾重にも公主の馬車を取り囲んで盾を並べ、防御陣を組んでいる。

「玄月《げんげつ》さん！」

窓辺に馬首を寄せてきた騎手へと、遊圭は声をかけた。いつもの薄墨色の直裾袍《ちょっきょほう》ではなく、空色を基調とした乗馬用の袍をまとった白皙《はくせき》の青年陶《とう》玄月は、老成した見た目に反して、少年のようなつるりとした頰をしている。

錦衣兵の間に走る緊張を感じとった遊圭は、ほぼ地声で宦官《かんがん》の玄月に問いかけた。

「盗賊団の襲撃ですか」

玄月は焦りや怖れを顔に浮かべることなく麗華に目礼し、低く透き通った声で、落ち着き払って答えた。

「おそらく。次の城市、慶城太守《けいじょうたいしゅ》の迎えにしては、規模が大き過ぎます。朝貢帰りの回《かい》賜《し》の使節は、金椛《ジンファ》の財宝を山ほど運んでいるため、ただでさえ山賊には狙われやすいものです。さらに降嫁道中の公主を捕えれば、納采《のうさい》の金銀絹といった財貨を奪えるだけでなく、身代金もとれて一石三鳥」

「相変わらず、他人事《ひとごと》みたいに言ってのけるわね」

麗華は手にした羽扇《うせん》を上下に振って玄月を非難する。玄月は秀麗だが冷然とした面を謹直に保ち、麗華へと言葉を返した。

「慌てふためいたところで、どうにもなりません。敵の数がまだ判明しませんので、防御の陣をとらせています。大家《ターチャ》は選《え》り抜きの錦衣兵をつけてくださいました。公主様におかれましては、どうか御心配なさらず。しかし万が一ということもありますので、いつでも騎馬や徒歩で移動できるよう、軽装にお着替えください。遊々」

玄月は遊圭に目配せで窓を閉じるように指図し、馬車から離れた。

「ちょっと、外が見えなくなっちゃうじゃない。襲われるかもしれないのに」

天狗《てんこう》を座席に置き、窓を閉めた遊圭に、麗華が文句を言う。

「だから閉めるんです。流れ矢が飛んできたらどうするんですか」

言ったそばから、ダンッという音とともに、衝撃で馬車が揺れた。麗華と、着替えを手伝おうと立ち上がりかけていた近侍の女官が、同時に悲鳴を上げる。

「何が『御心配なさらず』よっ」

馬車の壁越しに玄月を罵《ののし》る麗華をよそに、遊圭は座席の下の衣裳箱から宮官服《きゅうかん》を引っ張り出して麗華に渡す。

「公主さまには、目立たない服にお着替えしていただかなくてはなりません」

そうしている間にも、鏃《やじり》が鈍い音をたてて薄い窓の戸を貫いた。たて続けに車体に走る衝撃と、馬車に射込まれる矢の音に、近侍は蒼白《そうはく》になって震えている。

「窓から離れていれば大丈夫です。壁は頑丈に作られていますから、鏃も簡単には貫通しません」

恐ろしさに足が震えるのは遊圭も同じなのだが、公主を前に泣き言は言えない。それに、皇族用の堅固な馬車に守られている自分たちはともかく、盾一枚でその身を守る錦衣兵、荷車を押す大勢の車夫や馬丁、馬や徒歩で随従してきた女官や宦官たちは、身を潜める物陰も充分になく、危険に曝《さら》されているのだ。

それを証明するように、外からは甲高い悲鳴がいくつも聞こえてくる。

麗華が動きやすい宮官服に着替え終えたとき、扉が外から開かれた。ひっと息を呑《の》む麗華を庇《かば》うように、遊圭が前に立つ。遊圭の足元から天狗《てんこう》がぱっと飛び出し、扉を開けた人物の肩に飛び乗った。遊圭は、緊急事態に動じない玄月の端然とした表情に、ほっと胸を撫《な》でおろした。

「戦闘が始まったのですか」

「まだ、威嚇の矢を射かけられただけだ。しかし、数が多い。我らが錦衣兵と夏沙の護衛兵だけでは対抗しきれないかもしれない。公主さまの替え玉を用意させた。そなたは脱出の準備を」

改めて見れば、玄月はいつの間にやら細かな鱗《うろこ》状の鉄札《てつさね》を綴《つづ》った胴鎧《どうよろい》を着こみ、腰には剣を佩《は》いている。肩甲《かたよろい》や腕覆いのない簡素な鎧だが、宦官で文官の玄月が臨戦態勢をとっているとなれば、事態は深刻化しているということだ。

馬車を降りた遊圭は、車体の陰から顔をのぞかせ、砂塵につつまれた丘を見上げた。西天を覆うばかりの砂塵を背景に、丘の斜面は武装した集団でびっしりと黒く染まっている。矢の雨で威嚇し、こちらが腰を抜かして財宝を放り出し、逃げ出すのを待っているのか、不気味な沈黙を守っている。

「あれは山賊なのですか」

遊圭のかすれ声に、玄月が答えた。

「いや、あの統率のとれた動きは軍隊だな」

「まさか、ここはまだ我が国の領土ですよね。公主の行列を襲うなんて、どこの軍だというのですか」

目をこらして見ても旗も幟《のぼり》もないが、徒士《かち》だけでなく百を超える騎馬が整然と並んでいる様は、ただの山賊集団ではない。半年前に今上皇帝に反旗を翻し、処刑された旺元《おうげん》皇子の残存勢力かと玄月に訊ねる。

「その可能性は低い。旺元皇子の後見だった李徳兵部尚書《りとくへいぶしょうしょ》の本拠地は、東南部の揚州《ようしゅう》にあった。頭を潰《つぶ》された私兵どもが、帝都の反対側であるこの西部の辺境まで、皇軍に見つからずに移動することは不可能だ。それに」

玄月は拾い上げた矢を遊圭の目の前でくるりと回した。

「これは北部の辺境で使われている矢だ。金椛《ジンファ》帝国の公主が、夏沙の国王に嫁ぐことを善しとしない北辺の諸侯か、あるいは北狄《ほくてき》の王が送り込んだ賊の可能性はある。略奪に慣れた北辺の兵士なら、国境守備の目を盗み、少数ずつ侵入して、僻地《へきち》に埋伏し獲物を待ち伏せることは難しくはないだろう」

学問の講義でもしているような淡々とした説明ぶりに、遊圭はあきれた。

「そんなに冷静でいられるってことは当然、玄月さんはこの襲撃を予期していたんですよね。わたしには何の警告もありませんでしたが」

遊圭の詰《なじ》るような口調にも、玄月は眉《まゆ》ひとつ動かさない。

「都を発《た》ったときは、さほどの脅威とは思われていなかった。北狄の大氏族、朔露《さくろ》の王は現在、西海の北岸を越えて遠征中につき、南東に兵力を割く余裕はなかろうというのが、夏沙国王の見解だった」

　高低差のある草原が、大洋にうねる波のように果てしなく続く北の大地は、長大な帯のように大陸の東西を横切り、西の大海へと続いているという。

　最も整備された街道を、休みなく馬を走らせても、横断に片道一年は要する広大な大陸。その大地を黒く染めあげて邁進《まいしん》する軍隊というものを、宮城と都、そしてその周辺の、のどかな田園地帯しか知らない遊圭には想像することもできない。

「夏沙の国王が我が国の姻戚《いんせき》となることを願ったのは、ここのところ北方に勃興《ぼっこう》してきた朔露《さくろ》国を警戒したためだ。烏合《うごう》しては対立し、まとまりなく集散分裂する北方の民をまたたくまにまとめ上げた朔露の王は、剽悍《ひょうかん》にして残忍。帰服を誓わねば都市ごと滅ぼし、その軍の過ぎたところは、蝗《いなご》の群れに食い尽くされたかのように何も残らぬという」

　ちょっと待ってくれと遊圭は思った。そんな話は聞いていない。遊圭が命じられたのは、金椛《ジンファ》帝国に滅ぼされた前王朝の亡命者が国外に持ち出し、夏沙王国のどこかに秘匿しているという天文記録の文書——『天官書《てんかんしょ》』の探索だ。

　金椛王朝の前に中原《ちゅうげん》を支配していた紅椛《ホンファ》王朝が滅亡した折、都の官衙《かんが》が火災に見舞われ、多くの貴重な文献や書籍が失われた。天文寮も焼け落ち、朝廷の祭祀《さいし》に必要不可欠な、千年を超える暦の蓄積と、天体観測の記録もまた焼失したと思われていた。

　これは新しく王朝を打ち建てようとする金椛の皇室にとって、大変な損失であった。

そして同時に、国家の極秘事項にしておかねばならない醜聞でもあった。農業を基盤とする中原において、天体に示される四季の運行を正確に把握し、吉凶の兆候を正しく予言し、対策を講じるのは、天命を受けた為政者として必要不可欠な義務であるからだ。

実際の観測や予言を行うのは、天文関係の役所である太史監《たいしかん》であり、長官の監正《かんせい》とその配下の天文博士らであるが、彼らとて正確な記録がなくては予測は立てられない。

それでも、各地から寄せ集めた継ぎ接《は》ぎだらけの記録や、前後のそろわない写本をもとに、初代と二代の皇帝は大過なく祭事を切り抜けてきた。しかし、天子の権威を根本的に問う天の警告、日蝕《にっしょく》の周期記録は現在も失われたままである。

それが年が明けてすぐ、天文記録のほとんどが亡命者とともに西方に流出していたことが、ようやく突き止められたのだ。

予測の立てられない次の日蝕が起きる前に、第三代皇帝の陽元は、国外に盗み出された日蝕の周期表を取り戻さなくてはならない。

前皇太后によって傀儡《かいらい》の皇帝となるべく育てられた陽元には、朝廷にも後宮にも信頼できる側近は多くなかった。夏沙王国から公主の降嫁を要請されたのを幸いに、夏沙宮廷の奥深く入り込むための女装ができて、かつ煩雑な文書処理能力に定評のある遊圭に白羽の矢が立ったのも無理はない。

「夏沙の王都にすら生きてたどり着けない可能性があったのに、公主さまとわたしを辺境に送り出したっていうんですか！」

姓名と素性を偽る必要もなく、市井で平穏な生活を確立しつつあった遊圭にとっては、見過ごせない問題だ。しかし玄月は涼しい顔で言ってのけた。

「朔露国の脅威が、雑兵とはいえ我が国の領土内まで侵していたことは、確かに当方の見込み違いではあった。夏沙の使節がもたらした情報は、いささか古かったとみえる。だが、いまそれを言っても何も始まらん。こちらの兵力が劣るとは決まっておらぬし、慶城からも迎えの護衛部隊がこちらに向かっているはずだ。そう悲観的にならずに、いまはこの窮地を切り抜けることを考えろ」

ふたりがやりとりをしている間にも、丘の上の軍勢は、蜜《みつ》を嗅《か》ぎつけた蟻の群れのように動き始めた。水が低きへ流れるように、こちらへと押し寄せてくる。矢を射かけてこないのは、矢が尽きたのではなく、獲物を傷つけないためだろう。

「五百、いや七百はくだらないな」

全容を現した襲撃者に舌打ちをした玄月が、肩越しにふり向き左手で合図をした。それを待ち構えたようにふたりの娘子《じょうし》兵が進み出る。

大柄で見るからに逞《たくま》しく、女装した好青年と間違えそうな林凛々《りんりんりん》と、娘子兵の兵装に身を包んではいるが、実は皇室お抱えの薬師《やくし》、胡娘《こじょう》ことシーリーン。どちらも並みの兵士よりも腕の立つ女性だ。

凛々の玄月に対する忠誠心は硬玉よりも固く、そして生来病弱な遊圭が五歳のときから星家に仕えてきた胡娘は、遊圭を我が子のように慈しんでいる。どちらも、この危険な任務に自ら同行を志願してきた、頼りがいのある得難い味方であった。

遊圭の背中越しに、不安そうに外を見回す麗華公主に凜々が手を貸し、馬車から降ろした。それと入れ替わるように、薄手の革胴着の上に美々しい公主の衣裳《いしょう》を着けた娘子兵が馬車に乗り込んだ。そのあとに、同じような軽武装を宮官の衣裳で隠した娘子兵が続く。守りが破られたときに身代わりとなり、麗華たちが逃げ延びるまで囮《おとり》の役目をする者たちだ。

遊圭と麗華たちは、より軽量で快速な二頭立ての荷馬車に乗り移る。

「あのひとたち、大丈夫かしら」

麗華は不安げな顔で、先ほどまで自分が乗っていた豪華な馬車へ目をやった。凜々が女性にしては低く太い声で励ます。

「御心配なく。彼女たちは我が隊の精鋭です。おとなしく捕われることはありません」

麗華と遊圭を乗せた荷馬車が、皇族用馬車から離れた場所に落ち着いたころには、夏沙国の朝貢使節団は、雪崩のように押し寄せてくる賊軍と戦闘を開始していた。行列の前方、国境へと続く街道はもはや、立ち込める砂埃《すなぼこり》で何も見えない。公主の降嫁に付き従ってきた宦官《かんがん》や女官たちは、馬車や荷車の陰に隠れて、怒号と剣戟《けんげき》の音に怯《おび》えて身を寄せ合い、震えるばかりだ。

荷を捨て、公主と遊圭のみを乗せた荷馬車を御する宦官は、緊張のために歯を食いしばり、頬を引きつらせている。

誰もかれも、命がけなのだ。

天狗《てんこう》も荷馬車に飛び乗り、遊圭の足元で四肢を踏ん張った。

この西域由来の稀獣《きじゅう》は、幼獣のころから育てれば、人の言葉を解するのではと思われるほど賢い。細くとがった鼻と丸みを帯びた顔が狸に似ているが、前足は熊のように器用で、物をつかむこともできれば、木に登ることもできる。皇后の宮で養われている皇太子翔《しょう》の愛獣であるが、飼い主や懐いている相手がどこにいても探し出す能力を見込まれて、いざというときの連絡用に玄月が借りてきたものだ。

風下にいる遊圭たちは、袖《そで》で顔を覆っていなければ、吹き付ける砂塵《さじん》で目を傷め、風に乗って飛来する血臭に吐きそうになる。中天にある太陽は砂塵に黄色く霞《かす》み、遊圭はこの長旅で初めて、丸裸で異郷に放り出される恐怖を芯《しん》まで味わうことになった。

人々の叫びと物の破壊される音、金属の打ち合わされる騒音にまぎれて、現状を報告してくる伝令と、それに応《こた》える玄月の声が聞こえてくる。夏沙国使節の護衛兵は多くが斃《たお》され、前方では略奪が始まっているらしい。錦衣《きんい》兵の一部が夏沙の兵を援護するためにそちらに移される。

それを待っていたかのように、突然近くで雄叫《おたけ》びが上がった。丘を迂回《うかい》して忍び寄っていた賊軍の一隊が、替え玉公主の乗る六頭立ての馬車をめがけて襲い掛かったのだ。尻《しり》に火でも点《つ》けられたように御者が鞭《むち》を振るい、怒号と鞭の痛みに驚いた馬が走り出す。

予《あらかじ》め開いておいた逃走路を、皇族用の馬車は一気に疾走する。毛皮を着こんだ襲撃兵らは、馬の腹を蹴《け》ってそのあとへと追いすがった。

「うまく餌に食いついてくれたようだな」

土煙の中から、遊圭の隠れる荷馬車の横に姿を現した玄月は、この混乱にもまったく動じたようすはない。

「すべて計画通りですか」

半眼になって応じた遊圭に、玄月は「まだ油断するな」と釘《くぎ》を刺した。その言葉を聞き届けたように、徒歩《かち》のため馬車の速さに追いつけなかった賊が引き返して、財宝を積んだ荷車や無防備な女官たちを襲い始めた。

騒乱はたちまち遊圭の近くまで押し寄せ、公主を守る宦官兵や娘子兵らが武器をとり、賊兵を近づけまいと奮戦する。遊圭らの荷馬車をめがけて走り寄る賊は、耳当てのついた革の帽子と、同じく革の胴巻きに熊や狼の毛皮を羽織り、腕には青銅の籠手《こて》を嵌《は》めている。武器は戦斧《せんぷ》か、幅広く刃渡りの短い湾曲刀。明らかに異国人の戦士であることが知れる。

少数の随身《ずいじん》と、女官か宦官ばかりの周囲に護衛兵はいないものと侮り、敵兵が車上の遊圭につかみかかろうとした。その首に、玄月はためらいなく抜き放った長剣を叩《たた》きこむ。迸る《ほとばし》血潮から、遊圭はとっさに両手を広げて麗華を庇《かば》った。袖や肩に降り注ぎ《し》、衣服に浸み込んでくる血の温かさと鼻を刺す鉄臭に、虚勢も限界に達した遊圭はどうしようもなく手足が震え、身がすくむ。

「行け！」

玄月の命令に荷馬車は動き出し、遊圭の知らない方向へ向けて走り始める。同じように、いくつもの荷馬車が方向を定めずにその場からの逃走を始めていた。

頭を抱え、悲鳴を上げ続ける麗華に覆いかぶさり、荷台の縁にしがみつく遊圭には、状況を見回す余裕などない。これも敵襲に備えた玄月の対策と信じて、避難先を知る御者の腕と判断に、身を委《ゆだ》ねるしかないのだ。

戦闘の喧騒《けんそう》が遠ざかると、馬蹄《ばてい》の音が追いすがってくるのが聞こえた。敵かそれとも味方が追いついてきたのか。揺れる荷台の上で、麗華の頭にあごをぶつけることのないよう用心しながら、遊圭は少しだけ顔を上げて背後をふり返った。

右のうしろに追従してくる娘子兵姿の胡娘に、遊圭は心から安堵《あんど》した。真鍮《しんちゅう》の鋲《びょう》を打った革の冑《かぶと》は赤く染められ、その下からなびく麦藁《むぎわら》色の髪は、異国の戦女神のようだ。胡娘が時々背後を振り返るところを見ると、左側から聞こえてくる馬蹄の音は警戒する必要のない味方のものなのだろう。凜々か玄月のどちらかだ。

財宝を捨てて逃げたことで、襲撃者たちは目先の略奪に気を取られたはずだ。女官を乗せて逃げる荷馬車は一台や二台ではない。このまま逃げ切り、最寄りの城市に駆け込んで保護を求めれば助かる見込みは大だ。

いつのまにか悲鳴を上げるのをやめた麗華は、遊圭の細腕を握りしめ、涙を滲《にじ》ませた目を開いて前方をしっかりと見据えていた。うかつに口を開けると舌を噛《か》むため、慰めることも励ますこともできない。疾走する荷馬車から振り落とされないように、どちらも荷台の縁にしがみつき、踏ん張る両手両足に力をこめる。

耳をつんざく馬の嘶《いなな》きに、遊圭は驚いて背後をふり返った。遊圭の瞳《ひとみ》に映ったのは、前方にとんぼ返りでもするように宙を舞う胡娘《こじょう》の背中だった。そのうしろに沈みゆく馬の鬣《たてがみ》と尻に突き立った数本の震える矢羽が、一瞬だけ視界に入る。

「胡娘ーっ！」

遊圭は大声で叫ぶ。全力で疾走する馬から投げ出されて、無事でいられる人間が果たしているのだろうか。左へ目を移したが、追いすがる敵を迎え撃とうと、馬首を返して鉾《ほこ》を水平に構えた凛々の後ろ姿がちらりと見えただけだった。

幾人かつけられていた宦官兵の姿もなく、玄月も見失った。いまどこを走っているのか、見当もつかない。埃と焦慮にのどを焼かれながら御者に呼びかけようとしたが、いきなり方向転換した荷馬車に、遊圭は片手で麗華を抱きしめたまま側壁に叩きつけられた。側壁と麗華の板挟みとなって肺の空気がすべて押し出され、遊圭の意識は一瞬遠のきかけたが、復活した麗華の悲鳴に正気に戻る。

目を上げると御者台に人影はなく、ただ興奮して走り続ける二頭の馬の尻が見えるだけだ。先ほどの衝撃で振り落とされたのか、天狗《てんこう》の姿も見えない。このまま荷馬車が壊れることなく、馬が疲れて止まってくれれば僥倖《ぎょうこう》というものだが、やはり世の中そう甘くはない。制御する者を失った馬は走る道を選ばず、進む先が道かどうかも頓着《とんちゃく》することなく、大小の岩が突き出し転がる荒れ地や、縦横に木の根の張った疎林へと突っ込んでいく。飛び跳ねる荷馬車がいまにも分解して、自分たちも地面に投げ出され、首の骨を折るのでは、という恐怖を必死でこらえていると、両側から数騎が肉薄してきた。二頭の馬車馬は泡を吹きながら減速してやがて止まった。

霞む目を開いて、救援者の姿を認めた遊圭の心臓が早鐘を打つ。毛皮や筒袖《つつそで》、戦斧や弓矢で武装した三人の賊兵に囲まれたことを知ったからだ。

早口で交わされる彼らの言葉は理解できない。ただ、その埃と血にまみれた顔に浮かんだ喜色から、獲物を手に入れた男たちの考えは察することができた。

遊圭は痛みでバラバラになりそうな四肢を叱咤《しった》して、麗華を背後に庇う。女声を作ろうにも埃と渇きで痛むのどからは、ガラガラ声しか出せないことだろう。

武器はない。言葉の通じない捕食者に交渉する手立てもない。麗華を公主ではなくただの女官と見做《みな》しているのなら、戦利品としてどうすることも彼らの思うままだ。しかも遊圭は実は女ではなく男子なので、ばれたらその場で殺される。

異国の兵士らは、下卑た笑みを顔に張りつかせて近づいてくる。異民族に略奪された女は凌辱《りょうじょく》された挙句、命があれば奴隷として売りとばされる。麗華をそんな運命に落とせないと思いつつ、遊圭にはこの窮地を逃れる手段は思いつかなかった。

必死で頭を働かせようと敵兵らをにらみつける遊圭の手に、何か細く硬いものが差し込まれた。麗華が髷《まげ》から引き抜いた簪《かんざし》の一本を、遊圭に渡したのだ。

「おとなしく押し倒されるふりをして、心臓を一突きすればいいのよ」

小声でささやかれて、遊圭はごくりとのどを動かした。麗華の手にも、遊圭に渡したのと対になる細長い簪が握られている。遊圭は急いで簪を袖の中に隠す。

「でも、あとひとりは」

「二対一になれば、なんとかなるわ」

さすが公主というべきか、いよいよ窮地に陥り、肝が据わったらしい。遊圭はうなずいた。相手の動きから目を離さず、麗華をかばいながら荷台の上をあとずさる。

「簪の長さと強度では、心臓は無理です。狙うなら――」

遊圭がそっと麗華の首筋をあごから耳の下へと撫《な》でたとき、先頭のひとりが荷台に足をかけ、ひとまたぎで遊圭の目の前に立った。頭布がむしりとられ、艶《つや》やかな黒髪と薄化粧をほどこされた、凜《りん》とした細面が露《あら》わになる。

生まれつき病弱で食の細い遊圭は、元服を前にしても体格は華奢《きゃしゃ》で、女官服を着ていても違和感がない。むしろ男性用の袍《ほう》は肩や身幅が余るくらいだ。おそらく化粧をした華奢な男など見たことのない北方の戦士は、頭布を外した硬質な面差しの遊圭を前にしても、女官であることを疑ってはいないはずだ。

「遊々、あきらめてはだめよ」

麗華の耳打ちに、遊圭はわずかにうなずいた。ここで自分が殺されてしまったら、叔《お》母《ば》の玲玉《れいぎょく》と従弟《いとこ》たちは、金椛《ジンファ》の皇室で頼れる外戚《がいせき》がひとりもいなくなってしまう。孤立無援の中で、予測できないまま日蝕《にっしょく》が起き、陽元がその責任を取らされ帝位を廃されては、遊圭の悲願である星家の再興も叶《かな》わない。現皇室を救うためには、失われた記録を探し出し、なにがなんでも帝都に生きて帰らねばならないのだ。

八つ手のように大きな賊兵の手が、遊圭の肩をがっちりとつかむ。そのまま宙に吊《つ》り上げられるようにして、麗華から引き離された。ふたりめの兵士が踏み込んで麗華を担ぎ上げる。遊圭は反射的にふり返り、制止の声をあげそうになったが、麗華の必死の目配せで思いとどまった。敵を斃《たお》すなら、ふたり同時に行動を起こさなければならない。どちらかが仕損じれば、たとえひとりを斃せたところで、非力な遊圭と麗華で屈強な男ふたりと対峙《たいじ》することになり、万事休すだ。

抵抗するより、相手の懐に入って急所を突くことに集中する。

袖の中の簪を握りしめた遊圭は、木偶《でく》のように荷台から引きずりおろされ、地面に突き倒された。体を丸くして転がり、息の詰まるような打撲を避ける。すぐに襟首をつかまれ、深衣《しんい》の袷《あわせ》をはだけられる。獣臭さと垢《あか》じみた男の体臭に、遊圭は込み上げる吐き気をこらえ、乱暴に突き転がされながらも相手の隙と急所を窺《うかが》った。

かつて、医生《いせい》官となるために金椛《ジンファ》帝国の薬医学の基礎を修めた遊圭は、虚弱な体質もあって戦うことは無理であったが、人体の弱点について理論は熟知していた。

この北方の戦士は漆で強化された革の胸甲《きょうこう》を着けている。たとえ継ぎ目に刺し込むことができても、細い簪では強靭《きょうじん》な筋肉を貫いて確実に命を取れる五臓には届きそうにない。革冑の強度は金属製のものには劣るが、耳当てに覆われたこめかみや耳を突いて意識を奪うことも難しい。先端は鋭利でも脆弱《ぜいじゃく》な簪で刺して確実に動きを止めることができるのは、目か首、あるいは喉骨《のどぼね》くらいだ。

抵抗をあきらめた女官に、賊兵は性急にのしかかった。ただ遊圭にとって誤算だったのは、戦士は遊圭をうつぶせにして帯を解きにかかったことだ。これでは相手の急所に手が届く前に性別がばれてしまう。必死で抜け出そうとするが、万力で締め付けられたように、身動きすらかなわない。

離れたところで放たれた「ぐわっ」という怒声に、遊圭にのしかかっていた賊兵の注意が逸《そ》れる。遊圭が首をひねってそちらを見やると、麗華がうまく相手の懐に入って、そのあごの下に簪を埋め込むことに成功していた。が、麗華は崩れ落ちる戦士の下敷きになって、這《は》い出ることもできずにいるうちに、怒り狂った三人目の賊兵に髪をつかまれて引きずりまわされる。

「公主さまっ」

か弱いはずの女官に斃された僚友に対する驚きも束の間、遊圭を捕えていた男は、すぐに我に返って獲物の襟首をつかみ上体を引き起こした。背骨が折れるかと思うほどに反り返る痛みに、遊圭は袖の中に簪を落としてしまう。幅広の短剣が遊圭ののどに押しつけられ、冷たい刃《やいば》が肉に食い込む。やはり意味のわからない罵声《ばせい》を浴びせられて、遊圭はもはや万策尽きたと思った。

――ごめん、明々《めいめい》。帰れそうにない――

目を閉じた遊圭はしかし、いきなり地面に投げ出された。土埃《つちぼこり》を吸って激しく咳《せ》き込む。男がどうして遊圭を殺さなかったのか、疑問に思っている余裕もない。顔を上げると、短剣を放り出した男は唸《うな》り声をあげながら、顔にとりついた灰褐色の毛の塊を剝《は》ぎとろうと、必死でもがいていた。

「天狗《てんこう》！」

こめかみから頰へと四筋の赤い爪痕《つめあと》を描きながら、男が天狗を頭から引き剝がした。顔を真っ赤にして罵声を上げる男の両手が、天狗の胴を両側から鷲《わし》づかみにし、すり抜けられずにいる小獣を握りつぶそうとする。きゅうきゅうという苦し気な鳴き声。

「天狗ーっ！」

なすすべもなく叫ぶ遊圭の視界が翳《かげ》った。硬い果実が叩《たた》き潰《つぶ》される音がし、男が首から鮮血を噴きあげつつ目の前にごとりとうつぶせに倒れた。叩き割られた柘榴《ざくろ》のように、うなじをぱっくりと開いて赤い血肉と白い頸骨《けいこつ》をさらした異国の兵士。

「ひっ」

ついさっきまで自分が殺す覚悟で向かい合っていた男の、眼球のせり出した死顔に、遊圭は肝を潰す。その死骸《しがい》の脇に、音を立てて黒革の長靴が踏み込む。金椛《ジンファ》のものとは形状や装飾の異なる長靴に、遊圭はおそるおそる顔を上げた。

これもまた、胡服《こふく》に甲冑《かっちゅう》を装着した戦士であった。だが、鎧《よろい》の表面は金椛風に細く綴《つづ》られた黒鉄《くろがね》の札《さね》で覆われている。鎧袖《よろいそで》の下から伸びた袍の袖は筒状ではあったが賊兵のそれのように細くはなく、手首のあたりで襞《ひだ》をとってふくらんでいた。六尺を超えるであろう背丈は、肩や前後の厚みを増す甲冑のせいか、下から見上げるとおそろしく巨大に見えた。

青銅の冑《かぶと》の下から肩へと渦を巻いて流れ落ちる長髪と、形よく整えられたあごひげはどちらも赤茶け、日に焼けている。右手に携えるのは、血に染まった幅広の長刀が、長柄の先に反り返る偃月刀《えんげつとう》。

「怪我はなかったか、娘」

胡娘のそれに似た、西方訛《なま》りの金椛語《ジンファ》に、遊圭は震えながらうなずき返した。

よくわからないが味方らしいと判断した遊圭は、はっとして麗華の方へふり返る。そこには、失神した麗華を抱き上げる玄月の足元に、異国の兵士が腹を分断されて自ら作り出した臓物の山と血の海に沈んでいた。

遊圭は気持ちだけは駆け寄ろうと身を起こしたものの、実際には這いつくばってのろのろと麗華のもとへ進んだ。周囲には玄月の率いてきた数人の宦官《かんがん》兵と、賊兵とは異なる兵装の胡人騎兵が一部隊、埃にまみれて遊圭たちを見下ろしていた。

武人は冑をとって素顔を露わにし、賊は追い散らしたので安心するようにと遊圭に言った。いままで声を張り上げて下知《げじ》し、砂塵《さじん》の中で賊兵と闘ってきたのだろう。低く太い声は聞き取りにくいほどに割れていたが、返り血と埃に汚れた顔には、驚くほど朗らかな笑みを浮かべている。

広い額は秀で、鼻梁《びりょう》は高く、眼窩《がんか》は深く、日焼けした肌は褐色に近かったが、大きな目は胡人特有の巴旦杏形《アーモンド》で、瞳《ひとみ》の色は砂のように淡い灰茶色だ。冑下の赤く丸い絨毛帽《フェルト》がまったく似合わない。

「ルーシャン殿。我が国の公主を救っていただいたこと、金椛《ジンファ》の皇帝に代わって、心より礼を申し上げる」

玄月がへりくだった声音で、赤毛の異国人に金椛式の礼をした。

「ほう、陶太監《たいかん》は皇帝の心情を代弁できるお立場か」

ルーシャンと呼ばれた異国人は、腹に響く声で陽気に問うた。玄月は太監の地位ではないが、それはルーシャンの社交辞令であり、同時に皮肉なのだろう。

「大家《ターチャ》がもっともお心にかけておられる妹公主が、ルーシャン殿の機転で救われたのです。どういう地位であろうと、この場に居合わせた金椛の者として、礼を申し上げるのが大家のお心に適《かな》うものと考えます」

謙遜《けんそん》しつつも、太監と呼ばれて否定しない玄月に、ルーシャンは呵々《かか》とした笑い声で応じた。

「礼ならこいつに言ってくれ。朔露の賊軍の動きをこいつが知らせてくれなければ、間に合わなかった」

ルーシャンが歯を出して甲高い口笛を吹き、腕を水平に伸ばすと、一陣の風を起こして小型の鷹《たか》が舞い降りた。その足には色鮮やかな赤い紐《ひも》が結ばれている。遊圭の膝《ひざ》横にいた天狗《てんこう》が、驚いて遊圭の背中に隠れた。

「天空《アスマン》という。そこの獣と似たような名前だろう。こいつも優秀な伝令だ」

ルーシャンの母語だろうか。異国風の名を持つ鷹は、ルーシャンの絨毛帽《フェルト》を嘴《くちばし》でつっつき、働きの褒美に餌をねだる。

息を吹き返した麗華は、間近に玄月の秀麗な顔を見つけて目を丸くした。周囲を見回して状況を察し、顔を赤く染めて玄月の頰を思いきり叩く。

「何が『公主様におかれましては、どうか御心配なさらず』よっ。死ぬかと思ったわ。何度も、何度も、もう死ぬかと思ったのよ！　顔も手も傷だらけ！　髪もいっぱい抜けてしまった！　嫁入り前なのに！　どうしてくれるの！」

左の頰に手と爪の跡が残るほどの強烈な平手打ちだったが、それでも公主を落とさなかった玄月に遊圭は感心させられた。

「申し訳ありません。奴才《わたくし》の不手際により、公主様のお命を危険にさらしてしまいました。万死に値することは認めますが、いまはどうぞお鎮まりになってください。安全な場所までお連れしますので」

淡々とした口調にはさして反省した響きもなく、麗華に対するいたわりも感じられない。むしろ言外に、とにかく追いつき間に合ったのだから、つべこべ言うなという圧力を感じたのは遊圭だけではないようだ。麗華はむっつりと玄月をにらみつけ、自分で歩けると足をばたつかせる。玄月は言われるままに麗華を地面におろした。

思いのほか確かな足取りで、麗華は遊圭に近づき、怪我の有無を確かめる。いきなり自分の袖を裂いて遊圭の首に巻きつけたのは、切りつけられたところから出血していたためらしい。痛みにも衿《えり》を濡《ぬ》らす血の臭いにも気づかないほど、遊圭は動顚《どうてん》していた。

「立てないの？」

麗華に言われて立ち上がろうとするのだが、いわゆる腰が抜けた状態らしく、足腰に力が入らない。玄月の冷淡な眼差《まなざ》しに、ここで背負われてなるものかと必死で膝を立てたものの、ぐらりと視界が傾く。あわや地面に倒れそうになった遊圭の身体がふわりと宙に浮いて、いきなり視界が高くなった。

「これは小鳥のように軽い女子であるな」

ルーシャンの磊落《らいらく》な声が遊圭の耳元で轟《とどろ》いた。遊圭は子どものようにルーシャンの前腕に尻《しり》を乗せ、広く厚い肩甲《かたよろい》に手をかけ、赤い絨毛《フェルト》帽の上から周囲を見下ろしていた。

状況を把握できないまま、周囲の面々に凜々の顔を見つけた途端、遊圭の全身から血の気が引いた。ガラガラにかすれた声で必死に叫ぶ。

「胡娘は？　胡娘はどこっ？」

遊圭の問いに凜々はうつむく。誰も、玄月でさえ、遊圭の目を正面から見ようとはしなかった。

胡娘の決して曇ることのない快活な笑顔が、遊圭のまぶたに広がり、急速に薄れて遠ざかる。ぐらりと頭を仰《あお》のかせた遊圭は、そのまま意識を失った。

一、金椛暦　武帝三年　冬至　初候　麗華公主への襲撃より遡《さかのぼ》ること三月《みつき》

新春に先立つ冬至、金椛《ジンファ》帝都の北北西の空に、赤光《しゃっこう》が立ちのぼった。

金椛帝国の北部には北天江《ほくてんこう》という名の大河が流れ、その向こうには起伏の少ない平原がなだらかに傾斜を上げつつ、屏風《びょうぶ》のように聳《そび》える北稜《ほくりょう》山脈へと続いている。赤光はその山脈の背後から、幅はおよそ百里、高さにおいては天上の星々を焦がさんとばかりに、ゆらゆらと不気味に伸び上がっていた。

ほとんどの庶民は日没とともに床に入り、翌日の労働に備える。宵の口で家に帰らず街を遊び歩く者も、厳しい寒さを避けて酒楼や妓楼《ぎろう》の温かい酒に舌鼓を打っていた。

最初にその赤光を目にしたのは、郊外の天文台で寒さに凍えながら、星の動きを観測していた天文観生《かんせい》であった。天文観生は驚き懼《おそ》れ、急いで望楼から駆け下り、当直の同僚や上司に報告した。たちまち天文関係の役所である宮城の太史監《たいしかん》へ早馬が飛ばされ、時を置かず長官の監正《かんせい》をはじめ、有位の博士や在野の学者が宮中に召喚される。

金椛帝国第三代皇帝、当年二十歳を迎えたばかりの司馬《しば》陽元は、すでに寝殿に引き取っていたが、知らせを受けて即刻外廷へと赴いた。太史監に参集した官僚学者たちに、この天変の意味するところを下問する。

天に顕《あらわ》れる異変はすべて、吉凶の兆しであり、そのほとんどは天帝《てんてい》から地上の天子《てんし》に

対する怒りのあらわれ、もしくは警告であると民衆は考える。

とはいえその実際は、聖帝《せいてい》の御代《みよ》から連綿と受け継がれてきた星辰《せいしん》の記録をもとに、ほとんどの天変は計算によって予測可能な事象であった。先人たちのたゆみない研鑽《けんさん》のおかげで、星々の動きは彗星《すいせい》の訪《おとな》いから、惑星の合犯《ごうはん》、そして日月の蝕《しょく》の起きる日時まで正確に予言することができた。

為政者はこうした知識を利用し、事前に予告して災厄を祓《はら》うための祭を催したり、政策を施したりして、都合のいい解釈を民衆に信じ込ませ、政権の安定を図ってきた。

だが、まったく予測することの不可能な自然現象も存在する。

赤光や幻日など、地を這《は》う人間には、その原理や発生する仕組みも理解できない現象に、理論的な答を当てはめようとすれば、やはりそれは人知の及ばぬ超自然的存在からの警告や罰と解釈するしかない。

昏《くら》い夜空を背景に、赤い濃淡の縞《しま》を揺らめかせながら天へと昇りゆく赤光は、その色から血と炎を連想させ、人々の想像力をその先にある災厄へと結びつける。それは暦を支配する為政者にとっても同じことであった。

「天はよほど私を玉座から引きずり下ろしたいらしい。なれば何故、異母弟《おとうと》の謀叛《むほん》を成功に導いてやらなかったのだ！」

我が目に映ったのと同じ内容の報告のほかは、はかばかしい回答を得られなかった博士らとの接見を終えて、内廷の寝殿に戻った陽元は苛《いら》立《だ》ちに声を荒らげた。

「旺元《おうげん》皇子に、天命がなかっただけのことでしょう」

この年の秋に、謀叛を起こして処刑された皇帝の異母弟《おとうと》の名を挙げたのは、陽元の腹心中の腹心であり、少年時代からの学友である同年の宦官《かんがん》、陶紹《とうしょう》である。字《あざな》を玄月といい、宮城から帝都まで力を及ぼす東廠《とうしょう》という宦官による特務機関の幹部で、この夜も赤光の異変を知り、急ぎ官舎より参内してきたところだ。

しかし皇帝をなだめるべく発した意見は、その淡々とした口調も相まって、いっこうに陽元の苛立ちを慰めるものではなかった。

「では誰を以《も》って私の首と挿《す》げ替えようと言うのだ」

問われた玄月は、後宮中の女官たちに溜息《ためいき》をつかせる秀麗な面に謹直な表情を浮かべ、無言で首をかしげる。

陽元の息子、皇太子の翔は四歳になったばかりで、皇帝の椅子にはまだまだ幼すぎる。皇太子の母、玲玉皇后は温和で控えめな性質の持ち主で、外戚《がいせき》としては成人前の甥《おい》がひとりいるだけだ。皇弟旺元の謀叛が失敗し、若輩の皇帝に対抗する勢力は粛清、一掃されたいま、あえて陽元に逆らおうとする皇族や官僚はいない。ほかの皇子たちもまだ幼く、その外戚が野心を募らせるには、いま少しの猶予があるはずであった。

「この宮廷内には、見当たらないようですが」

旺元皇子の反乱を防いだ功績によって昇進し、東廠に異動するまでは、玄月は後宮の人事を統括する掖庭《えきてい》局の局丞《きょくじょう》であった。後宮の裏も表も知り尽くした玄月がそう言うのだから、陽元の玉座を狙う者は帝都にはいないことになる。

「では、地方の王に封じた異母兄弟らか」

陽元の問いに、玄月は宮城を囲む護城壁の彼方《かなた》へと、怜悧《れいり》な眼差しを向けた。

ひとりの皇子が反乱を起こせば、疑わしきは同腹の兄弟であろうとその家族もろともに粛清し、政権の安定を図るのが世の常ではあるが、陽元はそうしなかった。成人した異母兄弟らに、広くも豊かでもない領地を与えて、都から遠ざけるにとどめたのだが、その決断は果たして正しかったのか。

玄月は思案の末、ふたたび口を開いた。

「地方に軍閥化している先代、先々代の親王《しんのう》や郡王《ぐんおう》の中には、中央進出を狙う野心家がいないとは言い切れません。大家《ターチャ》の御兄弟と違い、ひと世代、ふた世代前の親王ともなれば、土地に根差した勢力と強く結びつき、行政だけでなく反乱や紛争の前線に立つこともありますから、軍事経験も豊富でありましょう」

陽元は寄せた眉間《みけん》に拳《こぶし》を当てて、ぐりぐりとたてじわを伸ばす。

「国境を預けた至親《ししん》の軍事力を削れば他国の侵略を許す。地方の王が力を蓄えれば中央にとって代わろうと兵を挙げる。どちらにしても詰むのはこちらではないか」

探し物でもするように自分の帯を触っていた陽元は、この時刻の、しかも寝殿において、笏《しゃく》など持ち歩かないことを思い出し、所在なく手をおろした。気分が落ち着かないときに笏をもてあそぶ子どもじみた癖は、そろそろ改めなくてはと思いながらも、無意識に手が求めてしまうのはいかんともしがたい。

「しかも、いつ起きるかわからない日蝕《にっしょく》の対策だけでも頭が痛いというのに！　無能な学者どもは未《いま》だに失われた記録書を見つけ出せぬ始末だ」

陽元は文字通り頭を抱える。

およそ五十年前の王朝交代時に、過去千年以上にわたる天体の記録が失われたという、帝国の基盤を揺るがしかねない機密事項は、先帝が急逝したこともあり、皇太子であった陽元には伝えられていなかった。

陽元の即位二年目にして、寝耳に水のごとく『あと十年以内に皆既日蝕がおきるはずだが、それが明日なのか十年後なのかは正確な日時を算出できない』と、太史監の長官がおそるおそる奏上してきたときには、何の冗談かと笑い飛ばしそうになったくらいだ。

日蝕そのものが君主に対する天譴《てんけん》であり、皇統の存続が危ぶまれるものであるため、正確な予言にしたがって災厄を防ぐための準備が必要になる。宮廷や国家の行事の最中に日蝕が起こらないよう、前もって中止したり、予定を繰り合わせたりしておく必要があった。

太祖《たいそ》や先帝はどうやり過ごしてきたのかと監正に問えば、前の二世代においては日蝕が見られたことがなかったという。起きていたとしても、たまたま夜であったり、悪天候のため、地上の人間たちには気づかれなかった可能性はある。

「父帝と先代の太史監としては、日蝕が起きるとされる朔《さく》日には、可能な限り重要な行事を避けてきたという。いざ日蝕が起きたときは、怠慢な天官が予報を忘れたことにして、首を刎《は》ねてしまうつもりだったらしい。しかし、私の代では即位早々から旱魃《かんばつ》やら太医署《たいいしょ》の改革、謀叛だの太祖の定めた外戚族滅法の廃止だのと、この一年いろいろとあったからな。私の天子としての徳に、疑問の声を上げる好機ととる者がいるかもしれん。肝心の改暦すら、三代目にいたって未だに我が金椛《ジンファ》朝廷の暦ができあがっていないのも、不祥なことだ。そこへ赤光ときてはな」

陽元は深々とため息をつく。

焼け残った資料と、在野の学者の蔵書や地方の都市に残されていた記録をかきあつめ、どうにか作り出された金椛朝の暦だが、まだまだ完成には程遠いという。

「先帝の崩御が突然でございましたし」

この玄月の言葉も、事実を述べただけで、なんの慰めにもならない。だが、陽元はふと笑みをこぼして、幼馴染《おさななじみ》でもある内臣《ないしん》へと身を乗り出した。

「そこで、薩修媛《さつしゅうえん》より耳寄りな情報を得たのだが」

陽元は最近、西国より輿入《こしい》れしてきた美姫《びき》の名をあげた。西隣に位置する小国の王女は、朝貢の使節とともに都入りし、修媛の地位を得て陽元の後宮に納められた。

「夏沙《かしゃ》王国より献上された金髪碧眼《へきがん》の姫君ですか、たしか、アサールという名の」

后妃嬪《こうひひん》から妾妻《しょうさい》にいたるまで、百人に及ぶ後宮の内官の名と出自を、すべて暗記している玄月である。アサール姫は玄月が掖庭局から東廠へ異動したのちに入宮し、薩修媛の地位を得たが、その容貌《ようぼう》と出自は正確に記憶されていた。

金椛《ジンファ》帝国の北西に位置する夏沙王国は、東西の交易路において商業で栄える連合都市国家で、現在は金椛帝国に従属している。強国という大樹に拠《よ》って永続を図る小国として、その結びつきを固めるために、代々自国の王族を金椛帝室に縁付けてきた。

「白磁の肌の、舞の見事な胡姫《こき》である」

陽元は自慢げに微笑んだのち、腹心へと身を乗り出して声をひそめた。

「薩修媛によれば、前王朝の紅椛《ホンファ》皇族とその眷族《けんぞく》が、数多く夏沙へ亡命したらしい。そのとき、金銀玉や絹の財貨のみだけでなく、焼失したとされる公文書の数々もまた、実は火災前に書庫から持ち出されて、夏沙に運び込まれていた可能性がある」

「ありそうな話ですね」

薩修媛ことアサール姫の舞は後宮では評判で、輿入れより皇帝の寝所に召される頻度は群を抜いている。北西の情勢が不穏になりつつある夏沙王国の姫君は、単なる献上品ではない。外廷《がいてい》における外交使節だけに頼らず、皇帝本人の寵《ちょう》を得ることで大国から保護の確約をとるための、重い責任を背負っての後宮入りだ。

しかし、陽元の気を引いたのは、異国の姫の美貌よりも朝貢品に含まれていた骨董品《こっとう》ともいえる紅椛帝国の工芸品だった。枕話にその理由を薩修媛に訊《たず》ねたところ、中原発祥の古典文化財の返還という名目で、目録に加えられたらしい。

政治文化両面において、中原の王朝との世代を超えた友好的、かつ密接なかかわりを強調することで、陽元の関心を惹《ひ》こうと試みたものらしい。

「亡命者らの遺品には、多数の書籍もあるという。その他の学術的な遺産もまた、いまだ夏沙のどこかに保管されているとは期待できないか」

藁《わら》にもすがるような瞳《ひとみ》で、陽元は腹心に同意を求めた。

陽元の渇望する天文関係の文書が実在するのか。実在するとしたら、夏沙王国の王宮に保管されているのか、それとも、亡命者の子孫が秘蔵しているのかまでは、現地で調査しなくてはわからないことではあるが。

「回賜《かいし》の使節に、誰か目端の利くものをつけさせましょうか」

アサール姫とともに朝貢を納めた夏沙王国の使節は、年が明ければ帰国する。貢物に対する返礼とともに、こちらからも遣使を皇帝の代理として遣わす必要があった。

陽元は思案深げにかぶりを振った。

「それがな、回賜以上のものをねだってきた。夏沙の国王は、私の娘婿になりたいそうだ。結納に千頭の羊と馬を献上すると言ってきた」

陽元の話を聞いた玄月は、謹直を保ってきた顔に淡い笑みを浮かべた。

「イナール王ですか。むしろ大家《ターチャ》の父親というべき年齢ではありますが。王妃が薨《こう》じていたという話は聞いていませんでした」

「金椛《ジンファ》の皇女を迎えるのに、王妃より下の位は用意できまい。糟糠《そうこう》の王妃は里にでも返したのではないか」

王女のアサール姫が陽元の嬪《ひん》となっただけでは、王室同士の結びつきは弱いと夏沙国王は考えているのだろう。嬪といっても後宮に大勢ひしめく内官のひとりにすぎない。さらに、帝国の皇女を迎えて夏沙国王の正妃とすれば、金椛《ジンファ》帝国は公主のための莫大《ばくだい》な化粧料だけでなく、有事の折には女婿である夏沙の王のために、援軍を派遣する義理も生じてくる。

しかし、そうした負担を考慮しても、夏沙の宮廷に堂々と入り込み、失われた記録を回収し、陽元の政権を盤石にできるのなら安いものである。

問題は、陽元の娘たちは最年長でさえ、ようやく這《は》い這いを始めたばかりというところだ。

「適齢期の公主がおられませんゆえ、縁組となると大家《ターチャ》とイナール王は舅《しゅうと》と婿ではなく義兄弟ということになりますが」

「ふたまわりも年上の人間に『親父殿』と呼ばれるよりはそちらの方がましだ。しかし、縁付け先に悩む異母姉妹なら掃いて捨てるほどいるが、こうした重責を任せられる公主となると、思いつかぬな」

実母を幼いうちに亡くした陽元に、同腹の姉妹はいない。

「天官書の焼失という、閣僚級の官僚と太史監《たいしかん》の幹部しか知らない秘密を守り、怪しまれることなく他国に流出したとされる天官書の正誤を見極め、必要な情報を集めて戻ることのできる調査員も、慎重に選ばねばなりません」

太史監の監生や学者は、すでに国内外に散逸した天官書の収集に出払い、都には新暦の作成にあたる老学者ばかりで、夏沙王国への過酷な長旅に耐え、かつ外交に留意しつつ、諜報《ちょうほう》活動をも成し遂げて帰ってこられるような人材は残っていない。

「夏沙王国は我が国にとっては、戦渦の絶えぬ西の盾だ。そういうところに嫁ぎたいという公主も、なかなかいない」

玄月は宙を眺めて考え込んだのち、顔を上げた。

「芯《しん》の通ったお妹君なら、おひとりおられますが」

陽元は顔をしかめた。

「麗華か。意外と肝の据わったところは母親似だが、野心家だった永氏とは違い、善良で単純な性質《たち》の娘だ。あれには陰謀だの政争だのといったものから解放されて、今後は平穏に暮らして欲しいものだ」

玄月は同調する気遣いも見せず、率直に言葉を返した。

「それは、大家《ターチャ》のお気持ちです。麗華様のお考えは、麗華様のみがご存じです」

陽元は額に拳《こぶし》を当ててうつむいた。

この腹心は、いつも正論を語る。そしてその正論は常に痛いところを突いてくるのだ。

皇位を継げる男子ではなかったために実の母親に愛されず、あまつさえ利用され切り捨てられた麗華に心静かに暮らして欲しいのは、陽元の考えである。これから美しく花開こうというときに世間の非難を避けて自ら尼寺に身を沈めたのが、彼女の本心だったのかどうかは誰にもわからない。

そして、陽元が躊躇《ちゅうちょ》する理由が、本当に麗華の心情や将来を思ってのものではないという負い目もある。叛逆罪《はんぎゃく》の母を持つがゆえに、国内にはどこへも嫁ぎ先のない薄幸の妹公主《こうしゅ》を、外交の道具にして片づけてしまう心積もりと、世間に取りざたされるのが片腹痛い。そんな自身の身勝手な見栄《みえ》で、妙齢を過ぎようとする麗華を尼寺に閉じ込めておくのは、正直なところ良心が痛む。

しばらく考えた末、陽元はおもむろに訊ねた。

「麗華に選ばせよう。誰を、使者に立てればよいかな」

麗華が心を許して話のできる人間。現皇室の存続と安寧を、心の底から願い、国家の機密を死守できる人物——主従の胸には、ひとりの少年の面影が同時に浮かんだ。

二、金椛暦　武帝三年　冬至　次候　金椛皇帝陽元と宦官玄月の密談より数日後

「話には聞いていたけど、本当に生きていたのねー。そして本当に男の子だったのねー」

棒読みな口調で、久しぶりに再会した麗華公主は、笹の葉のように形の整った切れ長の目を半眼にして、星遊圭を見据えた。

「その節は、いろいろと、どうも、申し訳ありません」

陽元の私信を預かって尼寺で暮らす麗華を訪れた遊圭は、しどろもどろになってひた

すら謝った。

　金椛《ジンファ》王朝の初代皇帝が定めた外戚《がいせき》族滅法という悪法のために、遊圭の叔母《おば》が皇后に選ばれた星一族は先帝の陵《みささぎ》への殉死を命じられた。療母胡娘《りょうぼこじょう》の奮闘によってひとり生き残った遊圭は、追っ手を逃れるため、女装して後宮に潜り込み、頼る者のない帝都の苛酷《かこく》な冬を生き延びようとした。気がつけば、生来の虚弱体質を改善するために培った医薬の知識を買われて、李薫藤《りくんとう》という女官名で医生《いせい》として勤める羽目となった。やがて女装も限界となり、ついには陽元《ようげん》との賭《か》けに勝って外戚族滅法を廃止させることに成功した。

　晴れて男として身元も正しく城下で生きていけるようになったものの、そのために李薫藤という女官は不幸にも夭折《ようせつ》したことになった。

「李薫藤の正体については、お前がいなくなってすぐお兄さまから聞いていたから、驚かないけどね。まあ、女にしては言うこと為《な》すこと胡散《うさん》臭いなあとは思っていたのよ」

　遊圭が手土産に渡した無花果《いちじく》の甘酒漬けを、それぞれの器に盛りながら、麗華は気安い口調で言った。

「そんなに、胡散臭かったですか」

　いったいどれだけの人間に不審がられ、女装を見破られていたのかと思うと、いまさらながら冷や汗が流れる。

「近くで接していなければ、感じなかったかもしれないけど。何がどう、わたくしたちと違うのか、はっきりとは言葉にできなかったし」

麗華は、過去の遊圭を思い浮かべたのか、上目遣いに言った。そして、未成年男子の髪型である、耳の両側で髪を留めた総角《あげまき》が、すでに似合わなくなってきた目の前の理知的な少年と比べる。

公主との面会に急ぎ誂《あつら》えた青絹の袍《ほう》は、いかにも育ちのよさそうな公子然とした印象を見る者に与える。まだ喉骨《のどぼね》の出てくる気配こそないが、目つきにも頬にも女性らしい柔らかさはなく、あごの線は露《あら》わで固い。

「こうして見ると、どうしてお前が女に見えていたのか不思議だけど」

手づから遊圭にお茶を注ぎつつ「化粧の力は偉大よね」と麗華は言葉を続けた。

腰をおちつけた麗華は、遊圭が出されたお茶に手を出す暇《いとま》もなく用件を促す。

「それで、いまをときめく皇后の甥《おい》公子が、わざわざ廃公主に会いに来た理由はなにかしら」

麗華の自嘲《じちょう》気味な物言いに、遊圭は困惑の眼差《まなざ》しを向けた。麗華は出家はしたものの、正式に皇族の籍を廃されたわけではない。しかし、遊圭は麗華に逆らうことはせず、ここまで大事に抱えてきた包みを解いて、螺鈿《らでん》の蒔絵《まきえ》文庫を恭しく差し出した。

「主上《しゅじょう》からの御便りを預かってまいりました」

「お兄さまから?」

敢《あ》えて正規の使者を立てず、遊圭の個人的な訪問という形で皇帝より送られた書簡に、麗華は不審の目を向けた。金箔《きんぱく》で満開の梅をあしらった美しい文庫の蓋《ふた》を、麗華は両手で持ち上げ、折りたたまれた手紙を取り上げて広げた。

麗華が、皇帝であり異母兄でもある陽元からの書簡を読んでいる間、遊圭は手持ち無沙汰《ぶさた》に麗華の私室を眺める。尼僧に装飾品も贅沢《ぜいたく》品も必要ないとはいえ、かつて麗華が住んでいた公主宮を思えば、あまりにも殺風景な内装に胸が痛む。素焼きの茶器には模様すらなく、薄鈍色《うすにびいろ》の袍と頭布からのぞく麗華の顔には化粧っ気もない。

しかし、化粧を落とせば色香が跡形もなく消え去る遊圭と違い、ふっくらとした肌理《きめ》の細かい麗華の頬や額は、むしろ内側から輝くように艶《つや》やかだ。紅を乗せないぽってりとした唇は自らの血色で薄桃色に映え、白く滑らかな肌は初雪のように汚れなく、作り立ての乳餅《チーズ》のように柔らかそうであった。

後宮から尼僧院へ移り住んだ麗華が、言葉を交わしたことのある異性といえば、父親と異母兄弟と宦官《かんがん》たち、そして目の前の遊圭くらいなものである。このように魅力的で性情の優しい女性が、母親の罪を引き受けてこのまま日の当たらぬ尼僧院で朽ちていくのは、若年の遊圭の目から見ても惜しい気がする。

兄からの書簡を読み終えた麗華は静かにため息をつき、頬杖《ほおづえ》をついて宙を眺めた。遊圭は辛抱強く麗華の返事を待つ。飲み終えなかった茶がすっかり冷え切ったころ、麗華は目の前に遊圭がいたことを思い出したように、目を瞠《みは》って微笑みかけた。

「遊々、お前はここに書かれていること、知っているの？」

遊圭は軽く咳払《せきばら》いして、呼吸を整えてから話し始めた。

「公主さまのご縁談について、とは伺っています。異国ながらも一国の王妃として迎えられることは、金椛《ジンファ》皇室の公主にとっても希少な機会であることから、もし麗華公主さまに還俗《げんぞく》なさる御意思がおありでしたら、金椛史上もっとも盛大な輿入《こしい》れをご用意されるおつもりと聞きました」

遊圭の型通りの口上に、麗華は眉《まゆ》を曇らせる。

「それで、お前はどう思うの？　わたくしが異国に嫁ぐ方がいいと思う？」

遊圭は返事に困る。麗華が異国に嫁いで幸せになるかどうかなど、遊圭にわかるはずもない。正直に思ったことを言うしかなかった。

「わかりません。公主さまが以前、お母上と帝との確執に苦しまれ、二度と皇族に生まれたくないとおっしゃったことは、覚えています。にもかかわらず、公主さまに皇族の責務を押しつけるような縁談を運ぶ役目を賜るのは、どうかとは思いました」

ふうん、と息を吐いて、麗華は立ち上がった。焜炉《こんろ》に炭を足して湯を沸かし直し、冷めた茶を捨てて新しい茶葉を淹《い》れる。かつては近侍に淹れさせて自分は出された茶を飲むだけであった麗華は、この一連の作業をよどみなくこなしてゆく。既に公主であることを捨てて、あるいはあきらめたことが、遊圭におかわりの茶を出す無駄のない手つきに表れていた。

「夏沙国のイナール王は、王太子時代にお父さまの宮廷で人質として五年を過ごしたそうよ。人柄は温厚で慎重。お兄様に弓の手ほどきをされたこともあるとか。金椛語は堪《たん》能《のう》でいらして、嫁いでもわたくしが言葉で苦労することはなさそうだけど」

ふたたび自分の椅子に腰をおろした麗華は、うっすらとした笑みを浮かべた。

「正直、尼暮らしも退屈していたのよね。後宮では病にかこつけて何年も公主宮に引きこもり、時間を無駄にしたわ。病が治ってからは、ちゃんと生きなくちゃって思っていた矢先に後宮にもいられなくなって。ここには陰謀こそないけど、女ばかりで誰かの悪口や信憑性《しんぴょう》の怪しい巷《ちまた》の噂話ばかりなのは後宮と変わらない。わたくしの事情も知られているから、かかわりを怖れて話し相手もいないの。退屈で死んでしまう前に別の場所が与えられるのなら、そこが蛮族の国だとしても、行ってみるのも悪くないわ」

その言葉が強がりでないことは、遊圭には痛いほどよくわかる。四年にわたる引きこもりから麗華を引きずり出したのが、ほかでもない遊圭自身だったからだ。

若さに似合わぬ豊富な生薬と食養生の知識を見込まれた遊圭は、肥満と不定愁訴に悩む麗華の健康管理を任され、医生として公主宮に送り込まれた。強情な性格と新参者への露骨な敵意に反して、麗華が遊圭の食養生指導に従うようになるのにさほど時間はかからなかった。麗華も、おそらくは何をしても、母親の注意を引くことはできないことに気づき、無意味な引きこもりから抜け出すきっかけが欲しかったのだろう。

「では、主上にそのようにお返事を認《したた》めていただけますか。間違いなくお届けします」

硯箱《すずりばこ》の蓋を持ち上げ、墨を磨《す》ろうとした麗華は、その手を止めた。満面の笑みを浮かべて、遊圭にふり返る。

間違いではなかった。

「ひとつだけ、条件があるわ」

一瞬、遊圭の胸に嫌な予感が走ったのは、間違いではなかった。

「お前も一緒に来ること」

麗華は人差し指を遊圭に向けて断言した。

「すでに大勢の妃妾《ひしょう》と、わたくしと同じ年頃の王子や王女がひしめく異国の宮廷へ、親子ほど年の離れた国王の正妃として乗り込むのに、わたくしが心から信用できる医師を連れていくのでなければ、この話は受けられないわ」

遊圭は足元の地面が突然底なしの沼になったかのように、ふらついた。

言うまでもなく、後宮は男子禁制である。東の海の彼方《かなた》には、男子が後宮に出入り自由な王国もあると聞くが、そこですら、宮殿内に上がれるのは后妃や女官の家族に限られる。まして、国王の妃《きさき》となるべく嫁いでゆく麗華に、姻戚《いんせき》とはいえ健康な男子の遊圭が、後宮の中までついていけるはずがない。

宦官にでもならない限り無理な話である。

「女装すればいいじゃない。背は伸びたけど、肩は薄くて顔も細いし。たまに出入りする僧も細くて小柄なのが少なくないわ。男という男がみんなお兄さまみたいに大柄な筋肉の塊になるわけじゃないようだから、遊々もきっと大丈夫」

何が大丈夫なのか、麗華はいとも簡単に言ってのけた。遊圭ののどに手を伸ばす。

「男の人は、ここが尖《とが》ってくるのよね。遊々はまだみたいだけど。尼の衣裳《いしょう》なら頭布を取らなくていいし、男でも練習すれば女の声が出せるそうよ。街の掛け芝居を見たことのある尼僧が言っていたわ。宦官でもないのに、女の声を出せる俳優がいて驚いたって。その俳優は鳥のさえずりから虎の咆哮《ほうこう》まで、そっくりに真似できるのですって」

「む、無理です。それに、医生の勉強も続けておりませんし――」

必死で訴える遊圭を無視して、麗華はいそいそと返事を書いた。

公主から皇帝への書簡を途中で処分するわけにもいかず、正直に自宅へ持ち帰った遊圭は、返事を受け取りに訪れた玄月に手渡した。

数日後、宮城に呼び出された遊圭は、医生官ではなく近侍の祐筆《ゆうひつ》として麗華の輿入れに随行するよう、勅命を受け取った。さすがに死んでしまった医生の李薫藤を蘇《よみがえ》らせるわけにはいかなかったらしい。

「麗華を頼む」と真剣な目つきの陽元に両手をとられて、押し倒されんばかりの勢いで頼み込まれた遊圭は、とても辞退など言い出せない。

玄月を捕まえて「女装なんてもう無理です、助けてください」とすがりつけば、「確かに、公主様のお側近くに仕える機転の利く女官が必要だった。母后の一件以来、公主様にはお味方になる女官がおらず、まして夏沙の後宮内に隠されているかもしれない文書探索も任せられる近侍の人選は、悩みの種だった。そなたなら適任だ。実績もある。それに、地誌を学んで旅をしたいと、前に言っていなかったか」

遊圭はかつて、玄月に身元と性別の秘密を握られ、後宮内の陰謀を暴く手伝いをさせられたことがある。確かに成功はしたが、なんど思い出しても冷や汗が止まらなくなる綱渡りだった。

「あんな運が良かっただけの行き当たりばったりの実績、玄月さんの手回しがなかったら、わたしはとっくに三回は死んでました」

「そのことだが、私は公主付きの筆頭常侍《じょうじ》として加わり、夏沙宮廷では現場の指揮をとる。そなたは私の指示通り動いていればいい」

ふたたび玄月の下でこき使われるという事態に、遊圭は必死になって食い下がった。

「だいたい、夏沙の都はどんなに急いでも片道二か月はかかる道のりだと云《い》います！　それが輿入れ行列となったら往《い》きだけで三か月はかかります。婚礼と調査活動を終えて帰京したころには半年が過ぎていますよ。その間に日蝕《にっしょく》が起きたらどうするんですか！」

涼し気な目元が、急に冷たい光を湛《たた》えて遊圭を見下ろす。

「そうなればすべての労苦は水の泡だな。天意には逆らえん。太史《たいし》監《かん》幹部と御用学者たちの首がいくつか刎《は》ねられ、大家《ターチャ》は玉冠を置いて野に下るしかない」

遊圭の顔から血の気が引く。陽元ひとりが位を降りてすむ問題なら、陽元も玄月もここまで危険な賭《か》けにはでない。外戚族滅法が廃止され、皇族と外戚の野心がふたたび息を吹き返しているこのとき、玉座が宙に浮いてしまうことは政争と内乱を引き起こす。星家再興どころではない乱世がくるかもしれない。

玄月は少し語調を和らげ、諭すように続けた。

「この一年、われらが帰国するまで日蝕が起きないよう祈るしかあるまい。うかつなそなたのために、女装の襤褸《ぼろ》が出ないよう、発声と物腰の指導に巷で評判の女形《おやま》を手配しておいた。それから天官書の読解力をつけるため、当面は太史監に出仕して監生の仕事を手伝え。あとは、そうだな。夏沙で話されている言葉も、片言くらいは習っておけ。出発まで学ぶことは山ほどあるぞ」

矢継ぎ早に指示を出してくる玄月を、遊圭は陽元周辺の者たちの凋落《ちょうらく》が確定したかのような情けない顔で見つめる。苛立《いらだ》った玄月は叱咤《しった》の声を上げた。

「異国で一生公主様にお仕えしろと言っているわけではない。できるだけ短期間に日蝕周期表を手に入れて帰還する。目的を達成したのちも、公主様には夏沙の王妃として恙《つつが》なくお過ごしいただけるよう、文書の回収は極秘裏に行わねばならない。心得ておけ」

女装して後宮潜入、工作活動――ふたたびの悪夢に遊圭は目の前が真っ暗になった。

三、金椛暦　武帝四年　春分　次候――雷乃《すなわ》ち声を発す――

朔露《さくろ》の賊兵に襲われた麗華《ジンファ》の随行と、夏沙王国の使節が避難した最寄りの城市『慶《けい》城《じょう》』には、直毛黒髪の金椛人よりも紅毛金髪の西域人の姿が多く見られる。交わされる言語も、帝都の繁華街以上の数が飛び交っていた。

公主一行が滞在する、身分の高い客に用意された賓館の二階の窓からは、街の往来が見渡せ、商いにいそしむ人々の喧騒《けんそう》と雑踏も聞こえる。

慶城太守《たいしゅ》に用意された客室で、温かな陽射しを入れるために開け放たれた窓から外を眺めていた麗華が、感嘆の声を上げた。

「異国人がたくさん！　大陸中の人間がここに集まっているのかしら」

「ここは近隣に胡部、つまり金椛《ジンファ》に移住を許された胡人の聚落《しゅうらく》が多いだけの、ただの辺境の城塞《じょうさい》都市です。西方にはこれより大きな交易都市が、星の数ほどあります。都市ひとつで豊かな王国が成り立つほどですよ」

豪放磊落《らいらく》を絵に描いたようなルーシャンが、明朗に断言した。

ルーシャンは一日に一度は公主の部屋を訪れて、花や果物などの見舞いを置いていく。国境まで公主一行の護衛を太守に命じられたらしく、よしみを通じようというつもりだろうか。

初対面の日とは異なり、金椛風に髪を後頭部の高いところできちんと結い、布冠で包んでいる。しかし、はげしいくせ毛で櫛目《くしめ》は見えず、布冠におさまりきらない赤茶けた後れ毛が、獅子《しし》の鬣《たてがみ》のように顔の周りでふわふわと逆立っていた。笑うと大きな垂れがちの目尻《めじり》がさらに下がって愛嬌《あいきょう》があふれ、とても賊兵を一刀のもとに斬殺《ざんさつ》した人間とは思えなかった。

遊圭は続き部屋の寝台に横たわる胡娘の看護に気を取られ、宦官《かんがん》を伴わず麗華の部屋を訪れるルーシャンの非礼を指摘することも思い及ばない。

射斃《たお》された馬から投げ出された胡娘は、着地したのが岩場でなく草地だったことと、転がりながらの着地で肩の脱臼《だっきゅう》と数か所の打撲傷ですんだ。命にかかわる重傷は負わなかったものの、起き上がれるようになるまでは五日はかかるだろうと本人は自己診断している。

「冑《かぶと》をかぶっていたのが幸いした。直に頭を地面に打ちつけなかったおかげで意識を失わず、落馬の衝撃もいなせてうまく転がれた。起き上がれるようになったら、応急手当ても自分でできた」

普通の人間なら首や全身の骨が折れていても不思議ではない状況を、胡娘はちょっとつまずいて負った擦《す》り傷ていどの気楽さで語る。

「それより、遊々の救出に間に合わなくて申し訳なかった。ルーシャン殿には、一生の負債ができたな」

そちらの方がよほど深刻な問題らしく、悄然《しょうぜん》として遊圭に謝る。

胡娘だけではなく、回賜《かいし》と降嫁の遺使である礼部《れいぶ》の官僚、高侍郎《こうじろう》も負傷し、数日の療養を必要とした。減った護衛兵の数を補い、随行を再編成する必要もあり、一行はこの慶城にしばらく滞在することになった。

遺使が療養中、代理で一行を差配すべき副使が、戦闘の衝撃から抜け出せず腑抜《ふぬ》け状態からなかなか回復しない。そのため官位では彼らに次ぐ玄月が、納采品《のうさい》の再手配のために使者を都へ走らせたり、随行員の補充にあたったりしていた。

胡娘の治療に夢中だった遊圭は、慶城に来てから麗華がふさぎ込んでいることに気づかなかった。四日も過ぎてから、生還しなかった公主の替え玉のことで、麗華が気に病んでいるようだと凜々から知らされて、話を聞きに行く。

「誰もわたくしに話してくれないから、よけいに気になるのよ」

麗華は嘆息して、伸びてきた爪を所在なげに擦《さす》る。遊圭は凜々から聞いてきたことをそのまま語った。

「公主さまの身代わりを務めた娘子兵《じょうし》は、曹蓮児《そうれんじ》という名でした。矛で賊兵をふたり、短剣でひとり斃したそうです。近侍の役を務めた者たちと併せて、六人の賊兵を斃したと聞きます。娘子兵は後宮から出たのも初めてで、みなが初陣でしたから、錦衣兵《きんい》ですら何人か命を落とした朔露の賊を相手に、とても勇敢に戦ったのでしょう」

麗華は両手を開いて見つめながら、ふたたび口を開いた。

「死ぬってどういうことかしら。殺されるのって、どんな感じかしら」

その両手がかすかに震えている。麗華は賊兵を手にかけたときのことを思い出しているのだろうか。

「公主さまは、とても勇敢でいらっしゃいました」

ほかにどんな言葉をかければよいのだろう。

言葉の通じない屈強な男たちに襲われ、想像したこともない暴力をふるわれ、あげく我身を守るためにその白く無垢な手でひとを殺《あや》めたのだ。

どれだけの恐怖を味わったことだろう。

遊圭は、このような旅に妹を送り出した陽元に対して、漠然とした不満を覚える。しかし、苦い汁となってのどに込み上げてくるのは、麗華を守り切れなかった軟弱な自分に対する怒りのほうであった。

「わたしがお役に立てず……」

言葉を詰まらせる遊圭に、麗華は気だるげにかぶりを振った。袖《そで》で潤んだ目を押さえる。

「お前は充分にわたくしを守ってくれたわ。遊々がいなかったら、わたくしはとっくの昔に荷馬車から放り出されて、首の骨を折っていたでしょうね」

霞《かす》んだような微笑を遊圭に向けて、麗華は礼を言った。

「遊々、見かけよりずいぶんと力があるのね。わたくしが荷馬車から放り出されないよう、お前がずっとつかんでくれていた左の腕ね、けっこうな痣《あざ》になっているのよ」

遊圭が驚き、慌てて謝罪するのを、麗華は柔らかな笑みで遮った。

「責めているのではないの。礼を言いたかっただけ。もうかなりひいてきたから、安心して。お蔭《かげ》で命は助かったわ」

遊圭は首から頰へと体温が上がるのを感じて、「申し訳ございませんでした」とつぶやき、うつむいた。

襲撃を受けた日、その夜の遊圭たちの宿泊地でもあった慶城の守備隊長ルーシャンが、賊軍の領内侵入を察知し、迎えの護衛を急がせ、予定の合流場所よりも守備隊を進めていたことが、遊圭たちの命を救ったという。

「では、わたしたちが助かったのは、まったくの偶然で、幸運だったのですね」

遊圭は、公主の部屋に旅程の見直し報告のために訪れた玄月を捕まえて、恨みがましく難詰した。

玄月は悪びれずに言葉を返す。

「このような僻地《へきち》では、何が起きるか予測はつけ難い。万全を期したところで、想定外の災事はつきものだ」

「玄月どのを信じてついてきたわたしと公主さまは、国事にかかわる大事な任務に取りかかる前に、辺境の露と消えかけたわけですが」

玄月の眉《まゆ》がぴくりと動く。

「私とて千里眼でもなければ万能でもない。そなたこそ、この半年の間体を鍛えることすらしていなかったようだが。麗華様でさえ、己を守るために簪《かんざし》ひとつで賊を斃してみせたというのに、男のそなたが腰を抜かしていたのは情けなくはないか」

遊圭は絶句して玄月をにらみ返した。

ふたりの間の温度が一気に冷え込んだのを、同じ部屋にいた麗華と胡娘はしっかり感じたのだろう。いつもは高飛車な麗華が下を向いて爪の手入れに夢中になり、年の功を具《そな》えたはずの胡娘も、自分の打ち身に塗る湿布薬を練るのに忙しい。

双方相手の力量を過剰評価していたわけだが、期待していた水準の仕事が果たせなかったことには、互いに寛容になれないらしい。

そこへ取次ぎの宦官が呼ばわるのも待たずに、ルーシャンがドカドカと公主の部屋に入ってくる。

「玄月どの！　護衛の欠員を埋められるだけの兵士が集まりましたぞ。三日後には夏沙の都へ向けて出発できる」

「それは重畳。まことにお世話になります」

遊圭を含む女たちに、爽《さわ》やかで精悍《せいかん》な笑みを向けるルーシャンに、玄月は先ほどまでの仏頂面が嘘のように愛想よく応じた。ルーシャンの西域風の袖《そで》に覆われた逞《たくま》しい肘《ひじ》をとり、別室で話を続けるべく、さりげなく扉へと導く。

それにしても、この地方の太守や県令《けんれい》そのひとならともかく、辺境守備の一軍人が公主の滞在する部屋に平然と入ってくるのは困りものだ。ここでも反逆者の血を引く公主を軽んじる風潮があるのだろうか。

しんと静まった部屋の中、口を真一文字に引き結んだ遊圭の背後で、麗華は空々しいほど明るい声を出した。

「三日後ですって。胡娘、あなたは動けそう？　よかったらわたくしの馬車にお乗りなさい」

胡娘も明朗だが、どこか空虚な響きのこもった言葉を返す。

「乗馬は無理だが、座っているだけなら大丈夫だと思う。置いていかれてはかなわぬから、お言葉に甘えて同乗させていただこう」

くるりとふり向いた遊圭に、麗華と胡娘の会話がぴたりと止まる。かれの言葉を待つふたりの空気を読んでか読まずか、遊圭は両の拳《こぶし》を握って宣言した。

「馬車には四人しか乗れない。胡娘は横にならないといけないから、実質乗れるのはふたりだけだ。わたしは馬に乗っていく」

胡娘が驚いて起き上がった。体のどこかに痛みが走ったらしく、顔をしかめる。

「遊々には無理だ。素人が馬に乗れるようになるのは、一朝一夕のことではない。慣れるまでは歩くより大変だぞ。じっとしている馬から落ちても、打ちどころが悪ければ死ぬことはある」

「そうよ、遊々。四人乗りっていっても、道具入れや卓を取り除けば六人乗れる広さはあるわ。そもそも野営しなくてはならないときに、数人が寝起きできるだけのゆとりはあるのだから。余計な心配しなくていいのよ」

「大丈夫です。わたしだっていい加減、乗馬を覚えていい頃合いだ」

頑《かたく》なに言い張る遊圭に、胡娘があまり見せることのない憂い顔で説得を試みる。

「遊々、さっきの玄月どのの遊々に対する言いようはどうかと思うが、玄月どのもかなりお疲れで、焦っているのではないかな。あの若さで、皇室の体面を保ちつつ、ここの太守やルーシャンどのと渡り合わねばならないのだから」

異国出身の武人ルーシャンはともかく、官僚に連なる県令や地方の太守は、皇室の威を以《も》って命を下す宦官《かんがん》に、含むところもあるだろう。だからといって遊圭に八つ当たりするのも大人げないとは思うが、と胡娘は付け足した。

「まあ、確かに、城に来てからの玄月はピリピリしているわね。ここにはお兄さまも父君の陶太監《とうたいかん》もいないのだから、すべて玄月の肩にかかっているわけだし」

玄月とは相性の良くない麗華も、ためらいながら胡娘に同意する。

親戚《しんせき》の罪に連座させられた陶家の一門のうち、玄月の父親は官僚であったときは皇太子陽元の師を務め、宦官となってからはその最高位である司礼太監《しれいたいかん》まで登りつめている。そのため、玄月の若さに似合わない昇進を、親の七光りと陰口を叩《たた》く宦官や官僚は少なくない。

いつも冷静に超然とふるまう玄月は、遊圭には完璧《かんぺき》な官吏に見えるが、年齢差はたったの五歳である。玄月を取り囲む官僚たちから見れば、この美貌《びぼう》の宦官は皇帝の寵《ちょう》をかさにきた、鼻持ちならない豎子《こぞう》でしかないのだ。

遊圭は、玄月に対して意地を張って、馬上での旅を主張しているわけではない。皇太子の従兄《いとこ》として帝都に戻れば星公子《シンコンツー》ともてはやされる遊圭が、馬も乗れないのではお笑い種《ぐさ》だ。市井における新しい生活に馴染《なじ》み、家の再興に奔走した半年、身体を鍛えたくてもそんな暇も余力も正直いってなかったのだが、遊圭にとって体力のなさは常に劣等感の源だった。

「だから、これ以上、玄月のお荷物になりたくないんだ」

玄月や胡娘がいなければ、麗華の安全どころか自分の命すら守れないことを思い知らされた。また現実問題として、気候風土の異なる土地へ向かうためにも、体は鍛えておかねば生きて帰ることも危うい。

いま始めないでいつ始めるのだ。

「わたしだって、馬がただ座っていれば前に進んでくれる乗り物じゃないことはわかっている。でも、徒歩だと絶対についていけないことはわかりきってるし、帰りのことを思えば馬には乗れるようになっていないと困ると思う。練習できるのはいましかない」

一瞬、麗華の瞳《ひとみ》に寂し気な影が揺れたが、すぐに微笑が口元にのぼる。

「そうね。遊々の考えは間違ってないわ。でも疲れたらいつでも馬車に乗り移っていいのよ。お前がいないと、わたくしが退屈だから」

胡娘が同乗していて退屈するはずはないが、麗華の気遣いに遊圭は素直に謝意を示した。

後方から呼び寄せた援軍と、慶城から貸与された護衛兵を併せて隊列を組み、遊圭たちがふたたび西へ発《た》つ日がきた。武装した兵士は増えたが、財宝を積んだ荷馬車は減った。遅れた日程を取り戻し、さらに速度を上げるためにも、徒歩の車夫や女官はここで都へ返されることとなった。公主の輿入《こしい》れ行列としてはみすぼらしさは否めないが、代替の納采品は追って帝都から届けられる手はずだ。

遊圭の鞍《くら》に毛織の座布団を重ねるという胡娘の過保護ぶりに、遊圭は特に抵抗はしなかった。馬を進めるのは手綱を引く馬丁に任せて、ただ馬の歩調に合わせて体を揺らすよう、何度もしつこく説明された遊圭は、母に諭される孝行息子のようにひたすら従順にうなずいた。

そこへ大柄な栗毛の去勢馬を操るルーシャンが、石畳に蹄《ひづめ》の音も高く近寄ってきた。

「遊々嬢は乗馬は初めてであられるか。落馬などされぬよう、おれが目を配っておきます。胡娘嬢は安心して馬車で養生しておられよ」

おかまいなく、とあしらおうとした遊圭より先んじて、胡娘は「おお、ルーシャンどの。よろしく頼む。遊々が疲れを見せたら、すぐに知らせてくれ。馬車を止めさせる」と頼み込んだ。

略奪の的となる財宝が減ったことと、護衛兵の数が倍増したせいか、行列の速度も倍加し、慶城からの行程は飛ぶように進んだ。

最初の三日は、鞍に座っているだけなのに尻《しり》が痛み、馬から落ちないようにという長時間の緊張で、ふくらはぎから大腿《だいたい》が激しく筋肉痛を訴える。すがるもののない馬上で背筋を伸ばし続けたための腰痛と背中の凝りに、遊圭は夜も眠れないほどであった。

後宮にいた当時、医生官試験を受けるために詰め込んだ鍼《はり》医術や薬学のおかげで、夜は疲労回復と凝りをほぐし、痛みをやわらげる輸穴《ゆけつ》に鍼を打ち、自前で調合した強壮剤を摂《と》り続けたことで、どうにかこの苦行を乗り切ることができた。

それでも、靴擦れならぬ鞍擦れで剥《む》けた膝《ひざ》や腿《もも》の瘡蓋《かさぶた》が取れるころには、馬上に揺られながらルーシャンと雑談するくらいの余裕は生まれてきた。

「遊々嬢は風にも耐えぬ可憐《かれん》な乙女と見えたが、三日で操馬にも慣れ、行軍についてこられるようになるとは、なかなか心身ともに強靭《きょうじん》なものを具《そな》えておられるようだ。尼よりも林凜々どののように、娘子兵を目指してはいかがか」

警戒をゆるめることなく、絶えず四方と行く手に斥候を放っては、周囲の状況確認を怠らないルーシャンの話では、慶城前で一行を襲撃してきたのは十中八九、朔露国の賊兵であろうということだった。ただ、朔露国の王は現在のところ征西中であり、襲ってきたのは東部に残された留守居の周辺部族の浮浪兵どもであろうとも。

「留守番中の小遣いと、遠征中の王への点数稼ぎといったところだろう。下手に金椛《ジンファ》と事を構えて、王不在の手薄のところを反撃されては困るので、賊を装ってはいたが」

「武器やら装備で、どこの出身か明らかではありますよね」

ルーシャンは護衛隊長として、長蛇の列に気を配らねばならない立場だが、たびたび公主の馬車に立ち寄っては、遊圭に声をかけてゆく。胡娘は乗馬術の指導までしてくれる気遣いを喜んではいるが、玄月はルーシャンの職分を超える奉仕ぶりに懐疑的だ。遊圭には気を許してしゃべりすぎないように忠告し、凜々には遊圭の性別がばれないように、常にそばについているように命じた。

「玄月はルーシャンが外国人だから信用できないのかな」

遊圭は鞍の前にしがみつく天狗《てんこう》の背中を撫《な》でつつ、轡《くつわ》を並べる凜々に、意見を求める。

「武人にしては、愛想が良すぎるとは思いますが」

凜々は控えめな感想を漏らす。

「玄月だって、業務用の愛想を巧みに使い分けているから、愛想のいい人間が信用できないんだろう。ふたりともざっくり敵の首を飛ばしたり、腹をかっさばいたその場で、涼しい顔してにこやかに社交辞令が言えるから、どっちもどっちだと思うけど」

「私にはそれほど信が置けないか」

背後から玄月に話しかけられた遊圭は驚き、ふり返ろうとして鞍から落ちそうになった。前方で隊を率いるルーシャンにのみ気を配ってのひそひそ話だったので、殿《しんがり》を預かる玄月の気配にはまったく注意を払っていなかった。しかし遊圭は負けていない。かつては弱みを握られて、危険な仕事を押しつけられてはこき使われたものだが、今回は皇帝から直接依頼された仕事だ。玄月の手足でもなければ切り捨て自由な駒でもない。なにより、いまの遊圭は皇太子の外戚として、折々の宮廷行事には現皇室の末席を拝する立場でもある。

「玄月どのが秘密主義なのは本当のことじゃないですか。もう少し情報を共有してもらえれば、協力者のわたしとしては助かるんですけども」

ここぞとばかりに、使い走りではないことを強調する。

「別に秘密主義ではない。不確かなことや、憶測で物を言うことをしないだけだ。ルーシャンの為人《ひととなり》は、私にもつかめていない」

「わたしが世間知らずで、ひとを見る目が甘いことは自覚していますよ。家を再興したくても、なかなか信頼できる人間を雇えないことも、ここ半年痛感しています」

遊圭はかつて、ひとあたり良く親切だが、身分を詐称していた留学生を信じて痛い目に遭ったことがある。この時も生死にかかわる難事に巻き込まれたので、街に住み始めてからは迂闊《うかつ》に他人を信じないようにしてきた。

だが、族滅された家を再興するための、六十人を超える親族の供養や家廟《かびょう》の再建などは、人手がかかり費用も莫大《ばくだい》で、若輩の遊圭がひとりでできるものではない。また、遊圭が皇后唯一の親族であると知り、親切顔してすり寄ってくる者もいる。男子としては貧相な外見に加え、成人前でもあることから、遊圭を扱いやすしと判じ、取り込もうとする者も少なくなかった。

「信用の置ける筋から紹介された、身元と評判の確かな人間を雇うことにはしていますが……蔡才人《さいさいじん》の御実家にはずいぶんと助けられています」

遊圭は後宮で最初に仕えた主人の名をあげた。後宮の内官《ないかん》である蔡才人は都の豪商の出で、叔父《おじ》が刑部《けいぶ》の高級官僚でもある。また、陽元の皇太子時代には星玲玉《せいれいぎょく》の宮官《きゅうかん》として仕え、親交があったという。当初から明々と馬が合い親切にしてくれた蔡才人は、遊圭が正体を明らかにして、後宮を出ていったのちもいろいろと便宜を図ってくれた。

「でも、ルーシャンさんは金椛《ジンファ》の軍人ですし、出自もはっきりしています。下心があるとすれば、出世のための縁故づくりくらいしか思いつきません」

玄月は周囲を見渡してから声を低くして応じる。

「ルーシャンは、雑胡《ざっこ》だ。後宮の宦官《かんがん》にも幾人かいるが、かれらは利に敏《さと》く、奸智《かんち》に長《た》け、油断がならない。生まれながらにして父祖の地を持たないがゆえか、約定に重きを置かず利に釣られ、節を尽くすことなく、その義心も忠心も帰属するところを知らぬ。ルーシャンは夏沙国のさらに西にある康《こう》宇国の生まれだが、幼少のころより諸国を放浪し、三年前に私兵をまとめて伝手《つて》を頼り、慶城守備の仕事についたという。一歩間違えば山賊にもなりかねなかった連中だ。金椛の禄《ろく》を食《は》んでいるからといって、我々の節義が通用するとは限らない」

『雑胡』という耳慣れない言葉に玄月が滲《にじ》ませた侮蔑《ぶべつ》の響きに、遊圭は心の中で一歩引いた。官僚階級が宦官に向けるのと同種の差別意識をそこに感じとり、そうした理不尽な迫害に耐えてきたはずの玄月が、異国人に対する偏見を躊躇《ちゅうちょ》なく表したことに、遊圭はやるせなくなる。

かつては名門官家の御曹司であった玄月は、国士《こくし》太学《たいがく》の入学試験である童試《どうし》を最年少で合格し、官僚としての将来を嘱望されていた。親戚《しんせき》の罪に連座させられて官奴《かんぬ》の身に落とされなければ、家柄と生まれ持った能力で順調に出世し、若くして宰相の地位にも登れたであろう。

宦官となったのちも、その才覚を遺憾なく発揮し、皇帝陽元の内廷《ないてい》における右腕として後宮に強い影響力を持っている。また自身の未熟さを密《ひそ》かに自覚し、朝廷での基盤の危うさに悩む陽元の良き相談役でもあった。遊圭の知る限り、玄月はそうした立場を利用して人事を壟断《ろうだん》したり、私腹を肥やしたりという一般の宦官にありがちな悪心はなく、陽元の治世の安定に心を砕く、無私の忠臣だ。

そんな玄月でさえ、中央の官僚意識と、金椛《ジンファ》人が周囲の藩国《はんこく》に持つ優越意識から、一歩も出ることなくルーシャンを見下している。大国の官家に生まれ育った者にかけられた、根拠のない優越意識という呪縛《じゅばく》。

「でも、胡娘は——胡娘は何があっても、利に釣られてわたしたちを裏切ったりはしませんよ」

遊圭は胸のつかえを吐き出すように言った。

「胡娘の忠誠は、金椛皇室に捧《ささ》げられたものではなく、そなた個人に向けられたものだ。そして胡娘は雑胡ではない。祖国は滅んだにしろ、父祖の魂が眠り、心の還《かえ》る故郷はある」

十年をともに遊圭と生きてきた胡娘の何を、仕事でしか言葉を交わしたことのない玄月が知っているというのか。苛立《いらだ》ちを覚えながらも、遊圭は玄月の口にした『胡娘の心の還る場所』という言葉に胸が冷えた。

胡娘が遊圭を慈しむのは、戦禍で守りきれず亡くした、遊圭と同じように病弱だった幼い息子の代償だ。その愛情を疑ったことはないが、遊圭の命を守り通すことに、胡娘が残りの人生を捧げるのが真の幸福かといえば、違う気がする。

遊圭は急に胸苦しさを覚えた。ここのところ収まっていた狭心症の発作でもなく、喘《ぜん》息《そく》発作の予兆でもない。胸の奥深く差し込むような痛みは、むしろ切なさを伴っている。

夏沙王国の彼方《かなた》に、胡娘の故郷はある。息子は亡くしたが、夫や親族とは生き別れになったと聞いた。東西の文物や人々が集まる夏沙の都では、戦争で散り散りになった家族の消息に接することもあるだろう。胡娘が本物の家族に再会し、故郷へ帰ることを望んだとき、遊圭は敬愛する療母《りょうぼ》を快く見送ることができるのだろうか。

四、金椛暦　武帝四年　清明　末候——虹はじめて見る《あらわ》——

慶城から金椛《ジンファ》帝国の法の及ばぬ異郷との境、楼門関《ろうもんかん》に至る間、二度ほど賊の襲撃を受けたものの、ルーシャンの手配した斥候が正確に敵の数や動きを伝えてきたので、いずれも万全な備えによって大過なく切り抜けることができた。

「さきの襲撃では、雑兵とはいえ略奪に移る前は統制がとれていて、ひとりひとりの戦闘力は夏沙の兵士や錦衣《きんい》兵より高い印象を受けました。ルーシャンさまの隊も、金椛《ジンファ》人や夏沙出身ではない兵士が多いようですが、戦いに慣れているのでしょうか」

二度目の襲撃を難なく撃退したあと、遊圭は心にかかっていることを訊《たず》ねる。

「辺境では、山賊との小競り合いや異民族との衝突は日常茶飯事だから、おれの部下は確かに戦いに慣れている。都の錦衣兵は選《え》り抜きといっても、本気でこちらを殺しにかかってくる敵を殺したことのある近衛《このえ》が、何人いるのだろうな。しかも朔露《スーロー》の軍兵は生まれ落ちたときから戦士となるべく育てられ、敵の首を獲《と》ってはじめて一人前扱いらしい。いま大陸最強の軍を擁しているのは、朔露の王だろう」

ルーシャンの甲冑《かっちゅう》は、その言葉通り細かい傷に覆われ、革を接《は》ぎ合わせる紐《ひも》の色が不ぞろいで、修復してあとから付け替えた鎧札《よろいさね》の大きさもまちまちであった。

行進の速度を調整するためにも、一日に三度は行列の前後を往復し、公主の機嫌を遊圭に訊ねてくるルーシャンとの親交は徐々に深まってゆく。身近に接していれば、遊圭の女装を見破られる危険があるので、なるべく口も利かないほうがいいのだが、東西の交易や紛争状況に詳しいルーシャンの話す内容に興味は尽きない。

ルーシャンが遊圭を救出し抱き上げたとき、少女離れした骨ばった体は衣裳《いしょう》越しでもごまかせなかったはずだが、男子であることは看破されなかったらしい。辺境育ちの荒くれ兵士や粗暴な移民兵を束ねるルーシャンには、実年齢に比しても小柄で華奢《きゃしゃ》な遊圭は、成長不良な女子としか思えないのだろう。

苛酷《かこく》な天候に耐え、痩《や》せた大地を耕し、絶えず異民族との小競り合いに命を削る辺境の民は、女も子どもも頑丈で逞《たくま》しく、そして荒々しい。後宮で二年近くも女装し女官として暮らしていた遊圭は、本人が自覚せずとも、たおやかな物腰やさりげない仕草が、ルーシャンとその配下の者たちには申し分なく女性として映るのだろう。

しかも今回は、見よう見真似で女を演じていた後宮時代と異なり、本職の女形《おやま》俳優に発声はもちろんのこと、女よりも女らしい身振りや手つき、仕草だけでなく、これまで理解できていなかった女性の行動原理まで、みっちり叩《たた》きこまれた。

ルーシャンひとり騙《だま》しとおせなくて、夏沙の宮廷で女を演じきることは難しいだろう。遊圭は敢《あ》えてルーシャンを避けることをせずに、かれから引き出せる異国の話に耳を傾けた。

「金椛《ジンファ》帝都には十四、五のころ三年ほどいた。夏沙《シアシャー》商人の叔父について帝都の商いを手伝い、そのあとしばらく互市《ごし》の牙郎《がろう》に弟子入りして仲介業について学んだが、金勘定より腕っぷしのほうを買われて都を去り、諸藩の用心棒などして放浪に若い時を浪費してしまった」

ルーシャンの愛想の良さは、商人について修業し処世を学んだ名残らしい。

遊圭や玄月と違い、隠したり避けたりしたいところのないルーシャンの少年時代は、とてつもなく開放的で冒険的に聞こえる。雑談になると口調も砕けて、夏沙《かしゃ》や朔露《さくろ》など異国の地名が金椛語の音訳でなく、胡語《こご》本来の発音に近くなるのがどういうわけか耳に心地よく、かっこいい。

　玄月にも胡娘にも聞きそびれていた『雑胡』という言葉の意味も、ふとしたはずみで本人の口から知ることができた。

「おれの隊は慶城では雑胡隊《ざっこたい》などと呼ばれて軽んじられているが、いま朔露《スーロー》の王に攻めてこられたら、慶城の太守もわが雑胡隊の戦力なくして城を守りきれはせんだろう」

　自慢げに放言し、大笑する。

「雑胡……隊、というのが部隊の名なのですか。隊長のルーシャンさまのお名前や、兵士らの出身地を冠するのではなくて？」

「出身といえる土地だの国だのを持たないのが、雑胡の兵であるからな」

　西方の異民族同士の間に生まれた混血児を『雑胡』という。北狄《ほくてき》や西戎《せいじゅう》の異民族を、ひとまとめに胡人と呼びならわす金椛人《ジンファ》ではあるが、胡人の世界にもまた無数の言語と文化、異なる人種からなる国々が、西大陸の果てまで連なっていることを知らないわけではない。

　いくつもの民族が行き交い、常に国境が移動する西域では、いずれの民族にも帰属しない狭間《はざま》の子どもたちが無数に生まれてくる。その中には、親を早くに亡くし、親戚や他人の手をたらい回しとなるのはまだしも、庇護《ひご》者を失い、あるいは初めから親の顔も名前も知らないまま世界に放り出され、奴隷として売り買いされる者が少なくない。

　自分が何人であるかという自覚もなく、父祖の地も心の還る場所も持たない。数か国語を操る雑胡のなかには、どれが自分の母語かさえ、わからない者もいるという。

隣接する夏沙王国ですら地の果てのように感じられていた遊圭の脳裏に、広大な大陸とそこに住む、外見も文化も異なる人々の、無限の営みが広がっていく。

ルーシャンが、そして胡娘が幼いころから見てきた西域の風景が、はじめて遊圭の視界に姿を現した。

街道の端で羊の群れを追う少年がかれらに手を振る。ルーシャンが手を振り返す。行列をやりすごすために、屋根より高く積み上げた牧草を背負った驢馬《ろば》を、必死で街道から降ろそうとする老人と子ども。

賊軍への守りが万全でなかった玄月の落ち度も、なぜか許せる気持ちになった。世界は、遊圭や玄月の知るものよりも、はるかに広く大きく、予測不能なのだ。金椛《ジンファ》人とは全く違う角度から世界を見ている雑胡に、金椛の節義が通じないのは当然であった。

そして自分たちはこれから、金椛の常識が通用しない世界に飛び込んでいこうとしている。胡人を戎《えびす》と決めつけ、雑胡を蔑《さげす》む玄月は、どれだけそのことを実感しているのだろう。その思惑はどうであれ、西域の常識や駆け引きに詳しそうなルーシャンを味方に引き込むことは、決して愚かな判断ではないはずだ。利に敏《さと》いのが雑胡なら、彼が求めるものを知っておくことが肝要ではないだろうか。

会話の切れ目に、遊圭はルーシャンの目的と為人《ひととなり》を探り出すために用意した質問を、用心しつつ繰り出す。

「公主《ターチャ》さまともども、命を救っていただいたことは、本当に感謝しております。帰国の折は大家にも娘々《ニャンニャン》にもルーシャンさまのお骨折りについては申し上げておきます。ルーシャンさまは都においでになるご予定はおありですか」

婉曲《えんきょく》な、中央に出てくる野心はあるかという問いかけに、ルーシャンは髪と同じ色の濃い眉《まゆ》を高く上げた。薄茶の瞳に、計算もしくは逡巡《しゅんじゅん》の色がよぎる。こちらからの誘い水に、相手が応《こた》えるまで艶《えん》な微笑を湛《たた》えて待つ操心術は、玄月が女官に対して使う技の応用だ。こうした駆け引きが、ふた回りも年上のルーシャンに通用すると思うほど、遊圭は思い上がってはいない。本音を引き出すことはできずとも、小賢《こざか》しい小娘の流し目くらいには、やたらとこちらのご機嫌を伺ってくるルーシャンをいい気にさせる効果はあるのではないだろうか。

ルーシャンは目尻《めじり》の少し下がった巴旦杏《アーモンド》形の目を細めて、人好きのする笑顔を浮かべた。

「機会があれば、いつでも都に上ってみたいものではあるな。その時は案内を頼んでもよろしいか」

遊圭は袖《そで》で口を押さえて、小さくうなずいた。

「わたくしは宮中から出ることはできませんが、お知らせいただければ縁故の者に案内を申し付けておきます。女官宛ての書簡は正規の部署に送るより、玄月さまに言づける方が、早いかもしれませんね」

十五の小娘にしては、如才がなさすぎるだろうか。だがそうでなくては、異国へ嫁ぐ公主の近侍に選ばれはしないだろう。微妙な匙《さじ》加減が要求されるところだ。一族すべてを亡くして路頭に迷っていたころに比べると、遊圭自身ずいぶんとしたたかになってきた気がする。やはり後宮だの宮廷だのという場所は、ひとを早く老化させてしまう場所のようだ。老獪《ろうかい》さがとても二十歳過ぎとは思えない玄月が、いい例ではないだろうか。

だが、夏沙王国の宮廷は、玄月の打つ手が通用する世界ではないかもしれない。

西域への入り口、楼門関《ろうもんかん》は砂漠と荒れ地に囲まれた町だ。

いまや中原《ちゅうげん》には爛漫《らんまん》と花が咲き誇り、緑の芽が吹き始めているころだが、ここでは水のある町中と周囲にのみ、緑陰や家畜のための牧場、乾燥に強い果樹や豆、野菜を育てる耕作地があるだけだ。街から半里も離れずして、土色の乾ききった草がところどころ砂塵《さじん》に揺れるばかりの、茫漠《ぼうばく》とした砂漠地帯が広がっている。そして門の彼方《かなた》には、これまで見てきた荒野が緑の牧場に見えるほど、一片の草すらなくひとも獣も棲《す》めない、砂丘だけが幾重にも地平の彼方まで続く、広大な死の砂砂漠《すなさばく》が広がっているという。

はぁはぁと息を切らせつつ階段をのぼる麗華を先頭に、一同は十丈を超える城壁の上に建てられた、三層の楼門の最上階に立った。

彼らの目に馴染《なじ》んだ、北天江の南岸に広がる緑豊かな中原とはまったく違う、鉄分の多い赤い山肌と黄砂の平原、塵《ちり》に霞《かす》んだ蒼穹《そうきゅう》という、灼熱《しゃくねつ》の大地に目を瞠《みは》る。楼門の三層の屋根に葺《ふ》かれた黒瓦《くろがわら》と白壁の対比、窓枠や柱に塗られた丹《に》の赤さだけが、この最果ての地が金椛《ジンファ》の領域であると頑固に主張していた。

額に手をかざして遥《はる》か西方を眺めつつ、麗華は金椛帝国の辺境に至ったときと似たような疑問を随行者に向ける。

「本当に、この砂砂漠の向こうに、玻璃《はり》と黄金と宝玉で宮殿を建てるほど豊かな王国があるというの？」

遊圭はぜぇはぁと麗華よりもせわしない呼吸をこらえつつ、最後に望台へと上りきった。上りきれただけでもすごいと思うのだが、三日前に床上げしたばかりの胡娘も含めて、他のだれも息をきらしていない。公主をひとりで楼門に上がらせることはできないため、玄月や凛々、そして水や食事、公主用の椅子を運ぶ宦官《かんがん》、護衛の娘子《じょうし》兵、そしてルーシャンも楼上へと同行している。こちらの面々は平然とし、汗もかいていない。

遊圭はガクガクする膝《ひざ》を叱咤《しった》しながら、望台から西方を見晴るかす一行のあとを追う。

「そのように聞いております。事実、この楼門関は西から金椛を訪れる隊商と、金椛から西域へ向かう交易民たちの宿場町でもあります」

玄月が滑らかな口調で麗華の問いに答えている。金椛宮城の護城壁よりも高い望台から見下ろしても、無数の砂丘だけがただひたすらに地平まで続く光景に、息を呑《の》まない者はいなかった。

「まさに、春すら訪れぬ一片の孤城」

玄月が珍しく情緒的なことをつぶやくので、遊圭は驚いた。その詩の先を聞きたかったのだが、ルーシャンの豪快な笑い声に妨げられる。

「玄月殿。もちろんこの地にも春は訪れます。でなければどうして作物を育て、牛羊を養うことができますか。それに楼門関は一片の孤城ではない」

「確かに、そのとおりですね。この城塞《じょうさい》には孤城の侘《わび》しさはなく、ひとがあふれ交易で賑《にぎ》わっている。旅人を潤す緑を守り、作物を育てる近辺の住人も、かなりの数にのぼるようだ。この詩を作った者は、もしかしたらこの町を実際に見ることなく、最果ての城塞という幻想に酔っていたのかもしれません」

玄月は切れ長の涼し気な目を細め、曖昧《あいまい》な笑みを浮かべてルーシャンに同意した。その柔和な表情にも口調にも、ルーシャンに抱える不信や、雑胡に対する差別意識は微塵《みじん》も読み取れない。その外交の仮面をかぶりとおす技量は、ただもう見事としかいえないと遊圭は思った。

「あら？　ねえ、あれは何かしら」

強烈な日光を遮るため、右手を目の上にかざし、望台の手摺《てすり》に左手をついて身を乗り出した麗華が訊《たず》ねる。

陽炎《かげろう》のたつ黄色一色の大地に、蜃気楼《しんきろう》のようにゆらゆらと、長大な行列がこちらに向かってくる。遠目でわかりにくいが、隊商にしては交易品を積み上げた荷車は見当たらず、陽光を反射する無数の矛の穂先を整然と連ねた二種類の騎兵隊らしい。幟《のぼり》を押し立てて先頭を進むのは、金色の魚鱗札《ぎょりんさね》がきらきら煌《きら》めく美麗な甲冑《かっちゅう》をまとった騎手だ。

整然と四列に並んだ騎馬隊のあとを、馬より大きな獣の群れが、丸く盛り上がった背に騎手や大きな荷を背負い、長い首を揺らしながらついてくる。

「あれは、なんという獣でしょう」

遊圭が誰にともなく問えば、胡娘が少し驚いて答える。

「駱駝《らくだ》だ。途中でも見かけたし、この街の外でも放牧していたが、遊々は見なかったのか」

「前を見て手綱を握っているのに精いっぱいで、周りを見る余裕はあんまり……」

遊圭は頰をうっすらと赤くして口の中で言い訳した。よそ見をすると無意識に手綱が左右に寄ってしまうためか、馬が列を乱してしまう。それを避けようと、遊圭は前を行く騎手の背中をひたすら見ていることが多かった。

「前にも話したことがあると思うが、駱駝は何日も水を飲まずに旅をすることができる上に、砂漠の船とも言われるほど、多くの荷を積める。ここから先は駱駝なしには進めない。西域から、水場の稀《まれ》な砂漠地帯を越えて金椛《ジンファ》に来るには、不可欠の獣だ」

胡娘の説明に、歩くのも走るのも馬より速く、より多くの荷を運べるのなら、どうしてもっと大陸全土で使われないのだろうと遊圭は不思議に思った。

駱駝隊のあとも、数えきれない馬や羊が地平の彼方まで細い列を作ってついてくる。

「軍隊、にしては、家畜を多く連れている」

遊圭のつぶやきに、風になびく幟や旗を見分けたルーシャンが、快活な声で答える。

「結納の馬と羊を連れてきた、夏沙国の迎えだ。期日通りに来るとは珍しい。わが隊の仕事はここで終わりだ。公主殿下と御一行の旅の安全を、心より祈り申す」

金椛《ジンファ》凰に拱手《きょうしゅ》して麗華たちに敬礼するルーシャンに、遊圭は目を瞠った。

「ルーシャンさまは、ここから引き返されるのですか？」

作り声でなく、遊圭の声はひっくり返った。国境を越えた未知の領域を前に、同じ言葉を話す武人と別れる不安は、麗華も同じだったらしい。何しろ、命の恩人なのだ。

「どうしても引き返さねばならないの？　朔露の賊兵がまた襲ってこないとも限らないわ。兵の数は多い方がいいと思うのだけど。玄月、そう思わないこと？」

麗華に名を呼ばれた玄月は、無表情に少し首を傾けた。身近な者には逡巡や思案とわかる仕草である。彼自身、この先の護衛策に万全の自信があるわけではないのだろう。

遊圭はここでひと押ししてみた。

「この先は我々の流儀は通用しないかもしれません。諸国の事情に詳しいルーシャンさまに、いろいろご教示いただけることもあると思いますが」

信用できるかできないか、それがわからない時点でいちいち切り捨てていたら、信頼できる味方などひとりも作れない。ルーシャンの本性が利に釣られる人間であれば、こちらが差し出す利が、ほかのどこより有利になるようにしておけばいいことだ。

思案の末、玄月は丁寧な物腰でルーシャンの隊の随行を要請した。

「進めば進むほど、朔露国の領域にも近づく。いわば朔露の鼻先を通る以上、かれらの動きには警戒が必要かと思います。慶城の太守には書簡を認《したた》めますので、馬羊を金椛《ジンファ》の帝都に連れて帰るのは錦衣《きんい》兵に任せ、麗華公主さまが無事に夏沙の都へ着くまでルーシャン殿の隊に御同行願えれば、我々としては心強い」

ルーシャンは満面の笑みを一同に向けた。

「職務であれば、否やはない。久しぶりに夏沙の旧知を訪ねることができるのも、楽しみではある」

ルーシャンは快諾し、荷の積み替えや、砂漠での長旅に向けた軍馬の糧秣《りょうまつ》手配のために、急ぎ足で楼門を降りて行った。

金椛の宮廷からここまでたどり着いた面々だけになると、麗華は意を決したように口を開いた。

「遊々とシーリーンは、ここからお帰りなさい」

遊圭と、胡語《こご》における本名をいきなり呼ばれた胡娘はもちろん、玄月も驚いて麗華を見つめる。

麗華は両手を握り締めてうつむき、苦し気に告白した。

「お兄さまからお話があったとき、たったひとりで異国に嫁ぐ勇気がなくて、怖くて、ついわがままを言ってしまったけど。わたくしよりも年下の遊々に甘えてしまったのは、間違いだったわ。わたくしのために賊に襲われて、死ぬような目に遭わせてしまって、本当にごめんなさい」

悄然《しょうぜん》と胸の内を明かす、あまりに予想外の麗華の言葉に、遊圭は返す言葉を失った。

「本当は、慶城で女官たちが引き返すときに、お前たちも一緒に帰るよう命じるつもりだったけど、言い出せなくて。護衛も増えたことだから、せめて国境まで、って。だから遊々、ここまででいいわ。お兄さまによろしく伝えてくれるかしら」

遊圭は返事に困り、胡娘から玄月へと視線を泳がせる。胡娘は目を丸くして成り行きを見守り、玄月はまったくの無表情で遊圭の目を見つめ返した。

麗華の気遣いは嬉《うれ》しいが、遊圭の役割はもはや単なる近侍ではない。麗華はそのことを充分に理解しているはずなのだが。

「玄月。お兄さまに命じられた仕事は、わたくしとお前でできるわよね」

周囲が苛立《いらだ》つほどに、玄月はゆっくりと息を吸い込む。

「遊々には、遊々の役割があります。麗華様には代わりは務められませんし、私が兼ねることは可能ですがそれだけ時間がかかり、結果的に間に合わなくなるかもしれません」

玄月は淡々と事実を述べた。麗華は唇を噛《か》んで袖《そで》を揉《も》み絞る。

「でも、遊々はまだ元服もしてないのよ。まだ子どもといってもいいのに、お兄さまも玄月も、そしてわたくしも、あまりに重いものを遊々に背負わせすぎではないこと？」

胸の塊を搾るように吐き出し、麗華は肩をすぼめて望台の石畳の床へ視線を落とす。

遊圭はうつむいた麗華の額を飾る歩揺《ほよう》が、砂塵《さじん》まじりの風に揺れるのを、不思議な気持ちで眺める。麗華が遊圭のことをそのように考えていたことは驚きであったし、自分自身、まだおとなになっていないことを自覚させられる。

遊圭はあごを上げてまわりの人々を見渡した。麗華が十五のときは、宮中深く引きこもって思うままにわがままを通していたかもしれないが、凜々にしても玄月にしても、もっと幼いころから宮仕えをしてきたのだ。後宮でともに働いていた女童《めどう》や通貞《つうてい》などは、十歳かそれくらいから親元を離れ、一方的に決められた主《あるじ》に仕える。星家が隆盛だったころも、十二、三から奉公に上がってきた少年少女たちは少なくなかった。

早くから奉公や宮仕えに出る子どもたちに同情したことはなく、自分自身が生きるために働かねばならなくなったときも、そのことで運命を恨んだことはない。

もちろん、麗華が気に病んでいるのはそんなことではない。夏沙王国への旅は命がけであり、そこで遂行しなくてはならない任務には、金椛《ジンファ》皇室の命運がかかっている。朔露賊軍の襲撃で、麗華はそのことを芯《しん》から実感したのだろう。

――もう少し、早く気づいていただきたかったです。公主さま。

遊圭はゆるりとした微笑を浮かべる。

「公主さま。お気遣いどうもありがとうございます。でも、わたしも今年で元服する身です。一人前の働きはできると思います。そうでなければ、主上《しゅじょう》も玄月さんも、わたしにこの仕事を任せたりはなさらなかったでしょう。わたしは、わたしの家族と祖国に対して果たすべき責務から、逃げたりはしません」

本音ではなかったが、こういう口実で断らなければ麗華の立場がない。賊軍の襲撃にも、文字通り首の皮一枚で助かったのだ。玄月ひとりに頼りきっていては、目的地にたどりつけるかどうかもわからない。ひとりでも多く知恵を出し合い、この任務に成功して帰らなければ、金椛《ジンファ》という国が一年先もあるという保証がない。それをわかっていたから、玄月はルーシャンに護衛の延長を要請した。

遊圭には、ここから引き返すという選択肢はなかった。

それでも、麗華の気持ちはうれしかった。

遊圭は麗華の前まで進み、跪拝《きはい》してから顔を上げた。袖の中で組んだ両手を高く掲げ、麗華の目をまっすぐに見上げる。

「夏沙の王都まで御一緒して、公主さまのご成婚を見届け、お幸せになるのをこの目で見てから、主上にご報告申し上げます」

麗華は目を細め唇を震わせた。

「後悔しても、知らないから」

横断を試み生還したもののいない、広大な砂の海の全容を知る者はいない。しかし、北側に聳《そび》える天鳳《てんぽう》山脈、南側は峻険《しゅんけん》な天鋸《てんきょ》山脈に挟まれ、東西に地峡の刻まれた、楕円《だえん》の盆地であることは古くから伝えられていた。砂の海の外縁に沿って、転々と配置された水場《オアシス》の駅といくつかの交易都市を、ぐるりと数珠《じゅず》のようにつないだ細い砂砂漠の回廊が、東西交易の動脈であった。

遊圭たちが進んだのは、天鳳山脈の南側斜面のふもと、砂漠の北辺に沿った天鳳行路だ。夏沙の王都へは、この砂漠の縁に点在する水場と交易都市を経由すること、おおよそひと月からひと月半を要する。

この旅の間に体験したもろもろのことは、遊圭の記憶にあまり残ってはいない。

土地の者たちが『死の砂漠』と呼ぶ、一歩踏み込めばあっという間に方角を失い、砂丘から砂丘へと逃げ水を追い続けて渇死する黄色い大地を横目に、来る日も来る日も、車両が砂に沈むことのない道筋からはみ出さないよう、ただひたすら天鳳行路を西へ西へと進む日々の繰り返しであった。

柳や葦《あし》などの緑は、岩場の間に忽然《こつぜん》と現れる湖の周辺や、天鳳山脈の山肌に折りたたまれた、襞《ひだ》のような谷川の両岸にかろうじて生き永らえている。万年雪を戴《いただ》く峰から下ってきた渓流も、谷を流れ出たとたんにたちまち蒸発し、あるいは砂に吸い込まれ、その痕跡《こんせき》すら残さない。

春とは思えない苛《か》酷《こく》なまでの日中の陽射し、同じく春という季節など知らぬ漠野の夜の激しい冷え込みは、遊圭の体調を狂わせた。食欲が落ちたところに、香辛料の効いた肉中心の異郷の食事はさらに胃腸を痛めつける。乾燥した寒冷な気候のため、北天江の北岸では稲は育たないと聞き、河を渡る前に積み込んできた米もとうとう底をついた。

粉ものの水餃子《スイギョーザ》や麺《めん》類は、薄味に煮込んで胃に流し込むことはできる。しかし、火と水を必要とする料理は一日に一度だけで、移動中の食事休憩にはパサついた麺麭《パン》や乾菓を、わずかな水や駱駝《らくだ》の乳で飲み込まねばならない。干し肉を齧《かじ》っても唾《つば》は湧いてこず、細かな砂塵と乾燥した空気のために、咳《せき》が出るといつまでも止まらない。強壮剤や喘息《ぜんそく》の薬など、持ってきた一年分の生薬を、この行程で使い果たしそうな勢いで消費した。

楼門関周辺の砂漠地帯も充分に苛酷だったのだが、まがりなりにも、荒野には地べたに張りつくようにして伸びる乾いた植物が育ち、動物や昆虫の姿を見ることができた。いまは一点の曇りもない空には飛ぶ鳥もなく、陽炎《かげろう》で視界の歪《ゆが》む砂一色の大地には、蟻一匹見つけられない。

水場《オアシス》から水場まで貴重な水を浪費することもならず、せっかくコツをつかんできた乗馬術もそこそこに、遊圭は駱駝に牽《ひ》かせた麗華の馬車にこもって、ひたすら体力を温存させることに専念した。

――いやでもこれ、日蝕《につしよく》関連の文書を見つけ出しても、この道を生きて引き返すことができるんだろうか。

遊圭の心配はそこだ。幻の『天官書』を心待ちにしている陽元のもとへ、中継都市や駅逓《えきてい》で駱駝や馬を乗り継ぎ、可能な限りの速さで戻らなければならない。

熱に中《あた》らないように、自分の飲み水で布を濡《ぬ》らして、遊圭の汗を拭《ふ》いてくれる胡娘にその不安を打ち明ければ、明快な答が返ってきた。

「探し物がどれだけ大きな荷物になるのかは知らぬが、なにも一緒に運ぶことはない。玄月と凜々どのに託して、遊圭は交易隊商に加わってゆるりと帰国すればいい」

そのほうが足手まといにならなくてすむ、とはさすがに胡娘は言わなかったが、遊圭はそれはそれで気が楽になった。

遊圭に求められているのは、夏沙王国の後宮における探索と、それと思われる文書を見極める選別眼であった。星図ともろもろの惑星や明星《めいせい》の周期表の読み方は、出発前に太史監《たいしかん》で詰め込まれた付け焼刃ではある。しかし、文書を読む速さと記憶の確かさ、必要であれば筆写も正確で速いという特技に遊圭が恵まれていなければ、いかに現皇室に忠実な皇后の外戚《がいせき》といえども、玄月の助手に選ばれはしなかっただろう。

——玄月なら、用済みになればあっさり切り捨ててくれそうだな。そうなる前に、あとから追いかけますと言っておいた方が、置き去りにされても傷つくことはないかもしれない。

日中は暑さに朦朧《もうろう》とし、夜は寒さに震えながら、そんなことばかり考え続けた天鳳行路の旅であった。

五、金椛暦　武帝四年　立夏　末候——王瓜《からすうり》生ず——

険しい岩山を背景に、果てしない砂漠を見下ろすように聳え立つ、堅牢《けんろう》な城壁に二重に囲まれた巨大な都市国家、夏沙《かしゃ》王国。建築材である岩石の色も、石垣の積み重ね方も、まったく目に馴染《なじ》んだところはなく、何もかもが岩と石と煉瓦《れんが》で築かれている。

その堅牢な城塞《じょうさい》都市を、遊圭は驚愕《きょうがく》と畏敬《いけい》の念を込めて見上げた。

春節に賑《にぎ》わう都をあとにして三月と半。暦はすでに、初夏を迎えている。都で異変があれば早馬が知らせにくることだろうが、それも遊圭たちに追いつくまでにひと月はかかる。

もしかしたら帝都ではすでに日蝕が起きていて、国家の威信は崩れ落ちているのではないか。あるいは学者たちが、国内に埋もれていた文書をとうに掘り出して万事解決済みなのではないか。それとも、そのどちらでもなく、遊圭たちのもたらす朗報を、陽元がひたすら首を長くして待ちわびているのだろうか。

万里を隔てた故国の現状を知るすべもなく、愛《いと》しい者たちの無事を祈り、与えられた任務に専念するほかに、遊圭にできることはない。

そうした『こちらの事情』を遊圭が暗澹《あんたん》としつつ考えていると、城門が開いた。城壁に沿って南北に走る天然の谷を利用した、深い濠《ほり》の上に架けられた橋を、長い行列が延々と渡ってゆく。

一歩、都に足を踏み入れれば、風景は一変する。殺風景な淡黄の砂漠と、茶色の濃淡に覆われた岩石地帯を見慣れていた目に飛び込んでくるのは、どの通りにも一定間隔に並ぶ街路樹の、色鮮やかな初夏の新緑。緑樹を囲む花壇と、家々の壁に沿って置かれた鉢植えには、これでもかというほどの多彩な花が咲き乱れ、色の洪水が押し寄せる。様々な種類の濃淡に富む緑がこれほどまでに目を癒《いや》し、心躍らせる美しい色であったとは。

そして、噴水からふんだんにあふれ出る冷涼な水が、街を縦横に走る側溝に注ぎ込んで都を巡り、炎熱地獄の城壁の外とは比べものにならないほど過ごしやすい。

このときは馬上でなく、公主の馬車に乗って入城した遊圭は、驚いて窓の外にいたルーシャンに訊《たず》ねた。

「この水は、どこからくるのですか」

「天鳳山脈の地下水脈まで掘り下げた井戸から、城の背後にある水門まで地下水道《カレーズ》が通っている。城内で消費する水はただだが、持って出ようとすると高い税を払わないとならないから、気をつけることだ」

西域のことは不案内と思われているのだろう。ルーシャンは、訊《き》かれないことも親切に教えてくれる。遊圭はこの旅の苦難を思い起こして、ルーシャンの故地、康宇国はあとどれだけ遠いのかと訊いた。

「康宇国はこの砂漠の西端にある地峡を抜けて、北に進んだ高原にある。嵐や盗賊に襲われなければ、順調にいって二か月くらいだ」

これまでの道のりで死にそうな思いをした遊圭は、たとえそうしなくてはならない事情ができたとしても、康宇国へはとても行きつけまいと思った。胡娘の故郷はさらにその西へ一か月という話を思い出し、少し前までほのかに抱えていた『胡娘を故郷まで送

って ゆく』という夢はここで挫折《ざせつ》することとなる。

夏沙の王宮は主に大理石でできていた。雪花石膏《せっかせっこう》や大理石から刻みだされた人や獣の彫刻があちこちに置かれ、屋内と屋外のいたるところに配置された水盤には、白や濃桃《こきもも》色などの睡蓮《すいれん》が涼しさを演出している。

薄暗い回廊を奥へ進めば、広間にはあふれるほどの光が満ちている。驚いて天井を見上げれば、壁や天井の明り取りの窓に嵌《は》め込まれた透石膏《とうせっこう》の板越しに、濃く青い空が客人たちを見下ろしている。

床には艶《つや》やかな色合いの陶磁板《タイル》が幾何学模様に敷き詰められ、壁の高い位置には蔓草《つるくさ》や葡萄《ぶどう》、柘榴《ざくろ》など、思いつく限りの植物の花や果実、そして鳥が彫刻、彩色され、名も知らぬ楽器を奏でる飛天が天井を舞っていた。そして麗華が話に聞いていた通り、獣の目や飛天の胸飾り、楽器の装飾には瑠璃《るり》石や柘榴石、琥珀《こはく》といった貴石が嵌め込まれていた。また、玉座の間の入り口では、孔雀石を砕いた染料で、大理石を青緑に染め上げた衣裳《いしょう》をまとった女神が、青硝子《あおガラス》の嵌め込まれた瞳《ひとみ》で、地の果てから訪れた客人を歓迎していた。

そしてこの砂漠と岩山に囲まれた国で、海や湖水の産物である螺鈿《らでん》や真珠を鏤《ちりば》めた宝冠で髪をまとめた女官たちが、花嫁一行を迎えた。

戸外では陽射しや風塵《ふうじん》を避けて大判の布で頭から体を覆う人々も、風通しの良い王宮内では、男女ともに薄手の衣裳をひらひらとなびかせ、涼し気にしている。

麗華の婚礼にともなう一連の準備と儀式を、遊圭が手伝うことはない。最初の遊圭の仕事は、三世代前に夏沙国に亡命した紅椛《ホンファ》人の子孫を探し出すことだ。紅椛の公主がこの国の皇族に嫁いだ可能性は高く、身分の高い紅椛女性の多くが女官として後宮に仕えたはずである。その中から太史監《たいしかん》に勤めていた官吏の子孫を突き止める。

しかし、婚姻を結ぶ相手が圧倒的に胡人《こじん》となるこの地において三世代も経てば、天官書の継承者が東方民の外見的特徴を残していないことも、考慮しておかねばならない。

遊圭の立場は単なる近侍ではなく麗華の祐筆《ゆうひつ》であり、正妃となる麗華の公務を円滑にするため、西域の公用語でもある康宇《こう》文字と金椛語《ジンファ》の、公私の文書に触れることができる。この方面から、正規の使者が要求すれば内政干渉になりかねない、亡命者の洗い出しが可能になるという目論見《もくろみ》だ。胡語の翻訳と人名の音訳の対比は、胡娘との共同作業になる。

後宮内の帳簿や公私の書類を精査して、必要な情報を探し出す。それは一年と半年前、金椛の後宮内で、遊圭が取り組んだ皇太后の周辺調査とほぼ同じ内容であった。玄月に押し付けられた仕事の中で、自分だけの力でもっとも完璧《かんぺき》に近い形でやりとげたのは、この地味な調査活動くらいなものではないだろうか。

「帳簿整理なら任せておけ、って感じかな。でもそれすら玄月には敵《かな》わないんだ。わたしにできることは全部できて、その上に武器も使えるし、女性にはもてる。役立たず呼ばわりされてもしかたがない」

孤独な作業に、遊圭は筆の先を整えつつ、独り言をつぶやく。

麗華の身の回りの世話は、旅の間は護衛であった凛々ら娘子兵《じょうし》が近侍を兼任して婚礼支度を整え、儀式に送り出した。

夏沙国王イナールと金椛《ジンファ》帝国公主麗華の婚儀を見届けるのは、遣使である礼部《れいぶ》の高侍郎《こうじろう》と、筆頭常侍《じょうじ》の玄月だ。これからすべての公式行事が終わるまで、遊圭は自身の判断で後宮の書類と格闘しなくてはならない。

延々と続く婚礼の儀式と宴会を横目に、遊圭が帳簿の金椛語への書き写しに励んでいると、後宮の女官が麗華への贈り物を捧《ささ》げてきた。その女官は、受け取った麗華付きの娘子兵が贈り主の名を聞き出す前に、いなくなってしまったという。

「出所の知れない贈り物を、公主さまに差し上げることはできないよ」

ひと抱えもある木箱を横目に、遊圭ははるか年上の娘子兵に注意した。この国の後宮警備がどれだけ厳重なものかはわからないが、少なくとも不審者が物理的に侵入できるほど、宮殿を囲む塀は低くはなく、薄くもない。遊圭はすぐに後宮の女官長を呼びだし、通訳を介して贈り主を突き止めるよう命じた。ふり返って娘子兵に念を押す。

「金椛と夏沙の同盟を快く思わない朔露国の間諜《かんちょう》が、この宮廷にまぎれ込んでいるかもしれない。不用意に物を受けとってはいけないよ」

贈り物の中身を検《あらた》めるのは玄月に報告してからのこととして、遊圭はふたたび女官の名簿から紅椛《ホンファ》人の血を引く者の選別にいそしんだ。

その夜、イナール王との婚礼を終えた麗華は、深更過ぎに玄月を伴って正妃宮に戻ってきた。

麗華のまとう、白い絹糸と金糸で編まれた花邊《レース》の婚礼衣裳は溜息《ためいき》が出るほど美しく、水色の麻で織られた玄月の涼し気な宦官《かんがん》服と爽《さわ》やかな対照を成していた。薄墨色の宦官服では暑苦しくて陰気臭いという麗華の意見が通って、金椛《ジンファ》から随行した宦官はみなこの淡い青の褙子《はいし》か直裾袍《ちょつきよほう》が制服になっている。

涼し気な美男美女の取り合わせだが、疲れた顔の麗華はさっさと寝所に引き取り、玄月は遊圭の報告を聞いて眉《まゆ》を寄せた。

「女官長は、贈り主を見つけたのか。使い走りをした女官は、押さえられたか」

「まだ、何も言ってはきません。さほど重要案件と思われてなかったのかもしれません。この忙しい折ですから」

遊圭は気がかりな視線を麗華の寝所へと向けた。

「御婚儀は、つつがなく行われたのでしょうか」

「当然だ。金椛帝国の後ろ盾を失えば、この国は朔露国に呑《の》み込まれてしまう。夏沙王が大家《ターチャ》の御妹君を粗略に扱うことはない」

遊圭が訊きたかったのは、そういうことではなかったのだが、それ以上の詮索《せんさく》は憚《はばか》られた。

麗華付きの侍女が集められ、後宮の女官長と玄月の立ち合いで、贈り物を開けてみる。

毒蛇でも飛び出すのではという懼《おそ》れに反して、見事な薔薇《ばら》の鉢植えが入っていた。わざわざ箱に入れて渡すものだろうかと遊圭が不思議に思っていたところ、玄月も同じ考えだったらしい。誰も薔薇に触れるなと言い残して部屋を出てゆき、すぐに小さな籠罠《かごわな》を手に戻ってきた。罠にかかり籠に閉じ込められた鼠は鼻ひげをぴくぴくさせ、臆病《おくびょう》な黒い目を、無言で見下ろしてくる人間たちに向けている。

どこの城でも、台所や食糧庫、暖かな部屋や廊下の隅々に鼠罠を仕掛けている。その籠罠のひとつを借りてきたのだろう。

玄月はもう一方の手に持っていた布包みを広げ、臭いのきつい乾酪《チーズ》を細かく崩して薔薇の花にふりかけた。長らく罠に閉じ込められていた鼠は空腹らしく、乾酪の臭いに落ち着きなく鼻をひくつかせ、鳴き声を上げる。

鉢植えの上に放された鼠は、薔薇の棘《とげ》が毛皮を傷つけるのもかまわず、素早く薔薇の茎を登り始めた。開きかけた薔薇の上にこぼれた乾酪をつまみ上げては、夢中になって口に入れていく。茎から茎へと移動しては乾酪を拾い上げる鼠の動きがゆるやかになり、そして止まった。

ぽろりと、熟した林檎《りんご》が枝から地に落ちるように鼠は落下し、鉢の縁に当たって卓の上に仰向《あおむ》けに着地した。口元から嫌な色をした液と、どろどろになった乾酪を吐き戻して痙攣《けいれん》し、すぐに動かなくなった。

「棘に毒が塗ってあるようだ。心当たりは？」

顔を上げた玄月は、女官長を見つめて重々しい声で訊《たず》ねる。女官長は顔を蒼白《そうはく》にして唇を震わせながら、「すぐに調査させます」と返答して退室した。

「胡娘、何の毒だろう」

気候や土壌の違いから、植生の違うこの土地では、遊圭に毒の鑑定は難しい。東西の薬草や毒草に詳しい胡娘の意見を求める。胡娘は燈台《とうだい》を引き寄せ、細い棒で注意深く開きかけた蕾《つぼみ》の下や葉の間を観察したのち、「これだ」と言って二本の棘を卓上に叩《たた》き落とした。緑色の節を持つ、先端の反り返った黒い棘に皆が注目する。

「死の蠍《さそり》の毒針だ。捕まえるのも仕込むのもかなり危険な蠍だが」

「死の蠍？　蠍って、強壮剤にする全蠍《ぜんかつ》の？」

「こいつは中原のかわいい黒蠍とは違って、ひと刺しで大のおとなを殺す。薬になるかといって、見つけてもつかまえようと思うんじゃないぞ。遊々」

「はい」

遊圭は素直にうなずいた。だが、胡娘は納得できない顔で、蠍の尾針をつつきまわす。

玄月が焦《じ》れた声で訊ねる。

「何かあるのか」

胡娘は首をひねりながら答えた。

「ふつう、暗殺には生きた蠍を仕込むものだ。というのは、蠍の尾針そのものには毒はない。毒は針の付け根にふくらんだ節の中にあって、針を刺して開けた穴に毒を注ぎ込む。こんな尻尾《しっぽ》の先っぽだけになった蠍に、そんな芸当はできまい？」

「節から搾りだした蠍毒を、針に塗っておいたのではないか」

玄月は問い返す。胡娘は曖昧《あいまい》に首を振った。

「こんな小さな針に、致死量の毒が塗れるかな。やったことがないからわからないが」

「鼠はほぼ即死だ。人間も無傷ではいられないはずだ」

「犯人の目的は嫌がらせで、暗殺ではないということ？」

遊圭はおそるおそる口を挟んだ。玄月がつるりとした顎《あご》に拳《こぶし》を当てて考え込む。

「朔露国の差し金なら、そんな悠長な手は使わないと思うが、異国人の考えることはわからん」

胡娘は肩をすくめ、小瓶を出してきて蠍の尾針を入れた。

「案外と、もっと身近で単純な理由かもしれない。死の蠍は猛毒とはいえ、高値で取引される良薬の材料でもある。捕えるのは命がけだが、蠍を繁殖させる専門の業者もいるくらいだ。この宮廷の薬司《やくし》が飼育している蠍の数が減っていないか、後宮に出入りする業者に死の蠍を横流しした者がいないか、調べさせてはどうか」

三人が対策を講じていると、廊下の方から大勢の人間の足音と話し声がしてきた。物音はだんだんと大きくなり、正妃宮に近づいてくる。扉が勢いよく開かれ、壮年の男が西国風の袍《ほう》の裾《すそ》をひるがえして部屋に踏み込んできた。

夜間というのに三角の浅い絨毛帽《フェルト》をかぶり、その下から眉の上で切りそろえた前髪と、黒く波打つ髪を肩の下まで流している。彫りの深い胡人の顔立ちは、見慣れていたルーシャンのそれよりも繊細で、輪郭に沿って隙なく整えられたあごひげには品格がある。

この日、麗華の夫となった夏沙の国王イナールだ。

「知らせを聞いて、飛んできた。麗華姫は無事か」

玄月は跪拝《きはい》ではなく、丁寧な揖礼《ゆうれい》でイナール王を迎えた。

「すでにお休みになっておられます。公主様はこの件についてはまだご存じではありません」

この騒ぎが寝室まで聞こえていないはずはないが、麗華は眠っているのか考えがあるのか、寝台から降りてくるようすはない。

イナール王に顔を覚えられたくない遊圭は、揖礼を捧げた姿勢のまま、そっと侍女の列に下がる。玄月が公主のようすを見てくるよう遊圭に命じたので、その場から離れることができた。

とはいえ、国王と玄月のやりとりには、扉の隙間からしっかりと聞き耳を立てる。

イナール王は朔露国の刺客よりも、後宮の妃妾《ひしょう》たちの葛藤《かっとう》を心配していた。玄月は位を退いたという前王妃の消息を訊ねたが、イナール王は首を横に振った。

「あれが位を降りたのは、我が国と金椛《ジンファ》との縁組が検討されるよりも前だ。体調がすぐれぬので本人の希望で故郷へ帰したのが三年前。一向に回復せぬので、自ら正妃の位を返上してきたのが去年のことだ。王太子を産んだ褒美として十分な化粧地を授けてある。

麗華姫にはなにも含むところはない」

　では正妃の位を狙っていた妃妾による脅しであろうか。

　五十年も前に失われた故国の文書を異国の宮廷で探すという、雲をつかむような任務に加えて、宮殿に潜む姿の見えない敵から、麗華の身を守るという仕事まで増えてしまったようだ。

　イナール王が死の蠍の出所と贈り主の捜査を確約するのを聞き届けた遊圭は、足音を忍ばせて麗華の枕元に立った。帳《とばり》越しのかすかな光を頼りに寝床をのぞけば、思いがけなくまぶたを開いていた麗華と目が合った。

　麗華は唇に指をあて、遊圭にさらに近寄るよう手招きした。遊圭は小声でささやく。

「聞いておいででしたか」

「もちろんよ」

　麗華は吐息よりも小さな声で返す。

「お前たちの仕事を増やして、申し訳ないわね」

　さして怖がっているようすでもないことに、遊圭は驚きを覚える。

「いえ。どこも、似たようなものですね。国王自らが公主さまのお味方をしてくださるので、すぐに犯人が見つかると思います。お優しそうな方ですね」

　麗華は闇の中で「ふふふ」と笑った。

「傲慢《ごうまん》な方ではなさそう。前髪でおでこを隠しているのが気になるけど。南方の異神みたいに、第三の目が縦にでもついているのかしら」

「西方の髪型でしょうか。女性も前髪を額で切りそろえて、横とうしろは結わずに流しています。そのうち見慣れると思います。おかげんはいかがですか。お脈をおとりしましょうか」

枕から頭を上げて、麗華はふたたび含み笑いをする。遊圭に顔を近づけ温かく湿った口調でささやいた。

「新婚初夜の話が聞きたいの？　お前もしょせんは並みの人間ね」

遊圭は「あっ」と声を出しそうになって、慌てて口を押さえた。純粋に医生として体調を案じたのだが、麗華のゆるんだ衿《えり》元から目を逸《そ》らし、遊圭は慎重に言葉を返した。

「わたしはそのお話の相手としては、不適切かと」

闇に沈んだ麗華の白いうなじから立ちのぼる、香の芳《かぐわ》しさが突然生々しく感じられた。たったいままで毒薔薇《ばら》に気を取られていて、正直それどころではなかったのだが、麗華にとっては一生の大事だ。

異郷に嫁いだ公主が故郷の地を踏むことは二度とない。

この夜、麗華は異母兄と祖国のために、結婚という名の同盟を成立させ、人質という運命に自らを封じたというのに、その生涯に一度きりの婚礼の夜を、毒蠍などに話題をさらわれている。

「お前こそ、どうなの。明々《めいめい》とはまだ祝言をあげてないみたいだけど」

裕福だったころの遊圭が気まぐれに施した恩を返すため、一族が滅せられたときに法を顧みずに遊圭の命を救い面倒を見てくれた少女。ともに後宮に潜み、陽元に外戚《がいせき》族滅法の廃止を吞《の》ませることができたのも、みんな明々が支えてくれたお蔭《かげ》だった。明々は家族のいない遊圭にとって、胡娘をのぞけばもっとも身近で大切な人間だ。

「わたしはまだ、成人もしておりませんし」

遊圭は額に汗を滲《にじ》ませて直答を避けた。

「でも明々はもういい年じゃない。わたくしと変わらないはず」

麗華の追及は止まない。遊圭はとつとつと言葉を選ぶ。

「明々は、故郷の村で始めた薬屋が順調なのと、お母上の足を治すのに忙しいようです」

麗華は驚いて肘《ひじ》を立て、遊圭の顔をのぞきこむ。

「では、お前たちはもう会ってないの？」

「いいえ、手紙は交わしています。都でないと手に入らない薬の仕入れと発送は、わたしがやっています。農閑期には弟と一緒に都見物にも上京してきます。そのときは三人で食事をしたり――」

「三人で？」

含むところのある問いで、麗華が話の腰を折る。やみそうにない追及に、遊圭は呼吸を整えた。

「明々の望む幸福は、自分たちの土地と家と家族、そして飢えない程度に充分な食べ物だそうです。明々の将来を思えば、政局の不安ないま、皇太子の外戚であるわたしとは深くかかわらないほうがいいのでは、と思うことがあります」

家名を取り戻した以上、遊圭は星家の当主としての生き方しか選べない。そして星家の当主は、金椛《ジンファ》の宮廷に後ろ盾のない皇后と皇太子の外戚である。現皇室の存続を懸けて、遊圭が異国の宮廷まで乗り込んできたのも、まさにそのためであった。

名を隠し性を偽り、生き延びるだけで必死だったときは考えもしなかったことだが、いまは自分の肩にのしかかってくる責任に無関心ではいられない。

不安定な異母兄の治世を持ち出されて、麗華の頬から無邪気な笑みが消える。男女の駆け引きや恋の語らいなど、無縁な世界に生きていることを思い出したのだろう。

遊圭を相手に明々のことを冷やかしたのは、嫁いだその日に毒を仕掛けられたことから、心を逸らしたかったのだろうか。

麗華は枕に頭を乗せて、小さなため息をついた。

「お前を連れてくるべきではなかったわ。ごめんなさい」

「その件については、もう結論が出ていますよね。わたしはわたしの意思でこの仕事を引き受けたのです」

遊圭はいたわりのこもった声をかける。

「公主さま、カミツレ茶か、麦湯《ばくとう》をお持ちしましょうか」

少し間をおいて、麗華は「カミツレ茶。蜂蜜《はちみつ》を入れて」とくぐもった声で答えた。

遊圭は湯を沸かすために寝台から離れた。生薬の櫃《ひつ》から、カミツレ茶入りの小壺《こつぼ》を取り出し、窓辺の卓に茶器と並べる。

遊圭は窓に垂らされた帳に手を添えて、何気なく縁を持ち上げてみた。窓に嵌《は》め込まれた透石膏《とうせっこう》の、透き通った板を通して夜を払う淡い光が射し込んでくる。白みがかった東の空はまもなく黄金色に染まることだろう。また灼熱《しゃくねつ》の一日が始まろうとしている。

故郷ではいまごろ、畑に種を蒔《ま》き終わり、苗を植えた田は雨を呼ぶ蛙の鳴き声でうるさいころだろう。雨のほとんど降らないこの異国では、蛙の合唱は空耳すら聞こえてこない。

六、金椛暦　武帝四年　小満　末候――小暑至る――

蠍《さそり》の毒針を仕込んだ薔薇を配達した女官は、日の出後に死体で見つかった。特定の妃妾に仕えているのではない末端の下働きで、後宮の庭園の隅に倒れていたところを庭師に発見された。近くに落ちていた小箱と、刺し傷による変色した手の傷痕《きずあと》から、毒薔薇の犯人が蠍の世話を誤ったものと思われた。が、蠍の死骸《しがい》は残されておらず、たちまち庭師や衛兵を総動員して、女官を刺して逃げたと思われる死の蠍を探す騒動になる。

緑色の殻をもつ死の蠍は、樹木や草花の繁った庭園では見分けるのが難しい。たとえ見つけても、うっかり触れれば犠牲となった女官のように、たちまち刺殺されてしまうため、一刻も早く見つけ出して処分しなくてはならなかった。

そのために、後宮では誰もが怯《おび》えて、妃妾《ひしょう》も女官たちも必要がなければ部屋から出てこようとしない。大勢の女性であふれているはずの宮殿が、ひどくひっそりとしてしまっている。

遊圭たちに届けられた報告では、死亡した女官は胡人《こじん》の奴隷上がりで身寄りはなく、同僚の女官を厳しく詮議《せんぎ》しても、その背後関係は明らかにできなかったという。

「まったく意図がわからん」

胡娘が羊皮紙の束を丸めながらぼやく。遊圭は、墨を磨《す》る手を休めて応じた。

「黒幕がどこかにいて、使い走りの口を封じたってことだろ？　やっぱり真犯人は後宮内にいるのかな」

「たしかにそうだが、真犯人が後宮にいるのなら、生きた死の蠍を使い走りの女官に預けておくようなことはしないだろう。蠍が逃げ出せば、下手をすれば関係のないものが刺されて死ぬ。後宮に居る限り犯人も安全ではない。蠍は刺す相手を選ばないからな」

「確かに、やり口がいきあたりばったりだ。確実に殺せる毒を使わず、誰を巻き込むかわからないやりかたで、薔薇を送り込んできたかと思うと、トカゲの尻尾《しっぽ》を切るように女官をひとり片付ける」

「しろうと臭いといってもいい。とにかく麗華公主や我々を排除したい者といえば、朔露国の間諜《かんちょう》、位を廃された前王妃、正妃になるつもりがなれなかった妃妾の誰か、あるいは、金椛《ジンファ》帝国の人間に幅を利かせて欲しくない立場の人間。ほかにあるかな」

胡娘の問いかけに、遊圭は墨を磨りながら考え込む。ほかには思い当たらない。容疑の対象は、四種の人間に限られるようだ。

「薔薇に毒を仕込んだとしても、最初に薔薇に触るのが公主とは限らないわけだし。むしろわたしたち近侍の誰かが犠牲になった可能性の方が高い。金夏《きんか》同盟を邪魔したい間諜なら確実に公主さまを殺しに来るだろうし、前王妃は自分から降りたんだから恨まれる筋合いでもない。妃妾だったら自分たちの安全まで犠牲にしないだろう。となるとわたしたちの動きを牽制《けんせい》したい四番目かな」

胡娘は腕を組んでうなずいた。

「やはりそうなるか。ということは、我々の目的を知るものたちの妨害とも考えられる。さっさと国へ帰れという警告かもしれない」

「いつでも死の蠍をしかけるぞ、という脅しでわたしたちの動きを封じてしまえると？」

狙われているのがむしろ自分たちであることに、遊圭は緊張を高めた。墨を磨る手を前後に動かして、黒く磨りだされる墨を見つめる。まるで点からじわじわと広がっていく闇のようだ。ときどき水を足して磨り続けながら、遊圭も自分の考えを追った。

ということは、五十年前に東方から亡命してきた者たちの子孫は、いつか金椛から日《にっ》蝕《しょく》の記録を取り返す使者がくることを予期していたことになる。

「こちらの目的を見透かされているとしたら、やりにくいなぁ」

帝都の陥落を目前にして、敵に兵糧や軍資金を渡さないために、食糧庫や財宝庫を燃やして逃げるのは理解できる。しかし一刻も早く脱出しなければならないときに、わざわざ官衙《かんが》に火を放ったことは後世の人間としては筋が見えない。

王朝が交代するとき、皇室とその外戚はおおよそ悲惨な末路をたどるが、行政にかかわってきた官吏はおとなしく降伏すればそのまま新体制に組み込まれる。官吏や民衆にとって、革命とは大量の血を流し略奪を尽くしたあと、支配者と宮城の住人が入れ替わるための斎戒のようなものだ。戦後処理だけで大変な労苦を強いられるというのに、再建に手間も費用も馬鹿にならない自分たちの職場に、役人たちが自ら火を放つことは常識としては考えられない。

「史書によればね。皇帝の後釜《あとがま》を狙う梟雄《きょうゆう》は、まっさきに宮殿に乗り込んで玉璽を探し回るんだよ。自分が皇帝の権威を手にしたことを天下に示したければ、書類より玉璽」

遊圭は胡娘に中原《ちゅうげん》の歴史について説いた。

「ではどうして、紅椛《ホンファ》の皇族は玉璽を持って逃げなかったのだろうな」

胡娘の問いに、遊圭は天井をにらんで考え込む。

自分が焼け落ちる宮殿で右往左往する紅椛の皇族になったと想像する。遊圭であればとっとと逃げて野に下るだろうが、五十年前に官衙に火をかけさせた紅椛皇族はそうではなかった。金椛《ジンファ》王朝の支配者となる司馬《しば》氏に政権を譲り渡す気はもちろんなく、そのときは都を捨てて逃げるとしても、必ず帰ってくるつもりだったに違いない。

「玉璽は取り返せばいいし、新しく作ることもできる。だけど、失ったら二度と手に入らなくて、作り直すこともできないもの、そして天命の真の在処《ありか》を証明し、司馬氏の金《ジン》椛《ファ》朝を否定して、自分たちの正統性を主張できるものが何かと考えたとき——」

遊圭はそこで「あっ」と叫び、椅子を蹴《け》って立ち上がった。

「紅椛《ホンファ》の後裔《こうえい》は次の日蝕がいつ起きるか、とっくの昔にわかっている！　再起のときに備えて力を蓄え、雌伏して待ち構えているんだ！」

遊圭はあたふたと玄月の居室兼事務室に駆け込み、留守居の侍童《じどう》をつかまえて公務中の玄月へと使いに走らせた。待っている間も、遊圭は自分の推測に矛盾がないか指を折りつつ整理する。遊圭が持論を三回反芻《はんすう》したところ、玄月が戻ってきた。

「玄月さんが、推測でものをいうことを好まないのを承知で申し上げたいことが——」

遊圭はおずおずと推論を述べた。玄月は黙ったまま一度も遮ることなく、遊圭の話を最後まで聞き終えた。そしておもむろに口を開く。

「詰まるところ、われらは幾重にも張られた蜘蛛《くも》の巣に自ら飛び込んだ、愚かな羽虫というわけだ。生きて帰るためには蜘蛛の巣の全容を解き明かすしかない」

玄月は文書を納めた小櫃から、新しい紙で綴《つづ》られた冊子を二冊とり出して遊圭の前に並べた。

「こちらが紅椛の皇統、仲孫《ちゅうそん》氏の系譜の写しだ」

遊圭は差し出された薄い冊子を手に取って開く。

外戚《がいせき》の専横によって紅椛《ホンファ》の仲孫氏は三代で滅んだ。最後の皇帝が即位してまもなく、革命が起きて宮城を逃げ出し、若くして異郷で崩じたために子孫は多くはないが、艶福《えんぷく》家《か》であった二世皇帝の子孫は中原の各地に散っている。この遺族の一部が亡命組と糾合したとしても、かなりの数にのぼると思われた。新たに綴《と》じられた冊子の半分以上が余白なのは、これから探し出す子孫の系図を書き込むためか。

「そしてこっちが亡命時についてきた有力五官家の家系図だ」

玄月はもう一冊の厚い冊子を示した。

「夏沙の宮廷に入り込み、勢力を張っているのが豪《ごう》氏、林《りん》氏、続いて陳《ちん》氏。あとの二家の消息ははっきりしないが、姻戚関係を追っていけばわかってくることもあるだろう」

遊圭が女官の名簿からその親族背景をあぶり出すのに、必須《ひっす》の資料だ。

「直系の皇族は絶えていますね」

遊圭は両方の冊子を併せてめくりながら念を押した。

紅椛最後の皇帝仲孫賢《けん》には皇子がふたり、公主が三人いたが、皇子はどちらも幼くして名前も残さず亡くなっている。楼門関から西域への苛《か》酷《こく》な旅を思い出せば、無理もないことと思われた。公主のひとりは夏沙の王に嫁ぎ、子を産まずに薨《こう》じた。もうふたりの公主は紅椛五族のうち、それぞれ豪氏と林氏に降嫁し、併せて五人の子どもを産んでいる。しかし皇帝の外孫となるその子孫の姓は父方のものになるので、皇孫とは言い難い。一帝国を支配した血族としては、心の痛む末路である。

「イナール王の第三妃、陳氏の実家は皇族との結びつきは弱いですね」

遊圭は現王の後宮で妃位にある紅椛《ホンファ》女性の氏姓をあげた。

「陳家は豪家と林家に比べると家格は低いが、旧外戚であった豪氏とは婚姻を繰り返し姻戚関係で強くつながっている」

玄月は遊圭に椅子を勧めた。遊圭は自分がずっと立ちっぱなしで話していたことに気がついて、慌てて腰かける。玄月は遊圭の推論をさらに掘り下げていった。

亡命した紅椛人子孫の蔓《つる》がどれだけ夏沙の宮廷にからみつき、周辺諸国に根を張っているのか、かれらが挙兵した場合の兵力動員数はどれくらいのものになるのか。都を落ち延びた時点で、皇族と後宮の女官宦官《かんがん》、宰相以下主だった官僚とその一門、そして皇室に従った禁軍で数千人を数える。官吏の脱落や、兵士と奴婢《ぬひ》の逃亡を差し引いても、三世代を経れば一軍を起こすくらいの勢力を養っていないとは言い切れない。

天鳳行路《てんぽうこうろ》の砂丘より湧き起こる、亡霊のごとき軍勢を想像してしまった遊圭は、口の中が渇き、何度も唾《つば》を呑み込もうとして無駄な努力を重ねた。また、遊圭の考えを聞いてすぐに、金椛《ジンファ》帝国に対抗する可能性のある紅椛人の数を、即座に提示してくる玄月の機敏さにも驚かされる。

「もしかして、玄月さんは紅椛の亡命者たちが天官書を持ち出した理由が、政権奪還のためだと、気がついておられたのですか」

玄月は相変わらず無表情に、卓上の冊子に視線を落とした。

「なぜ、亡命者たちが逃亡先での生活資金となる財宝ではなく、かさばるだけで盗賊が見向きもしないであろう天官書を持ち出したのか。天官書がだれの手にあればその価値がもっとも活《い》かされるのか。天鳳行路を駱駝《らくだ》の鞍上《あんじょう》で揺られている間、考える時間はたっぷりあった」

啞然《あぜん》とする遊圭に、玄月は追い打ちをかけるように話を進めた。

「そなたも同じ推論にたどりついたのなら、話は早い。次に、ここまでのところ明らかになった夏沙の宮廷事情の方だが。イナール王には三人の弟と、ひとりの庶兄がいることは知っているな?」

遊圭は玄月の問いにうなずいた。

後宮事情の調査は遊圭の、表の宮廷における夏沙王室と外廷《がいてい》事情は玄月の担当であったが、夏沙王室の系図と姻戚関係はおおざっぱではあるが遊圭もそらんじていた。

「四人とも、主要な夏沙の交易都市の侯に任じられていましたね」

玄月は首肯し、書架から取り出した大陸行路図を卓上に広げて、夏沙領のもっとも西にある都市にひとさし指を置いた。

「イナール王の同腹の次弟で、最西端の都市ハタンを治めるザード侯が、婚礼の儀を欠席していた。朔露の圧迫を怖れて国境に隙を作れないということだが、ザード侯は以前からイナール王の東方親和政策を支持していない」

玄月はその意味するところを遊圭に考えさせるように、しばらく沈黙を置いた。

「ザード侯は朔露国と結んでいる可能性があるということですか」

遊圭は夏沙王国もまた、一枚岩ではないことに腹の痛くなるような不安を覚える。

「それはこれから調べさせる。ザード侯はイナール王が人質として金椛《ジンファ》宮廷にあったとき、夏沙王都の都令《とれい》を務めていた。王都の都令は本来は王太子候補が就くべき地位であるから、王太子帰還後にもっとも辺境の都市に封じられたザード侯の心境を察するに、慎重な調査が必要であるな。すでに部下をひとり、ルーシャンの兵を通訳につけてハタン市へ送り出した」

ハタン市への往復は、およそ二か月かかる。かれらの最優先任務である『天官書』の捜索とは直接関係のない案件だが、朔露国の脅威を肌で感じたあとでは、東西の天秤《てんびん》の支点である夏沙の王室と宮廷事情を、詳しく調べておきたい玄月の考えは理解できる。

しかし、朔露の襲撃で玄月が厳選した随行宦官の数は減った。遣使の一行が帰国したのち、夏沙の宮廷に残った娘子兵と、玄月配下の宦官を併せて二十人。それに遊圭と胡娘を加えた、たったこれだけの人数で何を成し遂げられるというのだろう。

遊圭の背中を冷や汗が伝い落ちる。玄月は蒼《あお》ざめる遊圭に、落ち着くように諭した。

「あまり悲観的になるな。まだ時間はある」

「なにを根拠に、そうおっしゃるのですか」

玄月はおもむろに地図上の天鳳行路を示した。

「ここから金椛帝都までは騎馬でふた月はかかる。紅椛党《ホンファ》が日蝕《にっしょく》に合わせて挙兵を計画していのなら、日蝕の二か月から三か月前には軍を起こしていなければ間に合わない。紅椛《ホンファ》軍の本拠地が夏沙であるとは限らないが、辺境に目を光らす金椛《ジンファ》皇軍の目の届かないところとなると、あとは天鳳山脈の奥地くらいなものだ。そこから動かないということは、少なくともふた月は日蝕はないと思っていいだろう」

玄月はまた、回賜《かいし》と麗華の一行が襲撃を受けた件では、陽元は近隣の太守《たいしゅ》に一帯の賊兵掃討を命じ、玄月の進言の通りに中央からも軍兵を派遣して、辺境の慰撫《いぶ》にあたらせたという。

「慶城を発《た》つ前に帝都へ使者を出して、朔露東軍の動きを調査するよう大家《ターチャ》に奏上しておいた。楼門関にも部下を残し、辺境の監視と定期的な索敵を行い、早馬で報告するよう手配した。あのときは紅椛ではなく朔露の動きを警戒して打っておいた手だが、いまのところ都からも楼門関からも風雲急を告げる使者はない」

とりあえず北辺《ほくへん》と天鳳行路周辺には、千を超える正体不明の軍団は確認されていない。

「これは推論でなく、希望かもしれんが」

玄月は一度言葉を切った。確証のないことは口にしないことを身上とする玄月らしく、その先をためらい、言い淀《よど》む。

「紅椛党は朔露の王の後ろ盾を期待しているのかもしれん。イナール王をはじめ、西方諸国は金椛帝国に帰順している。夏沙人が望むのは交易路の安全だ。紅椛の生き残りに帝国奪回の軍を貸す理由はない」

「ではなぜ亡命者を受け入れたのでしょう」

「そのときの夏沙王が、そのほうが利があると思ったからだろう。実際、紅椛《ホンファ》の遺産には養蚕や青磁器の職人も多く含まれ、この地に移住して工芸特産品を増やし、それまで生産業よりも交易に比重の高かった夏沙をいっそう豊かにした」

「紅椛の末裔《まつえい》は、受け入れてくれた夏沙国を裏切って、朔露国につくつもりなのでしょうか。中原の椛《ファ》族としての信義は失われたのでしょうか」

玄月はかぶりを振った。

「あくまで私個人の推測だ。確証もない。そなたの推論どおり、紅椛党が日蝕の周期を利用して金椛《ジンファ》帝国に攻め込むつもりならば、結ぶのは朔露王であろうと想像をたくましくしただけだ。とりあえず、そなたは予定通り、後宮における紅椛人女官の姻戚関係を洗いだし、当時の太史《たいし》監《かん》長官だった楊順監正《ようじゅんかんせい》の子孫の消息を求めろ」

玄月の居室を辞した遊圭は、紅椛人が夏沙王国におろした根の深さを知るためにも、妃妾《ひしょう》と彼女たちに仕える女官たちの名簿作りを、突貫工事で進めることになる。

紅椛人も金椛人も、周囲の異民族から見れば同じ椛《ファ》族だ。胡人《こじん》に比べて小作りな顔立ちと細い骨格、黒髪と濃茶の瞳《ひとみ》、象牙《ぞうげ》色の肌。姓名のつけかたも同じで、宮廷に出仕するときは家柄や一族の本貫に遡《さかのぼ》って格付けされる。

イナール王の後宮は金椛の後宮よりは規模が小さく、妃は三人、嬪《ひん》の位に相当するものはなく、妾が二十人ばかりで、それぞれに二十人から五十人の女官が割り当てられている。総勢五百人あまりの女官名簿を整理し、その出自を明らかにし、紅桃人《ホンファ》の血を引く女官を篩《ふる》い分けるのは難しい作業ではなかった。

「ここまでは、楽勝、と。名簿を玄月に出したら、彼女たちに接近して、当時の天文寮の職員と親戚《しんせき》関係にある人間を絞り込む。だけど女性を口説いてご先祖の秘密を聞き出すのは、玄月がやればすぐ終わるんじゃないかな」

女性を誑《たら》すのは玄月の本領だから、聞き込みは自分より適任だと思いつつ、遊圭は書き終えた名簿に息を吹きかけ墨を乾かす。そんな遊圭を、胡娘は目を細めて眺めた。

「遊々はずいぶんとおとなになったな」

胡娘が上機嫌にそういうので、遊圭は照れ臭さに微笑み返す。

「そうかな」

「うむ。あまり玄月どのに対抗意識をむき出しにしなくなった」

トントンと束ねようとした紙の束を、遊圭は思わず取り落としそうになる。

「わたしがいつ、玄月と張り合ってきたっていうのかなぁ」

「明々いわく、出会ったその日かららしいが」

遊圭は口を尖《とが》らせて顔をしかめ、それから頭布ごしに頭をかいて苦笑する。

「うん。なんであんなにいつもカリカリしていたんだろう。あのときは玄月に生殺与奪権を握られていたし、いつばらされるか気が休まるときもなかった——でもね」

遊圭は唇をぺろりと舐《な》めてから、口の両端をきゅっと引いた。

「玄月の方が、最近はあまりつっかかってこなくなったと思う。慶城を出発したあたりからかな。わたしを馬鹿にしてる感じがなくなった」

「うむ。玄月どのも、賊軍の襲撃を生き延びたり、砂漠の旅を耐えたりして、ひとまわり成長したと思う。私はどちらも誇りに思うぞ」

胡娘にかかると玄月も子ども扱いである。遊圭は卓の上の文具を片付けながら、玄月が胡娘の言葉を聞いたらどんな顔をするか想像してしまった。


金椛《ジンファ》とは違い、国賓の接待には王妃も同席する夏沙の慣習に従って、麗華はイナール王のかたわらで公務を学ぶのに忙しい。

金椛帝国と夏沙王国の縁組が成立したことを聞き及んだ周辺の都市から、夏沙の王都には毎日のように祝賀の使節が訪れる。麗華はイナール王の隣に座し、西国風に宝石をちりばめた額冠《がくかん》を載せ、艶《つや》やかな黒髪を背中に垂らし、袖《そで》のふわりとした白紗《はくしゃ》の長着に絹の帯、みっちりと隙間なく鳥獣の刺繍《ししゅう》をほどこした毛織の袖無し上着という、涼し気な王妃の正装で使節らを迎えた。

蠍《さそり》の出所もわからぬうちに、着付けに夏沙の女官を必要とする王妃の衣裳《いしょう》を麗華がまとうことに、玄月は難色を示した。しかし、麗華は断固として衣食を夏沙式に改めることを主張した。おかげで運び込まれる王妃の部屋着から正装、寝具や靴まで、ひとつひとつ危険な物が仕込まれてはいないか、金椛から連れてきた近侍たちが確かめなくてはならなかった。

　夏沙王国は、砂漠を囲む西域回廊に点在する、大小の交易都市のうち、天鳳行路沿いの十三都市・十五部族を支配下に置く。その豊かさと威勢に、中原を世界の中心と信じる金椛《ジンファ》の旅人たちは、西戎《せいじゅう》の蛮族に対する認識を改めることとなった。

　金椛帝国の庇護《ひご》を象徴すべく、イナール王の横に端然と座して微笑む麗華を、謁見の間の片隅から見守りつつ、遊圭は玄月と言葉を交わす。

「たしかに、夏沙が朔露に降れば、我が国は大変なことになりますね」

　宮殿そのものの大きさは金椛の宮城とは比較にならないものの、絶えず王宮を出入りする使節の多さと民族の多彩さに、遊圭は溜息《ためいき》をついた。

「紛失文書の件がなくても、西域回廊の北の押さえとして、公主を嫁がせる必要はあったわけだが、本朝においては朔露国の脅威はいまだ実感できていない。復命のときには大家《ターチャ》と朝臣《ちょうしん》たちをいかに説得するかだな」

　深刻な目つきで謁見の間を見渡す玄月に、遊圭は不思議そうに訊《たず》ねる。

「説得するって、何をですか―」

「軍政の見直しだ。昨年、兵部尚書《へいぶしょうしょ》に就いた宋《そう》大官は軍事の経験がない。金椛軍の精鋭と云《い》われる錦衣《きんい》兵が、朔露の賊軍にさえ抗しかねたのは我々も見て来たとおりだ。この調子では、朔露王が東進してくれれば、金椛帝国は西の領域を削られかねない」

　果たして領域を削られるだけですむだろうか。

遊圭は、慶城の手前で襲ってきた、朔露の賊兵の勢いを思い出す。あれは留守居の無頼兵に過ぎないとルーシャンは言った。その何十、何百倍を超えるであろう朔露王の軍団が、帝都を目指して東進し、南下してくるのを想像しただけで、遊圭は身震いがする。

遊圭は、正面に展開される宮廷劇を無表情に見つめる玄月を、横目でそっと盗み見た。玄月が官僚への道を閉ざされたのは、金椛《ジンファ》帝国にとって損失ではなかったかと遊圭は思うことがある。

遊圭にとって、玄月は決して相性のよい上司でも同僚でもなかった。しかし、玄月が常に金椛帝国の安泰と、陽元《ようげん》の治世の維持を、おのれの第一の使命としていることは疑いがない。

親戚の罪に連座させられることなく順調に国士《こくし》太学《たいがく》で学んでいれば、いまごろは進士《しんし》に合格して朝廷の末席に座していたことだろう。だが、もしそうなっていれば、年功序列、上意下達が絶対の金椛朝廷において、玄月がその能力を発揮するのは数年か数十年先のことだ。

それに、玄月が宦官《かんがん》として後宮にいなければ、陽元を傀儡《かいらい》とし陥れようとした、前皇后と前兵部尚書の陰謀を食い止める者もなく、叔母《おば》の玲玉《れいぎょく》もいまごろは生きていなかったろう。当然、外戚族滅法の廃止も起こり得ず、遊圭は星家の再興どころか、今日を生きていることも叶《かな》わなかっただろう。

名門官家《かんけ》の子息が宦官に落とされることは、恥をさらして生き永らえるより自刎《じふん》を選ぶほどの屈辱である。それが希代の秀才と謳《うた》われ将来を嘱望された玄月が、名誉ある自死でなく宦官として生きることを選んだ。その選択がいまの皇室をあらしめていることを思うと、遊圭はなんともいえない気持ちに襲われた。

　婚礼にかかわる表の公務が一段落すると、後宮の妃妾たちが一堂に会しての園遊会が開かれた。

　三人の妃はみな、麗華とは親子ほど年が離れており、それぞれ二、三人の子女を伴っていた。順番に麗華の前に進み、夏沙式の拝礼を捧《ささ》げる。麗華は暗殺未遂があったことを微塵《みじん》もにおわせず、堂々と妃妾たちの挨拶《あいさつ》を受ける。

　異国の宮廷衣裳は、昼の暑さに耐えられるよう、薄く織り上げた亜麻布や絹で、ゆったりふわりと風通しよく作られている。女たちは腕を露出しながらも、前腕から指先まで、赤茶や紫の花邊《レース》の手袋で覆っていた。

　三番目の妃、中原風の名と容姿を持つ陳叔恵《ちんしゅくけい》が、栗色の髪に白い肌、しかし顔立ちと体つきは椛《ファ》族の線の細さを具《そな》えた娘を伴って、麗華にまみえた。

　陳妃——夏沙式にならえば叔恵妃と呼ぶべきである——は、膝《ひざ》を床についた。金椛風《ジンファ》の跪拝《きはい》ではなく、先にふたりの妃が行ったのと同じように、膝を進めて麗華の長着の裾《すそ》を両手で押しいただき、口づけした。それから顔を上げて夏沙の言葉で丁寧なあいさつを述べたのち、同じ挨拶をほぼ完璧《かんぺき》な金椛語で繰り返した。

「麗華公主さま、いえ、麗華正妃におかれましては、御成婚まことにおめでとうございます。どうか正妃さまの御徳と御慈悲によって、この夏沙王国を繁栄と栄光に導いてくださいますよう、心よりお願い申し上げます」

麗華は目を瞠《みは》り、鷹揚《おうよう》に微笑みかけた。

「ありがとう。夏沙語はまだ始めたばかりで拙《つたな》いので、叔恵妃に教えてもらえると嬉《うれ》しいです。よろしくお願いしますね」

たった数日の間に、皇太后であった実母の永氏《えい》を彷彿《ほうふつ》とさせる威厳が、麗華にも具わってきたように遊圭には思える。しかし、叔恵妃の背後に控える第三王女のヤスミンへと目を移して、はっとした。ヤスミンは膝も折らず、母親の斜めうしろで立ち尽くしたまま、挑戦的な目つきで麗華をにらんでいたからだ。

繊細な見た目の十五、六のとても美しい少女だが、自分と年の近い異国人の女が、母親より上位につくのが不満なのだろうか。蠍を送りつけた犯人かどうかはともかく、注意を要する人物として、遊圭は陳母娘《おやこ》の顔と表情を詳細に観察し、記憶する。

立ち上がって一歩下がった叔恵妃は、娘が麗華の前に膝をつくのを拒否し、周囲を凍りつかせていることにようやく気がついた。ひと言の弁解もなく手を上げたかと思うと、ヤスミン王女の頰を高い音を立てて叩《たた》く。少女は悲鳴とともに倒れ、床に手と膝をついた。叔恵妃は、近侍の女官を呼びつけ、ヤスミンを自室へ連れてゆき、謹慎させるよう命じた。

啞然とする麗華へとふり返った叔恵妃は、見苦しい場面を謝罪し、さらにしつけにてこずる自身の未熟さを詫《わ》びた。そして娘の非礼な態度に寛恕《かんじょ》を願い出る。

麗華は鷹揚に、ヤスミンの年ごろの繊細さに理解をしめし、和解と親睦《しんぼく》の機会を待つことを告げた。

事の成り行きを心配した遊圭だが、叔恵妃と麗華は大事なくことをおさめたようだ。後宮の女官長に名を呼ばれた妾《しょう》が次々に進み出、麗華に自己紹介と贈り物を捧げるたびに、遊圭は名簿で頭に叩き込んだ姓名と出自を思い起こし、顔と印象を結び付けて記憶に焼き付けた。


その後、後宮を震撼《しんかん》させた死の蠍は、宮殿の内外をひっくりかえすような捜索にもかかわらず、とうとう見つからなかった。王室の薬司《やくし》でも民間の薬屋でも、生きた『死の蠍』が盗まれたり逃げたりしたという報告はなく、真犯人の捜索は行き詰まった。

「まあ、蠍なんぞ、城の外に出ればいくらでもいるからな」

ここまでのいきさつを聞いたルーシャンは、豊かな赤毛に武骨な手を突っ込んでぼりぼりとうなじを掻《か》いた。夏沙に来てからのルーシャンは、髪は結わずに肩に流し、頭巾《ずきん》も服装も西域風のものをまとって、街の風景にすっかりなじんでいる。

夏沙の後宮は金椛《ジンファ》帝国ほど男子禁制が厳格ではないおかげで、女官の外出に宦官ではない護衛を連れて出ることができる。そこで遊圭は、城内の薬屋を視察するために、ルーシャンに案内を頼んだ。夏沙にも何年か住んだことのあるルーシャンは、城下のようすに詳しく、知人も多い。

公主の一行を夏沙の都へ無事に送り届けたルーシャンは、最上の勤務評定と俸給に上乗せされた褒美を受け取り、婚姻の成立を見届けた遣使とともに帰国する予定だったが、玄月の判断で引き留められていた。そして蠍事件のあと、玄月はルーシャンに死の蠍の出所を探ることを依頼したという。

その日、ルーシャンは町を案内しつつ遊圭を乗せた輿《こし》に近寄り、うしろからついてくる凜々《りんりん》と胡娘《こじょう》に気を配りつつ声をひそめた。

「ところで遊々嬢。玄月殿が、帰京後のおれの昇進を匂わせていたが、玄月殿にそんな権限があるのか。宦官が後宮から政治を動かせるというのは、本当のことなのか」

遊圭は微笑を湛《たた》えた口元に、斜めに羽扇《うせん》をあてて、ルーシャンだけに声が届くようささやく。

「玄月さまはとても謹直なお人柄で、政治に口出しをされるような宦官とは違いますが、帝《みかど》とはご学友でいらして、最愛の妹公主の輿入れに付き添わせるほど厚く信頼されておいでです。帰国した折には、公正な評価を帝に申し上げてくださることは確かです。この婚礼が滞りなく進み、公主さまのお幸せが確かなものとなれば、わたしたちはそれなりのご褒美を賜ることでしょう。ルーシャンさまはすでに、公主さまの窮地をお救いくださったのですから、帝もきっと報酬をはずんでくださいます」

それを聞いたルーシャンは背筋を伸ばして、頬を引き締めた。しかしゆるみかけた口元を慌てて閉じたせいで、真面目な顔になりそこねている。遊圭は、確かにルーシャンは利を追うことにやぶさかではないが、むしろ根は単純なのではないかと思った。

胡娘にしても、最近はあまり言わなくなったが、善行を推奨する胡人《こじん》の神を信じている。その宗教では嘘は悪、ひとを裏切らないことは善とされているという。約束した相手を裏切らないこと、それは信義だ。胡人がそうした宗教に拠《よ》って生きているのなら、信頼できる胡人は少なくないはずだ。

十年をともに生きてきた胡娘の善性は疑う余地がないとはいえ、ルーシャンは出逢《であ》ってまだ二か月だ。遊圭はほんの数か月前に、よく知らない異国人の善性を信じて痛い目にあったことを思い出し、早計な判断をしてしまいそうな自分を戒める。

——何年も知っていて、味方だと思っていた人間だって、裏切るときは裏切るからな。

星家の族滅が決まったとき、匿《かくま》っていた遊圭を当局に引き渡そうとした両親の友人や、逃亡中の遊圭を油断させ、錦衣《きんい》兵に売り渡そうとした使用人の少年の面影がまぶたをよぎる。どちらも星家には大きな恩があったはずなのに、彼我の状況が変われば保身と報酬の方が優先する。異国人の胡娘が命がけで逃がしてくれたことを思えば、同族だって信用できるものではなかった。

やがてルーシャンの知る薬屋に到着し、遊圭は輿を降りる。店構えも交わされる言葉も異なるのに、店に一歩入れば乾燥した薬草や、煎《せん》じられた生薬の嗅《か》ぎ慣れたにおいで満ち満ちている。懐かしさに遊圭の気持ちは浮き立った。

胡娘とともに必要な生薬を買い足し、店主を相手に蠍の売買について聞き出す。

「持ち込むのが誰であれ、生死にかかわらず蠍はいい値で引き取りますよ。貧乏人の子どもらの小遣い稼ぎですからね。子だくさんの貧乏人にとっちゃ、うまくいけばいい金になり、下手をしても口減らしになるだけで」

非道なことをさらりと言ってのけ、店主は黒蠍の干物が大量に詰め込まれた引き出しを開けて見せた。もっとも、胡娘は店主の言葉の後半部分を訳さなかったので、遊圭は店主のいびつな笑顔の意味はわからない。差し出された蠍が『死の蠍』でない弱毒の黒蠍だったので、虫取りの好きな子どもたちには、きっとよい小遣い稼ぎなのだろうと納得した。

「これを摂《と》ると丈夫になるなら、ちょっと買ってみようかな」

遊圭のつぶやきに、胡娘は意味深な笑みで応《こた》える。

「ひきつけを抑えたり、痛み止めに使ったり、麻痺《まひ》を和らげたりと用途は広い。また、肝を丈夫にするだけでなく、いろいろと強くなるというな」

「いろいろと」

そこのところ詳しく、という表情で問い返してくる遊圭に、胡娘はにっと口を両側に引いて笑う。

「いまのところ、遊々には必要ない。帰国の少し前から摂れば、砂漠を越えていけるだけの体力と筋力はつくかもしれないぞ」

　だったらいまからつけておけばいいのでは、と遊圭が言い返そうとすると、ルーシャンが引き出しの中身をのぞき込んで豪快に笑った。

「遊々嬢には、黒蠍を贈りたい男でもいるのか。それとも、シーリーン嬢が誰ぞのために求めるおつもりか」

　ああ、そっちの強壮か、と遊圭は顔に浮かびかけた動揺を袖《そで》で隠す。

　ところで、胡娘はいつの間にルーシャンに胡語の本名を教えたのだろう。非常に気になるが、ここでそれを訊《たず》ねるのも不自然だ。

「それで、『死の蠍』を捕獲したら、いくらになるんでしょう」

　遊圭の問いと店主の答を、ルーシャンが通訳する。

「生きているか死んでいるかで、違ってくるそうだ。たいがいは、罠《わな》にかけたまま水に沈めて、溺《おぼ》れ死にさせた死骸《しがい》しか持ち込まれない。生きたまま捕まえるなんて蠍専門の罠師でもないと無理だし、生きた死の蠍を欲しがる理由はひとつしかないから、べらぼうな値段で闇取引されるらしい」

　大まかな相場を聞いた遊圭は、同じ大きさの翡翠《ひすい》、あるいは同じ重さの純金にも換えられるという生きた死の蠍の値段に驚き、胡娘と顔を見合わせた。遊圭は少し考え込み、ルーシャンに向き直る。

「その罠師から、公主さまの御婚礼のころに生きた死の蠍を買った人間がいるか、訊《き》きだすことはできないでしょうか」

「無理だろう」

通訳もせずにルーシャンは即答した。

「生きた死の蠍を売るということは、人殺しに手を貸すということだ。下手をしたら自分も罰を受ける。ま、拷問でもしない限り口は割らんだろうな」

遊圭は少し考えてから、顔を上げた。

「しかし、その罠師は闇の商売というわけではないのでしょう？　普通に蠍を捕まえて薬屋に卸して生計を立てているひとたちですよね。生きた死の蠍を専門に売る罠師なら、砂漠という砂漠に、隙間なく見張りを立たせでもしない限り捕えることは無理でしょうが、普通の罠師がたまたま獲《と》れた死の蠍を、大金欲しさに売った可能性もあります。このところ急に羽振りがよくなったとか、借金を返した蠍罠師はいませんか」

遊圭は二両の全蠍《ぜんかつ》を買い求め、ルーシャンに訊ねさせたが、薬屋は心当たりはないと首を横に振った。

店を出た遊圭は、ルーシャンに次の薬屋へと案内を頼む。

「一軒一軒尋ね歩くつもりか」

ルーシャンのあきれ声は、捜査の煩雑さへの苦情ではない。朝のうちに王宮を出てきたものの、そろそろ中天近くまで陽が昇り、頭布を巻き長着を重ね着した遊圭の女官服では暑苦しくなっていた。

「都の薬屋と罠師を全部洗いたければ、おれの部下にやらせる。お嬢さん方は王宮で昼寝でもして知らせを待っていればいい」

遊圭はおとなしくその申し出を受け入れ、薬屋への袖の下代わりに全蠍を二両ずつ買い求めるよう、ルーシャンに財布を手渡した。

輿に乗り込んでルーシャンと別れ、王宮へ向かう遊圭に、馬上の胡娘が不思議そうに訊ねる。

「そんなに全蠍を買ってどうする」

「筋力がつくのなら、いまから摂ってもいいんじゃないかと思って」

「ムキムキになって女装が似合わなくなるかもしれないぞ」

「ようすを見ながら少しずつ摂るよ」

遊圭は眉《まゆ》を寄せ、右の胡娘と左の凜々を交互に見比べて嘆息した。

「帰りの旅を思うと、体力はつけないといけないと思う。真剣に。誰の足手まといにもなりたくないんだ」

「それにしても量が多すぎるぞ。この都に何十軒の薬屋があるか知らんが、十軒も回れば一年分近くの全蠍になる。そもそも毒があるから一度に摂れるものではない」

遊圭は強くなってくる陽射しに目を細める。

「わたしひとりで消費するつもりはないよ。半分は玄月にあげれば喜ぶと思う。浄身は筋肉がつかないのが悩みだって言ってたし。帰りに朔露の賊軍や山賊を蹴散《けち》らして帰国できる体作りのためにも、娘子兵の皆さんにもおすそ分けしたらいいと思う」

そう言って、いつも無言で遊圭の護衛についてくる凜々ににっこりと笑いかけた。

「ありがとうございます。玄月さまはきっとお喜びになります」

玄月の忠実な腹心である凜々は、遊圭の心遣いに嬉《うれ》しそうに微笑んだ。


昼前に王宮に戻った遊圭は、居間の長椅子に横になっている麗華を見て急いで駆け寄る。長椅子といっても、床から五寸の高さにしつらえられた一間あまりの座面の三方を、背もたれと肘掛《ひじかけ》で囲み、中に絨毯《じゅうたん》を重ねて長枕を並べた小寝台のような作りだ。床下に暖気を通すため、床を高くした金椛《ジンファ》の炕《かん》を思い出す。炕も数人が上がり車座になって飲食ができたり、並んで眠ることもできた。

夏沙の絨毯を敷いた、この箱椅子のような小寝台も、同じような使い方をするものらしい。後宮のほかの部屋では、女官たちがこの小寝台に集まって刺繡《ししゅう》にいそしみ、噂話に花を咲かせているのを見かける。

床に膝《ひざ》をついた遊圭が麗華の容子を診たところ、顔色は悪くなく、寝息は安定していた。昼寝の最中と判断したので物音を立てないようにしてその場を離れる。

旅を終えてすぐ婚礼を挙げてから、間もなく二十日を数える。公務が減ったこともあり気がゆるみ、疲れが出るころだろう。しかし、遊圭の任務である天官書の探索は一向に進んでいない。後宮内の紅椛《ホンファ》人率を把握したところで滞っている。

遊圭が戻ったのを察した玄月に呼び出され、遊圭は着替える暇も休む間もなく玄月の居室兼事務室に向かった。扉を開けて遊圭が入ってきた気配に、玄月は卓の上に広げた地図とおぼしき羊皮紙から目を離さず問いかけた。

「何かわかったか」

死の蠍の件なのか、天官書のことか。たぶん、両方だろう。

「死の蠍の出所は、ルーシャンに頼んで都中の蠍罠師の身辺を洗ってもらっています。あと、これ町で買ってきました。どうぞ」

遊圭の差し出した小さな布包みを、玄月は胡乱《うろん》げに受け取る。逆さに振った袋から、干からびた蠍の死骸が玄月の掌《てのひら》に落ちた。遊圭に冷やした薄荷《はっか》茶を運んできた玄月の侍童が「ひっ」と息を呑《の》んでお茶をこぼしたが、蠍をつまみ上げた玄月は驚いたり、動じたりしたようすは見せない。玄月には怖いものや苦手なものはないのだろうか。

「これが、死の蠍《さそり》か」

「いえ、普通の蠍です。全蠍《ぜんかつ》という名の生薬で、胡娘が筋力がついて強くなるというので試しに買ってきました。全蠍の粉末を一日一銭ずつ摂《と》れば、帰国の時に襲撃に遭っても逃げ切れるかと」

差し出された薄荷茶の硝子杯《グラス》に、添えられた壺《つぼ》からすくい入れた蜂蜜《はちみつ》をかき混ぜながら、遊圭はできるだけのんびりとした口調で答える。

「そなたにこそ必要だろう」

全蠍を袋に戻して遊圭に返そうとする。遊圭は左手を上げて横に振った。

「いえ、いっぱい購入しましたから、皆さんの分もあります」

「皆さん？」

「帰国組の宦官《かんがん》兵とか、娘子兵の」

玄月は遊圭の顔をじっと見たのち、全蠍の入った袋を遊圭の前に置いた。

「薬研《やげん》がなければ粉にできんだろう」

遊圭はそれもそうだと思って袋を受け取って懐に戻した。個体のまま酒に浸して薬酒を作ることもできるが、三か月は浸《つ》けておかなくてはならない。

玄月は何事もなかったように、羊皮紙の地図の上に紙の書付を並べた。

「現在、夏沙王国の官僚を務める紅椛《ホンファ》の後裔《こうえい》は、豪家と林家で占められている。この二家は最後の皇帝の外戚《がいせき》であったから、ある意味予想通りだ。叔恵妃の実家陳家からは、軍人を何人か出している。そして、最後の皇帝の支配下で太史監の長官だった楊順監正《ようじゅんかんせい》の一族は、楊順の代から夏沙宮廷には出仕してないところまで判明した」

後宮における各氏族と紅椛人の後裔の姻戚関係を遊圭が調べる一方、玄月はイナール王の臣下から祝賀を受ける麗華の背後で、行事記録をとりつつ官吏の氏名と役職を詳細に調べあげた。

紅椛王朝滅亡時に天官書を持ち出すことができたのは、太史監の職員に限られる。皇帝の命令で持ち出したにしても、最重要文書の書庫の鍵《かぎ》を持つ監正でなければ、天官書を持ち出せなかったはずだ。

太史監の職員は、天体観測と記録に基づき暦を作成、修正して国の祭事や未来を占う専門職であるが、官僚としてはそれほど花形ではない。太史監における最高位の監正——当時は太史令と呼称していたが——の位は正五品止まりである。

太古の昔に作り出された、天球のあらゆる運行を計算可能にする複雑な渾天儀《こんてんぎ》を使いこなし、正確な暦を作るために非常に優れた高等数学の才能と知識が必要であるにもかかわらず、あまりにも地味で人気がない。傍流の皇族の名誉職か、官僚登用試験に平均点あたりで合格した進士が振り分けられる部署だ。

金椛《ジンファ》帝都を発《た》つ前、探し求める文書がどのようなものかを学ぶために、太史監に閉じ込められたひと月で、遊圭が天文学について学んだことはほぼ皆無といっていい。医学の基礎を学んだ時に、同時に習得した天文陰陽学《いんようがく》の予備知識がなければ、監生や博士らが何を話しているかすら理解できなかっただろう。

ただ、大地を中心に回転する、金色に輝くいくつもの輪を複雑に組み合わせた真鍮《しんちゅう》製の天体模型、渾天儀が表す宇宙というものには、ひどく心を動かされた。

玄月が口にした太史監という言葉に、ふとそこで見た光景を思い出し、ぼんやりしてしまった遊圭は、玄月の話から一瞬気が逸《そ》れた。

「遊々、聞いているか？」

薄暗い太史監の作業室で、静かに回り続ける天の軌道が描く幻想から、唐突に現実に呼び戻される。

「あ、すみません。あの、玄月さんは、本当に大地は丸いものだと思いますか」

玄月は訝《いぶか》し気に遊圭の顔を見つめた。眉間《みけん》にしわを寄せてから、ふっと息を吐く。

「疲れているのなら、少し休んできていい。その全蠍の効果を自身で試してみるのもいいだろう」

遊圭は正気を疑われたのかと思ってむっとした。思わず言い返す。

「玄月さんだって、渾天儀《こんてんぎ》を見せてもらったじゃないですか。五十年前に天文寮が焼け落ちたとき、楊監正が動力付きの最新型の渾天儀を持ち出したかもしれないから、どこかで部品の一部でも見つけたら、失われた文書の手掛かりになるだろうって。そのことを思い出していたんです」

天球の中心にあった大地が球体で表されていたことが、遊圭にとってはかなりの驚きだった。玄月は遊圭の気が逸れた理由に思い当たったらしく、こくりとうなずいた。

「それも一案だが、いま我々が話していたのは、そのことではなかったはずだが」

静かに諭されて、遊圭は反論できずにうつむいた。

「確かに、ちょっと疲れて、ぼんやりしてしまいました」

ぬるくなった薄荷茶の硝子杯を両手に包み込んだまま悄然《しょうぜん》とする遊圭に、玄月はかすかに苦笑して先ほどの遊圭の質問に答えた。

「実は同じ疑問を、私も監生のひとりに訊《たず》ねた。天球の中心にあるこの大地を、渾天儀の天体模型の中に納めるためには、同じように球体にした方が赤道輪や黄道輪、赤経緯の二重輪を自在に動かせるからだという。実際に大地が毬《まり》のような形をしているわけではないらしい」

遊圭は、玄月が遊圭の浅知恵や早とちりを鼻で笑ったりせず、真面目に答えてくれたので、少し驚いた。そして大地が揺るぎないことに安心する。

「そうでしたか。そうですよね」

玄月は、ふいに閃《ひらめ》いたように拳《こぶし》で卓を叩《たた》いた。

「渾天儀《こんてんぎ》か。盲点だったな。書類文書にばかり意識がいっていたが、作られた場所から遠く離れてしまうと、星図や周期記録は星辰《せいしん》の位置や、天の赤道の角度にずれが生じて使えなくなる。しかし、渾天儀は座標を調整するだけで、どこの国でも天文学者として仕官できる。楊一族がこの国に仕官していない以上、かれらがこの西域のどこへ移り住んだのか、まるきり雲をつかむような状態になっていたところだが――とりあえず女官名簿と併せて五家族の姻戚関係を洗い出せば、必ずどこかで楊一族が浮かび上がってくるはずだ。異国に移住すると、かえって同族間の絆《きずな》は固くなるものだからな」

七、金椛暦　武帝四年　夏至　次候――蜩《ひぐらし》のはじめて鳴く――

一日も早く天官書、その中でも日蝕《にっしょく》周期表を探し出して、金椛《ジンファ》帝都へ帰りたい。

遊圭たちの焦りは高まる一方だが、どうしようもない障壁がかれらの前に立ちはだかった。中原の人間たちが体験したことも想像したこともない、夏の炎暑である。

地下水道《カレーズ》の水門は年間を通して同じ水量を城内に供給しているのだが、地下から噴き出す冷涼な水は直射日光に当たってたちまち蒸発し、城外の牧草地へと続く排水口まで届かない。春の終わりに到着した公主一行を歓迎してくれた木々の緑も、焼けつく太陽に色褪《いろあ》せ、乾ききった木の葉を地上に落とし、砂塵《さじん》を含んだ風に吹き散らされ、水を失った側溝を埋めてゆく。

夏沙の兵士はこの時間帯に出入りする者のない城門の番を怠け、日陰を求めて城壁の下にたむろし、町の商店は扉を閉め、通りには通行人もいなくなる。街路をゆるやかに動くものは、石畳に落ちた建物や木立の、日時計のごとき濃い影のみ。誰もが屋内に避難し、昼寝をして暑さをしのいでいる。

土地の人間たちがそうなのだから、温暖な国から来た遊圭たちは、体の内側から沸騰してきそうな暑さに、日中は身動きもできなくなっていた。

本来は西域に棲息《せいそく》する天狗《てんこう》は暑さに慣れているかといえばそうではなく、北側の日陰に穴を掘り、そこで日がなじっとしていた。もともとは夜行性らしく、日が暮れてから、砂と埃《ほこり》にまみれた体で餌と水を求め、遊圭の長椅子に上がってくる。

そんな盛夏の折でも、灌漑《かんがい》や生活に必要な水は蒸発を防ぐために地下の水路を流れていて、宮殿の奥深くでも上水口や噴水から冷涼な水が供給されている。しかし、遊圭は女装がばれるのを怖れて水浴もできずに、ひたすら部屋にこもって両手と両足を水盤に浸しては涼をとっていた。

　体形もあらわな薄物をまとって宮殿を行き来する女官たちは、遊圭にとっては目の毒であり、特に部屋から出ていく必要性も感じない。噴水で冷やしておいた胡瓜《きゅうり》を思い出したように取り出し、岩塩をまぶしてかじっては、夜に備えて睡眠をとった。

　麗華も気温の高い時間は昼寝でやり過ごし、玄月も暑さのためか食が細くなり痩《や》せてきた。紅椛《ホンファ》五家の宮廷における地位や血縁関係は洗い出したのだが、どういうわけか楊一族の消息がまったくつかめないことに、静かに苛立《いらだ》っているようだ。

　そもそも五十年も前の二千人を超える亡命者の子孫から、一枚の紙きれを探し出せというのだから――いや、当時はまだ紙は公文書に使われていなかった。竹簡かもしれないし、布帛《ふはく》かもしれない――砂漠で米粒を探し出すようなものである。

　書類上でわからなければ聞いて回るしかないのだが、ことは慎重を要する。思いがけない炎暑に意識も朦朧《もうろう》とし、進捗《しんちょく》は遅々として渉らず日々が過ぎていった。この猛烈な盛夏はまだ始まったばかりで、三か月は続くという。

　ここにふたたび死の蠍《さそり》でも仕込まれたら絶対に死ぬ、と遊圭は確信した。

　しかも、夏沙の王都は金椛《ジンファ》帝都より北に位置するせいか、夕食を食べたあとも、夜食の時間が過ぎても、一向に日の沈む気配がない。亥《い》の刻（午後十時）あたりになってようやく日が暮れはじめ、涼しい風が吹いてくる。

そして夜間は一気に気温が下がる。遊圭は上着を重ねて王宮内を歩き回り、紅椛《ホンファ》人の血を引くであろう女官に片言の夏沙語で話しかけた。

位の低い女官になるほど、金椛《ジンファ》語を話せず、理解することもできない。またそういう女官ほど、祖父母の代で祖国を追われたという意識はなく、言葉の不自由な国で不便を強いられている遊圭たちに親切であった。言葉を教えてもらいながら、彼女たちの両親と祖父母の名前を聞き出し、楊一族の親戚《しんせき》がいないか探りを入れる。

中位の女官は、遠巻きにしたりそこはかとない敵意を見せたりする者もいるが、逆に興味を持って近づいてくる者もいた。紅椛五家の出身でない者は、むしろ似たような顔立ちの遊圭らに親近感を覚えるのかもしれない。流暢《りゅうちょう》ではないが金椛語も話し、暑さ対策の知恵を貸してくれたり、帝都の流行を聞きたがったりする。親しい女官も増えて、お茶に誘われたり、後宮を案内してもらったりすることも増えた。

「遊々、お化粧ののりがあまり良くないけど、眠れないの？」

などと、美容の心配までしてくれる。

「暑さに慣れません。こちらの食事は肉が多いので、胃の調子もよくなくて」

遊圭はそのように言い訳をして、成長とともに肌理《きめ》の粗くなっていく地肌を、体調による荒れといってごまかす。もっとも乾燥と暑さで肌が荒れているのは、麗華も娘子兵たちも同じなので、充分に通用した。それでも生まれたときから砂塵の多い乾燥した国で育った女官たちよりも、湿度の高い土地で育った麗華や遊圭の肌はしっとり感がある。

汗で化粧が流れる日中はこもっているせいか、薄暗い夕方から夜にかけて交流する分には、入念な化粧と訓練された声音で性別を怪しまれる気配はない。

「遊々は手は染めないのね。正妃さまもお手は白いままだし、金椛《ジンファ》では爪を染めたり、手の甲に模様を描き込んだりしないのかしら」

よく見れば、女官たちは手の爪や指を、赤や橙《だいだい》に染めているだけでなく、濃い染料で緻密《ちみつ》な模様を手の甲や腕にも描き込んでいる。柄は鳥や花、蔓草《つるくさ》などが多い。遊圭がずっと絹糸で編んだ花邊《レース》だと思っていた手袋は、刺青《いれずみ》の一種だったようだ。

「金椛では刺青はしないですね」

中原において、墨を入れるのは罪人のみだ。遊圭は胸に湧いた嫌悪感を隠して答えた。

「刺青じゃないわ。ヘンナの葉を搾った染料で描くの。半月くらいで消えてしまうけど」

「髪を染めることもできるのよ。ふけが出なくなっていいわ」

口を挟んだ女官が、ルーシャンほどではないが赤味がかった栗色の髪を自慢げに広げてみせる。

「金椛では黒い髪が好まれるので、髪を茶色く染めたりはしませんが、爪は染めます。でも、わたしは肌が弱いのでしませんけど、公主さまは爪を桃色に染めるのを好まれます。でも、身分の高い女性たちは、染めるより爪飾りをはめることが多いですね」

「ああ、お妃《きさき》さまたちが、ときどきつけておられるのを見ることがあるわ！　金椛の風習なのね」

親しくなってくると、金椛《ジンファ》という国についていろいろな質問をされる。西域の男たちは隊商を組んで大陸の東西を行き来するが、ほとんどの女たちは生まれた都市で一生を終える。遠近の都市や近辺の遊牧民に嫁ぐこともあるが、それはそれで家族との一生の別れになるため、麗華の身の上に同情を寄せる女官も少なくなかった。

「お寂しいのではないかと思って、贈り物を差し上げたいのだけど、あの一件があったから正妃さまに物を差し上げるのは禁じられているの。わたくしたちを無粋な蛮族だとお思いになっていらしたら、つらいわ。わたくしたちに正妃さまをお慰めできることがあったら、教えてね」

夏沙の女たちにとって、食べ物や手作りの手芸品から、市場で見つけたしゃれた工芸品などを贈ったり交換したりすることは、社交上とても重要なことらしい。ここ数日で、遊圭は刺繍《ししゅう》の入った手巾《しゅきん》や組み紐《ひも》から、小麦粉を練って焼いた胡餅《こもち》に、果物を盛りつけた切り子細工の硝子《ガラス》小鉢などを受け取っていた。返礼は必要かと胡娘に相談したところ、金椛産の色紙はどうかと、短冊に切って配ったところとても好評だった。

——でも金椛の後宮もそうだったな。女のひとってそういうのが好きなんだろう。

そう思った遊圭は、男同士の付き合いはどうなんだろうと考えた。学問の師や世話になる目上の人間には付け届けが必要だが、ここの女官のように他愛のない品や菓子を日常的にやりとりすることはないはずだ——が、どうなのだろう。

家を再興するのに、世間知らずではすまされない。世渡りのコツを教えてくれる父親も男の成人親戚もいない遊圭には、頭の痛いところだ。

「ねぇ、遊々。ちょっと聞きたいことがあるんだけど」

なかでも金椛《ジンファ》語の上手なシャオメイという女官が、はにかみながらにじり寄ってくる。ほかの女官も急に恥ずかしそうに視線を泳がせながら、期待に満ちた表情でじりじりと遊圭を囲んだ。

「あの、正妃さまにおつきの若い常侍《じょうじ》の方。お名前はなんとおっしゃるの？」

「宦官《かんがん》の陶《とう》玄月さんのことですか」

微妙に『宦官』の部分を強調しつつ、茶菓子の胡餅に手を伸ばした遊圭が答えると、女官たちの目が一斉に輝く。小声で「げんげつ」と発音を練習する者もいる。口に入れた胡餅が急に味気なくなった気がするが、この現象は好機ではある。

「みなさんは、一生後宮住まいなのですか？　この国では、女官は退職して結婚を許されないのですか」

遊圭の問いに、女官たちは顔を見合わせた。おかしな質問だったろうか。中原の後宮は厳格な男子禁制で、女官は異性に出会うことなく生涯を終わらせる。しかし東海《とうかい》の果てにある島国の後宮では、帝の妃妾《ひしょう》ではない女官は、官吏と結婚できるという話を聞いたことがあるので、西域もそうかもしれないと思ったのだ。もしそうなら、彼女たちが宦官の玄月に興味を持つのは一時的なものに過ぎないだろう。

「出自によるわね。貴族階級の女官は、王様のお手がつかなければ行儀見習いの箔《はく》がついて嫁ぎ先に困らないし」

「お手がついていても、貴族や富豪の後妻に下されることはあるわね」

「わたしたちはねぇ」

女官たちは顔を見合わせてため息をつく。聞けば夏沙では持参金が高いので、結婚できないまま老いてしまうより、王族の後宮や富豪の後室に、支度金目当てに親に入れられてしまうらしい。出ていく自由がないのは、半分奴隷のようなものだ。

外出もままならない彼女たちには、金椛《ジンファ》の女官のように宦官も恋愛対象であり配偶者候補なのだろう。

「玄月さまのお好きな食べ物は何かしら」

「好き嫌いは……そういえば聞いたことないですね。出されたものはなんでも食べているみたいです」

シャオメイが遊圭の返事を訳して女官仲間に伝えれば、なぜか嬌声《きょうせい》が上がる。遊圭は早口で言葉を交わす彼女らを横目に、細く切った西瓜《すいか》をつまみあげた。甘くて汁気が多いのが嬉《うれ》しい。死の蠍以来、麗華を含めて金椛の面々は、宴会などでこうして大勢でひとつの皿から分け合うのでなければ、毒殺を怖れて目の届くところで用意されたものしか口にしない。

「夏沙のお菓子を差し上げたら、受け取ってくださるかしら。遊々、渡してくれる？」

「直接渡したほうが喜びますよ。いっしょに食べるともっと喜ぶと思います」

これで女官たちから、金椛《ジンファ》の宦官に接近する口実ができた。玄月の部下は上司ほどではないが、容姿は悪くない。この任務と長旅に耐えられるよう、察しの良い腕の立つ宦官兵を選《え》りすぐってきたので、女性受けする体格のいい連中ばかりだ。

遊圭ひとりで後宮じゅうの女官に聞き込みをしていたら何か月もかかるが、手分けして行えば夏の間には終わるだろう。玄月の侍童などはその紅顔ぶりが女官からはもてはやされそうだ。

その夜はこれを収穫として、遊圭は麗華の宮殿に戻った。


就寝前の麗華の脈をとり終えた遊圭は、身心に失調の兆しがないことにほっとする。

「のどが痛いのは空気が乾いているせいでしょう。ちょうど旬の杏《あんず》が届いています」

遊圭は平皿に盛り上げられた杏を半分に切って種をとり、麗華に差し出す。

「甘くて酸っぱい」

麗華は両手を口に当てて頬をもぐもぐとさせた。出会った頃は甘党で酸味は苦手だった麗華だが、暑さに参った体が欲しがっているのだろう。ひと切れ咀嚼《そしゃく》して呑《の》み込むと、ふた切れ目に手を伸ばす。

「食べきれないのは、軽く茹《ゆ》でて蜂蜜《はちみつ》につけておけば、多少は日持ちしますし咳《せき》がでたときに便利です」

麗華は指についた杏の果汁を舐《な》めて、寂し気に微笑む。

「お前たちが帰ってしまったら、そういうことを教えてくれる者がいなくなってしまうわね」

遊圭は胸を突かれ、夜食の材料を卓上に並べて考え込む。

「この土地にはこの土地の食養がありますから、そちらに詳しい薬師を見つけ出せれば安心なのですが。例えばこちらでは夏は一日中、生の果物を食べるのが習慣で、寒熱の明らかでない珍しい果物を食べ過ぎて、身体を冷やすのではと心配です」

「冷やさないと体に熱がこもってしまうじゃない」

「ですね。旬のものは問題ないといいますが。手足がむくんでこなければ大丈夫かと」

遊圭は、焜炉《こんろ》にかけていた小鍋《こなべ》の湯が沸騰したのを見て、八個分の胡桃《くるみ》を軽く茹でて引き上げ、粗熱が取れたところで水気を取り、荒く刻む。擂鉢《すりばち》で油が滲《にじ》むほど擂《す》って黒砂糖と練り合わせる。胡娘が手配してくれた駱駝《らくだ》の乳を温め、少しずつ乳鉢に加えて滑らかになるまで擂り混ぜる。

仕上げに軽く塩をふり、出来上がった胡桃酪《ことうらく》を器に注いで麗華に差し出した。

「こちらの女官に教わった美白汁粉です。汁に使う乳はなんでもよいそうで、中原なら豆漿《とうしょう》や山羊《やぎ》乳で作るところですが、夏沙の女官たちの間では駱駝の乳が一番効き目があるとかで」

「土地のもので食養生、ってことね。さっそく実践するところがえらいわ」

「お口や脾胃《ひい》に合わなければどうしようもありません。試してみていけないようでしたら、主上《しゅじょう》に豆腐職人を遣わすようお願いしてみましょうか」

「豆漿の臭いも好きじゃない」

銀の匙《さじ》で胡桃酪をすくって口に含んだ麗華は、難しい顔をしてから微笑む。

「悪くないわね。もっとちょうだい」

「一度に食べると吹き出物が出るそうです。一日ひと碗《わん》が服用限度のようですね」

「じゃあ、どうしてそんなに作ったの？」

匙で擂鉢を指して抗議する麗華に、遊圭は目を見開いて言い返す。

「わたしと胡娘と凜々のですよ。いいかげん、美肌対策とかめんどうくさいんですけど。これも主上と公主さまのためですから」

近侍としては遠慮のない遊圭の物言いに、麗華は不満そうに唇を突き出したが、すぐに機嫌を直す。

「皇室のために苦労してくれて礼を言います。ところで、今夕は財宝庫を見せてもらったんだけど、話を聞きたい？」

「もちろんです」

食器と焜炉をかたづけた遊圭は、身を乗り出した。

公務の合間を縫って、イナール王は自ら麗華を連れて、夏沙の富を見せて歩いていた。

それは柱も天井も細緻《さいち》な彫刻や装飾をほどこした壮麗な神殿や、職人の粋を集めた織物や陶磁器の工房、そして広場を埋め尽くす、美麗な甲冑《かっちゅう》に身を包んだ重装騎兵の閲兵式などであった。籠城《ろうじょう》に三年は耐えられる食料の備蓄庫。一年中火の絶えることのない鍛《か》冶《じ》工房。夏沙全体で千を超えるという彫金師や細工師の中でも、一流の職人が集まる工房街からは、康《こう》宇国や金椛《ジンファ》にも引けを取らない工芸品が作り出されている。

「そういうのいっぱい見せられたら、財宝庫にはどんな金銀財宝が詰め込まれているのかしらって思うじゃない」

麗華は笹の葉の形をした、目じりの切れ上がった目をおもしろそうに細める。

「詰め込まれてなかったんですか」

「骨董《こっとう》品ばかりね。歴代の王や王妃が愛用してきた食器とか宝飾品とか。近隣国から贈られた美術品とか。見る人が見れば嬉しいんでしょうけど」

「でしょうねぇ。交易国にとって、財宝は右へ左へ売り買いしてその利益を懐に入れるものですから。それで、渾天儀《こんてんぎ》らしきものはありましたか」

幾重もの輪や円盤を組み合わせた金色の渾天儀は、一見したところ美術品と間違えてしまいそうな美しさだ。遊圭は図を描いて、麗華が渾天儀らしきものを見かけたら知らせるよう頼んでおいたのだが、あるとしたら王室の財宝庫ではないかと見当をつけていた。もし見つけたら、さりげなく出所をイナール王に訊《たず》ねて欲しいとも。

麗華は遊圭の描いた渾天儀図を広げて嘆息した。ぐるぐるしたものに台座がついているだけの白黒絵なので、現物を見てもそれとはわからないかもしれない。

「遊々って、絵心はないのね。とにかく金色のぐるぐるしたものはなかったわ」

「真鍮《しんちゅう》製なので、五十年も経っていたら黄銹《きさ》びた泥色っぽくなっているかもしれません」

遊圭は悄然《しょうぜん》と首を垂れて言い添える。

「玄月も一緒にいたから、あったら見逃しはしなかったでしょうよ」

またひとつ、手掛かりのあては消えた。

八、金椛暦　武帝四年　小暑　初候——温風至る——

「小暑どころじゃないし。熱風吹きまくりじゃないか」

汗をぐっしょりかいて午睡から目覚めた遊圭は、団扇《うちわ》で扇《あお》いでくれていた胡娘に文句を言った。胡娘は団扇をおろし、冷水で絞った布を遊圭に渡す。

「うむ。夏沙には夏沙の暦があるのではないか。私の故郷では『ミトラの月』と呼ぶ」

「どういう意味」

「ミトラは太陽神だ。太陽がもっとも盛んになる月ということかな」

「まんまじゃないか」

濡《ぬ》らした布で胸や脇の汗を拭《ふ》きとりながら、胡娘があまり汗をかかないのを不思議に思う。日が傾いてきたので、麗華の宮室へ伺候するためにも、遊圭はそろそろ着替えなくてはならない。胸当てや腰当ての下には汗疹《あせも》ができているので、烏瓜《からすうり》の塊根《かいこん》を粉にしたものをパタパタとはたきつけた。

「遊々は水分を摂《と》り過ぎているのだろう。そのうち気候に体が慣れる。私の生まれ育った場所も、ここほどではないが砂漠が近かったから、あまり苦にならない」

　まだ頭布をかぶるには暑い。補整した下着の上から夏沙の透けない生地の女官服を着て、髪はおろしたままで麗華の宮室へ参上する。西域風の髪を結わない生活は楽といえば楽だが、きちんと結っていない状態は、髪の先から生気が漏れ出てしまうようで落ち着かない。

　麗華の脈をとっていると、玄月の侍童が慌てふためいて駆け込んできた。大急ぎで麗華に跪《き》拝《はい》し、遊圭の方へ向き直って至急玄月の居室へ来るように告げる。

　何か新しいことがわかったのだろうかと、遊圭が期待して玄月の居室の扉を開けると、そこには卓という卓や長椅子に、隙間もないくらい山盛りの果物や胡菓子、あるいは金《ジン》椛《ファ》風の料理がひしめき合っていた。

「この現象の理由を知っているか」

　玄月は不機嫌な顔で遊圭に問いただした。無言の圧力に、遊圭は唇を舐めてから一言一言ゆっくり答える。

「女官さんたちが、玄月さんとお近づきになりたいといっていたので、その一端ではないでしょうか」

「私が女官たちと親しくなって、どういう利点がある」

　前もって話しておくべきだったが、まさか女官たちがこんなに早く行動を起こすとは、遊圭は予測していなかった。

「女性から紅椛党《ホンファ》について訊《き》きだすのは、わたしより玄月さんの方がお上手ですし。わたしひとりで後宮じゅうの女官に聞き込みができると、まさか思っていたりしませんよね？」

「私が食いもので釣られるという情報を流したわけか。紅椛党の女官が毒でも仕込んでいたらどうする」

眉間《みけん》にしわが寄っている。話の持っていき方がまずいようだと反省しつつ、遊圭はもたもたと言い訳をした。

「食べものをやりとりするのは、夏沙の女性たちの慣習のようです。もちろん、ただ差し上げるのではなく、一緒に食べるのを勧めたのですが」

遊圭がそうしたように、会話を楽しみつつ相手が手をつけたものだけを口に運べばいい。しかし玄月は救いようのない愚か者を見る目で、嘆息しつつ遊圭を見下ろした。

「そなたは、血縁でない異性が、ひとつ部屋で同じ皿から食事をするのがどういうことか、わかっているのか」

遊圭は、男女が食事をともにする行為が特別な意味を持つことを、すっかり失念していた。相手が味見したものを受け取り、その場で食べてしまうことは、求愛を受け入れたことになる。それは宦官《かんがん》にとっても同じだ。暗黙のうちに周囲に認められるのはまだ運のいいほうで、相方となる女官の地位や性格によっては命取りになる。

女装期間が長すぎた遊圭は、家族以外の女性と食事することに慣れてしまっていたため、そこまで気が回らなかった。

　夏沙の恋愛観が金椛《ジンファ》のそれと類似するかどうかはともかく、玄月に入れあげる夏沙の女官が、たまたまイナール王の手つきであったり、有力氏族の令嬢であったり、また夏沙人宦官の想い人であったりした場合、楊一族の捜索どころではなくなってしまう不祥事や、障害が起きてしまうかもしれない。

　玄月が叱責《しっせき》を続けようと息を吸い込んだとき、取次ぎの宦官が入ってきて玄月に耳打ちをした。秀麗な面に緊張が走り、きりりと真剣な表情へと豹変《ひょうへん》する。

「ルーシャンが怪しい蠍罠《さそりわな》師を捕えた。これから引見しにいく。そなたもくるか」

「はい」と答えて、遊圭は大急ぎで頭布を取りに自室に戻る。女官の差し入れをすべて処分するよう侍童に命じる玄月の声が、扉を閉める前に聞こえた。

　まだ日は西にかかり気温が高いので、遊圭は涼しい夏沙の女官服のまま上着を羽織る。頭と首にぴったりと巻きつける金椛風の頭布ではなく、女官たちからもらった透けた素材の紗布《しゃふ》をふわりと頭にかぶり、これも贈り物である青銅の襟留《ブローチ》めでゆるやかに留めた。

　後宮の門までルーシャンが迎えに来ていた。夏沙風の衣裳《いしょう》で出てきた遊圭を見て、ルーシャンは口笛を吹く。遊圭は補整した体形に不自然さはないかと急に不安になった。

　風通しはいいが、透けた素材の衣裳は選ばなかったはずだ。もっとも金椛側の用心棒で、夏沙人でもないルーシャンにばれたところで困ることはないのだが、遊圭を男子と知ったルーシャンの態度が変わると、周囲にも怪しまれるかもしれない。

連れて行かれたのは、ルーシャン部隊のために借り上げた、泥煉瓦《れんが》の住宅のひとつであった。屋内に充満した兵士たちの体臭や、甲冑の革に染みついて変質した汗や脂の臭いに、遊圭は思わず鼻と口を覆ってしまう。

「男所帯で申し訳ない。しかし玄月どの、本当に遊々嬢まで尋問につき合わせていいのか。卒倒してしまうぞ」

「その心配はない。遊々は医術の心得もある。血は見慣れている」

ルーシャンはほう、と感心の声を漏らして、遊圭を見おろした。

外はすでに夕刻の翳《かげ》りが迫っていた。埃《ほこり》の浮いた屋内の窓は小さく、薄暗い。倉庫に監禁された蠍罠師は一見、街を行き交う平凡な胡人《こじん》となんら見分けはつかなかった。三角の帽子を耳までおろして地べたに座り込み、ルーシャンについて入ってきた異国人の玄月を怯《おび》えた顔で見上げる。

「遊々嬢の言った通り、ここんとこ羽振りのよくなった蠍罠師を見張らせておいたら、こいつが酒場で口を滑らすのを部下が拾い聞きした。東方美人が死の蠍を言い値で買い取ってくれるって自慢しているのをな」

遊圭は、死の蠍の買い手が東方女性であったことに、目の前の暗幕が開ける思いだ。正妃宮に毒薔薇《どくばら》を配達した胡人女官を使い捨てにした死の蠍の真の使い手は、やはり紅《ホン》椛《ファ》党によって後宮に送り込まれたのだ。

玄月はつかつかと蠍罠師の前に歩み寄った。

「その東方美人とは、紅椛人《ホンファ》か」

少年のように澄んだ、太さを伴わない作り物めいた低い声は、どこか非人間的な響きがする。蠍罠師はぶるぶると震えながら首を横に振った。

「違います、おれじゃない。頼む、家に帰してくれ」

玄月の袍《ほう》の裾《すそ》にすがりつこうとした男の手は、宙を掻《か》いた。

「『死の蠍』を誰に売ったかを吐けば、家に帰してやる」

中性的な美貌《びぼう》は男たちからは侮られがちなものだが、使いどころを心得た玄月は、滑らかな頬すら研ぎ澄まされた鋼の威圧感を醸し出す。ルーシャンさえも鼻白んだ面持ちで、右の踵《かかと》をわずかに退《ひ》いた。

戸口で三人のようすを観察していた遊圭は、蠍罠師の怯えようから、『死の蠍』の使い道を知りながら紅椛人の女に売ったのは、この男だろうと直感した。無意識に数歩進み出る。その気配に、男が顔を上げて遊圭を見た。

「あんた！　どうしておれを売るんだ。あんたが金を出したんだろ。いまさらおれの口を封じるつもりか！」

いきなり手を振り上げ、こちらを指差す男に、遊圭は驚いて、薄暗い戸口から進み出た。小さな窓から射し込む細い夕日に照らされた遊圭の顔を見て、人違いを知った男はうわわと妙な息を漏らしながら、床に尻《しり》をついたまま あとずさる。

「やはりこいつが売ったのか」

ルーシャンのつぶやきに、玄月が応《こた》える。

「この年恰好《としかっこう》の紅椛女《ホンファ》で間違いないらしい。服装も女官のものだったということだ。イナール王は、生きた『死の蠍』の取引は禁止されていると言っていたが、法を犯した代償はなんだったかな」

玄月は身を屈《かが》めて、男を脅迫した。いまあの秀麗な面に浮かんでいる、羅刹《らせつ》のような笑みを見たくはないなと、遊圭は玄月の背後で思った。

男はガチガチと歯を鳴らし、壁まで後ずさって、命乞《いのちご》いした。

「おれは何にも知りません。そんな服を着たべっぴんさんが生きた死の蠍を買ってくれたってことしか。頭布も胸までおろしていたから、顔も細かいところは見てませんよ！」

男は必死で言い訳した。ルーシャンはそれはありそうだと弁護してやった。買い手は売り手に身元が知れることを避けるものだ。

玄月は遊圭に頭布をおろすよう指図すると、手を伸ばして蠍罠師の襟首をつかんだ。男を乱暴に引きずり上げ、遊圭の足元に突き飛ばす。

「できるだけ詳しく思い出せ。服の色、靴の色。装飾品は何をつけていた？　手は見たか。ヘンナ染めの範囲や色や、模様は覚えているか」

焦点の定まらない目で、男は遊圭の頭のてっぺんから足元まで眺め回し、埋もれている記憶を無理やり掘り出され、やがて解放された。

後宮へ帰る道すがら、遊圭はどこか気の抜けた感覚から抜け出せない。

「あっさりと認めましたね。客の秘密をあんなに簡単に漏らすなんて」

釈然としない遊圭に、ルーシャンが応じる。

「裏稼業というほどには、死の蠍をさばいているわけではないのだろう。つまり、素人だ。自分が訴えられるとなったら怖気《おじけ》づきもする。しかもこんな役人よりも怖い強面《こわもて》に問い詰められてはなぁ」

と、先頭を歩く玄月をあごで示した。玄月は前を向いたまま言葉を返す。

「遊々が居合わせたことで、思いがけない効果があった。拷問する手間が省けた」

どんな拷問をするつもりだったのかと、遊圭は身震いをこらえる。そういえば、玄月は遊圭が陽元の後宮を去ったあと、特務機関の東廠《とうしょう》に異動になったのだ。宮城内外の宦官や官僚の不正を暴くといえば聞こえはいいが、権力者が恣《し》意的に邪魔者を排除しようとすれば、皇帝の権威をかさに着て、誰でも弾劾できる恐ろしい組織だ。

嫡母《ちゃくぼ》の永《えい》氏に欺《あざむ》かれ続け、閣僚の李《り》徳《とく》と宦官の呉《ご》太監《たいかん》に廃位に追い込まれかけた陽元は、東廠にテコ入れをして潜在的な敵をあぶりだし、粛清するつもりなのだろうか。

昨年の冬至過ぎ、数か月ぶりに再会した玄月の凄《すご》みが増していたのは、きっと遊圭の気のせいではない。

とりあえず、後宮に戻ったらすぐに、蠍罠師が白状した買い手の特徴に合う女官を探し出さなくてはならない。

「ヘンナ染めが指先だけで、色も淡い橙《だいだい》。そして模様の描き込みがなかったというのは、位の低い女官ですね。手荒れがひどかったということですし、水仕事が多くて、爪や手甲を染めているような余裕はなさそうです」

「それも使い走りだろう。先に死の蠍で殺された女官の同僚を調べるのが早そうだ。しかし、死の蠍の代金を預かるくらいだから、重要な手駒に違いない。必ず楊監正を擁する紅椛《ホンフア》の幹部に繋《つな》がっているはずだ」

ルーシャンはふたりの会話に耳を傾けていたが、口は挟まない。

王宮の入り口で、玄月はルーシャンにずっしりと重たい財布を手渡した。

「ルーシャン、いい仕事をしてくれた。お蔭《かげ》で助かった。これは特別手当だ。働いてくれた部下たちにも分配してくれ」

財布の重みを量りながら、ルーシャンは油断のない笑みを浮かべる。

「暗殺未遂はこれで片付いたのか。これで飲んだくれていても問題はないかな」

「酒浸りにならない限りは問題ない。だが、公主を害しようとした連中の規模がまだわからない。有事に備えて、いつでも手兵を率いて我々のもとに駆け付けることができるようには、しておいてくれ」

「承知した」

にやりと笑みを浮かべる。唇の隙間に見えた歯が、獲物を狙う牙《きば》のように白く光る。ちょうど沈みゆく残照を浴びて、赤茶色の髪が赤味がかった黄金に染まる。ひどく危険

な獣を家に上げてしまったような、そんな不安が遊圭の胸に滴り落ちた。すると玄
後宮への回廊を歩きながら、遊圭はその不安を玄月に打ち明けた。すると玄月は珍し月は珍しく楽しそうな口調で応じる。

「手の内で虎を買うのは二度目になるが、今回は獰猛《どうもう》な成獣だ。鞭《むち》と飴《あめ》を使い損じたら、こちらが食い殺される。しかも、ルーシャンの方が我々より上手だろうな」

「大丈夫ですか」

「わからん」

平然と返す玄月に、遊圭は大きく目を瞠《みは》った。

「この件について、ルーシャンは傍観者だ。主導権を握りようもなく、握ったところでルーシャンには何の益もない。より多くの利を得られる側について、報酬を得ることがルーシャンには最善の選択だ」

「ルーシャンの故郷の康宇国は、朔露国に近いですよね。朔露とつながっているということは考えられませんか」

遊圭は、玄月の卓の上に広げられていた地図を思い浮かべて訊《たず》ねた。

「よい質問だ。だがルーシャンが慶城に雇われたのは、朔露が勃興《ぼっこう》してくる以前の話だ。朔露の隆盛ぶりが聞こえてきたのは昨年あたりからで、康宇国もまた朔露の脅威にさらされている。康宇国が朔露王の足下に降ったという報告はまだない。その可能性はいまは考えなくていいだろう」

王宮の門兵に、後宮の門を開かせたとたん、中から凜々がまろびでてきた。

「玄月さま！　菫児《きんじ》が！」

真っ青になって玄月の胸に飛び込み、泣きそうな顔で誰かが毒を盛られて生死の境をさまよっていると叫んだ。玄月は顔色を変えて廊下を走りだす。凜々もそのあとを全速力で追った。

その名前が玄月の侍童のものだと遊圭が思い至るのに、少しの間があった。すでに玄月と凜々の姿は見えない。はっと我に返った遊圭は大急ぎで玄月の居室へ駆けつけた。

玄月の部屋は重苦しい空気に包まれていた。あたりに漂う吐瀉《としゃ》物の臭いに、遊圭は思わず袖《そで》で鼻を覆う。

長椅子に寝かされた侍童は、真っ白な顔色で、薄く開いた目は瞳孔《どうこう》が開ききっている。胡娘がその肩を抱き、首の人迎《じんげい》の脈を取りつつ、顔をのぞき込んでいる。胡娘に向かい合うようにして、玄月は侍童の手を握り、胡娘の説明を聞いていた。

「もう落ち着いた。毒はだいたい吐かせた。明日までようすを見る必要はあるが」

「菫児は何を口にしたのだ」

沈痛な声で玄月が訊ねる。

「狼茄子《ベラドンナ》の実だ。床に散らばっていた果物の中にあった。別の部屋に移して、誰にも触れないように言いつけてある。菫児は藍苺《ブルーベリー》と間違えて口にしたようだ。ほかに食べた者がいないのは幸いだった。菫児が暴れだして卓上のものはほとんどひっくり返してしまったからな。それにしても、宴会でも開く予定だったのか。大量の菓子やら食べ物があったが」

「それを説明すると長くなる。先に菫児に起きたことを話してくれ」

玄月に居室にある食べ物を処分するよう命じられた宦官《かんがん》が、部屋の中で奇声を上げて暴れる菫児を見つけ、事態のただならぬのを察して胡娘を呼びに行った。胡娘は床に散らばった果物の中に狼茄子《ベラドンナ》の実を目にし、すぐに菫児を押さえつけさせ、水を飲ませては食べたものを吐かせたのだという。

「致死量までは食べてないようだが。しばらくはようす見だな」

玄月は侍童の額に手を当てて、疲れた声でつぶやいた。

「すべて捨てろと命じたのだが。菫児は盗み食いなどしたことがないのに。よりによって、毒苺《どくいちご》なぞ」

遊圭は目の前が暗くなり、全身から冷や汗が噴き出すほどの罪悪感に襲われた。自分の蒔《ま》いた種が、なんの関係もない玄月の侍童の命を奪うところだった。

玄月と会話を続ける胡娘の声が、遠くに聞こえる。

「藍苺は菫児の好物だったのではないか。たしかに捨てるにはもったいない量の菓子や料理だったぞ。ほかにも毒が入ってないか調べさせるために、別室に保管させているが」

「調べられるのか」

玄月は顔を上げた。

「調べられるが、それよりもすぐに女官を集めて、仕込んだ人間を探し出した方がいい。狼茄子は西大陸から薬用に持ち込まれた植物で、直射日光に弱く、水を必要とする。この乾燥した土地で、その辺に生えているものではない。誰かに栽培されたものだ。そして葉にも毒があり、触れるとかぶれてしまう。手を見れば犯人がわかる」

遊圭の心臓が跳ねた。死の蠍《さそり》を買った女官も手が荒れていたという。玄月も同じことを思ったのだろう。

「女官を全員集めろ。ひとりひとりの手を確認する」

玄月は立ち上がって宦官たちに命じ、麗華のもとへ走った。すでに話を聞かされていた麗華は、イナール王のもとへ急ぎ参じて、後宮の門を閉ざし、女官の手と部屋をすべて検《あらた》めさせる許可を求めた。

「そなたが後宮の主《あるじ》だ。許可などいらぬ。すぐに捜索させよ」

イナール王は立て続けに起きた不祥事に青くなって、麗華の権限を全面的に推した。

広間に集められた女官たちは、日没後にくつろいでいるところを靴音高く踏み込んできた兵士たちに驚き、混乱していた。イナール王に遣わされた兵士が、すべての門を閉ざしただけでなく、宮殿の隅々まで調べて、婢《ひ》にいたるまでひとりの女官も漏らさず広間に集め、扉を閉ざした。武装した兵士はそのまま壁に沿って並び、石造のように無表情に女たちを監視している。

事情がわからないまま、数百という女たちが詰め込まれた広間は、脂粉と香料、そして甘酸っぱい汗のにおいでむせかえるようだ。

麗華が女官長を伴い、正妃の座につく。女官長が静粛を呼びかけ、広間は水を打ったように静まり返った。

後宮に猛毒を持ち込んだ者がいることを述べ、犯人を見つけるためにひとりひとりの身体を検めること、呼ばれたものは順番に指定された扉へ向かうことを告げる。

宮廷医と玄月、胡娘と遊圭でふたつの扉へと手分けして、ひとりずつ出てくる女官の手と身体検査を行った。少しでも手が荒れている者、検査を拒む者、態度の怪しい者も別室に連れて行かせる。

それは妃妾の位にある者でも例外なく、むしろ念入りに調べられた。

叔恵妃の娘ヤスミン王女は、その手を取るために遊圭が伸ばした手を払いのけた。

「王命です。この日後宮にいた者は、ひとり残らずお手を拝見するようにとの」

そうしなければ罪を認めることになる、という言外の圧力に、ヤスミンは母親に促されてしぶしぶと手を差し出した。

橙色《だいだいいろ》に美しく染めだした爪と指先。手の甲から上腕まで、濃い赤の葉汁で描き込まれた、見事なまでの唐草模様に釣り鐘形の花が揺れるヘンナ染め。手の荒れや水仕事とは無縁な象牙《ぞうげ》色の肌にとてもよく映える。

遊圭は問題なしとヤスミンを解放しようとしたが、胡娘がそれを止めた。ヤスミンの前に立ち、その瞳《ひとみ》をのぞき込む。

顔立ちに母方の血を濃く引くヤスミンだが、奥二重の黒目がちな目は、はっとする美しさを湛《たた》えている。そして底知れぬ黒い瞳は神秘的で、その目に見つめられた者を吸い込んでしまいそうだ。

胡娘はヤスミンの頬に手を当てて訊ねた。

「狼茄子《ベラドンナ》を使っているな。誰から手に入れている？」

叔恵妃が胡娘とヤスミンの間に割り込み、ひったくるようにして娘を抱きしめる。

「宮廷に出入りする薬師から購入したのです。やましいものではありません。狼茄子の目薬は、美容のために誰でも使っているではありませんか。わたくしだって、イナール様のお渡りの夜には愛用しています」

西域人にくらべて目の小さいことに劣等感を抱える紅椛《ホンファ》人の女性にとって、少しでも目を大きく見せるための涙ぐましい努力だ。

「狼茄子は良薬にもなるが、用法を誤れば命を落とす猛毒でもある。死にたくなければ、今後は控えることだな」

胡娘は叔恵母娘《おやこ》に妃宮へ帰ることを許可した。

「胡娘、毒薬を持っているって白状したのに、捕まえなくていいの？」

遊圭は、あっさりと容疑者を解放してしまった胡娘に驚いて問いただす。

「いまは狼茄子の実を持ち込んだ人間を探しているのだ。目薬として持っている女官はひとりやふたりではないだろうよ。自分で使うために所持しているものまでは取り締まれない」

「どうして死ぬかもしれない毒を目に差したりするんだろう」

遊圭はあきれてかぶりを振る。正直、胡人の目は大きすぎると思っている遊圭には、理解できない心理であり、行動だ。胡娘は苦笑して女心を解き明かした。

「少しでも自分を美しく見せることができるのなら、多少の危険を冒すこともいとわないのだろう。ただ、副作用を知らずに使っている場合もあるな。ヤスミンのように。無知は時にひとを殺す」

遊圭が持病のために使用している生薬にも、毒性を持つものは少なくない。相互作用や副作用も、知っておかなければかえってつらいことになる。健康な人間は、そうした知識とは無縁なために、逆に無防備なのかもしれないと遊圭は思った。

「あとがつかえている。次を呼べ」

胡娘は控えていた衛兵に、広間で待たされている次の女官を連れてくるように命じた。

九、金椛暦　武帝四年　小暑　次候——蟋蟀《こおろぎ》壁に居て鳴く——

別室に集められた女官から、さらに蠍罠《わな》師の証言と特徴の一致する女を選び出す。背の高いほっそりとした女は、五人に絞られた。どの女官も紅椛《ホンファ》人の姓名を持ち、容貌《ようぼう》を具《そな》えていた。陳姓《ちん》の女官もいたが、陳氏だけで高位から下級民まで数十という家があり、近年西方に進出してきた陳姓の金椛人《ジンファ》も少なくないため、叔恵妃を疑うのは早急であった。

集められた容疑者の中には、遊圭《きんじ》に親しく声をかけてきた女官はいなかった。気まずい思いをせずにすんだものの、董児が命を落としかけた原因が自分にあることを、遊圭は深く反省する。

五人の女官は、背後関係を調べるため、王宮の奥深くへ連れ去られた。

「拷問にかけるんだろうか。無関係なひともいるだろうに」

遊圭は気分が落ち着かず、玄月の居室でうろうろする。自室に帰らないのは待機を命じられたからではなく、胡娘が董児に付き添っているからだ。

「遊々、やることがないのなら、薬研《やげん》を持ってきて、全蠍《ぜんかつ》を粉に挽《ひ》いてくれないか」

胡娘に言われて、遊圭は慌てて自室へと道具と薬箱を取りに戻った。玄月の部屋の隅に、空いている卓を見つけて秤《はかり》などの道具を並べる。干からびた黒い蠍をひとつずつつまみ上げ、薬研に入れて挽いていくうちに、遊圭の気持ちもだんだんと落ち着いてきた。

麻痺《まひ》に効くという全蠍がさっそく董児の治療に役立つのは皮肉ではあったが。

董児の嘔吐《おうと》や痙攣《けいれん》は治まったが、幻覚の後遺症が残っているらしく、おそろしく精神が不安定だ。胡娘は半刻《とき》ごとに、気持ちの落ち着く薬湯やお茶を淹《い》れて、董児に与える。薬湯の碗《わん》を持つ手も麻痺が残っているらしく、何度も取り落とす。いきなり泣き出したり怯《おび》えたりする董児は、毒が抜けたあとも、狼茄子《ベラドンナ》に見せられた幻覚が甦《よみがえ》るらしい。幻覚について話そうとしない董児をなだめながら、胡娘は子どもをあやすように「もう大丈夫だ」と言い聞かせた。

眠りに落ちかけては口走る恐怖と歎願《たんがん》の言葉から、後宮に来る前に受けた手術や、見習い期間に先輩の宦官《かんがん》から受けた体罰などが、鮮明に甦っているのだと察せられる。

遊圭は胡娘に休むように告げ、その間は自分が董児についていると申し出た。

自分の浅はかさが招いた事件に、遊圭の罪悪感は時が経つほどに深くなっていく。董児が怯えて目を覚ますたびに、遊圭は胡娘と同じように董児の手を握り、「大丈夫だ」と話しかける。そうして董児が落ち着いて目を閉じれば、ひたすらにかれの全快を祈り続けた。

この少年の名を知ったのがつい数刻前であったことも、遊圭にとっては衝撃であった。いつのころからか、この少年宦官は玄月の小間使いを務めていた。後宮に出仕したのは遊圭よりもあとのはずだが、延寿殿《えんじゅ》の玄月の執務室に行けば、必ずといっていいほど顔を合わせ、遊圭に茶を出してくれた。

いつも、頰の内側を嚙《か》んでいるような顔つきで、生真面目に玄月の言いつける仕事や使いをこなしていた。そそっかしいところがあり、お茶をこぼしたり、花瓶を倒したりするところを何度か見たことがある。かと思えば書類や冊の表題に顔をくっつけるようにして読みながら、書類の隅をそろえるのにひどく手間と時間をかけていた。効率主義の玄月が、この几帳面《きちょうめん》だが仕事の遅い少年をどうして身近に使っているのか、遊圭はかねがね不思議に思っていた。

性別がばれるのを怖れて、必要がない限りは玄月以外の宦官との接触は避けていたこともあり、またこの少年が非常に無口であったことから、金椛《ジンフア》の後宮で直接口を利いたことはない。金椛の宮城を発《た》つときも、この少年が任務に加わっていたことに、遊圭はむしろ驚いたくらいだ。この半年近く、少年が玄月の使い以外で遊圭たちに話しかけることはなく、遊圭も玄月への取次ぎ以外に少年に言葉をかける理由もなかった。

——『菫児《きんじ》』か。玄月が名づけたんだろうな。

玄月は部下を名付けるとき、花の名を用いるのを好む。与えられた名を受容することは、個人の主従契約を結ぶようなものだ。女童《めどう》であった当時は本名も定かでなかった凜々は、『蜀葵《しょくき》』という諱《いみな》を玄月にもらったという。そのためか、凜々は玄月の命令を自分の命よりも優先するほどの忠誠を誓っている。

遊圭は菫児のまだ子どものような寝顔を眺めていると、胸苦しい悲しみを覚える。出仕した当時がまだ十二、三であったろう菫児が、自分から望んで宦官になったとは思えない。本人の意思であったとしても、それは貧しい家族のために男子であることをあきらめたか、または親が口減らしのために菫児を刀子匠《とうすしょう》に売ったのだろう。

——目を覚ましたら、なんて話しかけたらいいんだろうな。

おとなたちの世界で働くふたりきりの少年が、年が近いという理由で親しくなれるとは限らない。ただ一時的に同じ場所にいるというだけで、まったく違う世界に属しているかれらに、共有できる感性や言語があるのかどうかも、遊圭にはわからなかった。

　夜も更けたころ、玄月が戻ってきた。遊圭は寝息を立てる菫児の枕元から離れ、玄月に謝罪した。

「申し訳ありませんでした。わたしが女官たちに余計なことを話してしまったせいで、菫児さんをこんな目に遭わせてしまって」

　玄月は硝子杯《グラス》に注いだ水を飲み干し、少し驚いた目で遊圭を見返す。

「そなたの落ち度ではない。私の命令を聞かなかった菫児自身の過ちだ」

　そう言ってから、玄月はかぶりを振った。

「いや、この任務に連れてくるには菫児はまだ若過ぎたのかもしれん。私の落ち度だ」

　そうはいっても、遊圭と菫児はひとつかふたつしか変わらない。後宮に勤めだしたのも、それほど変わらないのだ。遊圭が探索の中心にかかわっているくらいなのだから、菫児が若過ぎるということはないだろう。

　遊圭の目つきに表れた思いを、玄月は察したらしい。長い指で鬢《びん》をかきながら、玄月はポキポキという音を立てて首を回した。かなり疲れているようだ。

「身の回りを任せるだけの小間使いとはいえ、四六時中気を張っていなければならないこのような場所に連れてくるには、適した人材ではなかった。人選を誤った」

　その言い方はどうなのかと遊圭は思ったが、眠る菫児の顔をのぞき込む玄月の横顔に、偽りのない後悔の色を見て口を閉ざした。

気まずい空気に遊圭が退室の言葉を探していると、扉が勢いよく開かれ、凜々が息を切らせて飛び込んできた。凜々にとっては、よくよく玄月を探して走り回る一日のようだ。

「黄小香《こうしょうきょう》が逃げました！　夏沙人の牢番《ろうばん》を眠らせて牢に忍び込み、格子扉の錠を壊した者がいます。ふたりの娘子兵に黄の後をつけさせています」

牢番のほかに娘子兵がふたりもいて、容疑のかかった女官の脱走を防げなかったのかと驚く遊圭をよそに、玄月の顔に喜色が浮かぶ。

「動いたか！　尾行の数を増やせ。ルーシャンにも待機の連絡を」

「はい」

凜々は玄月の指令を伝えに即座に部屋を飛び出た。事態の急変についていけないで戸惑っている遊圭に、玄月が手短に説明する。

「尋問では誰も口を割らなかったので、拘禁された女官に接触するものがいないか見張らせていた。口封じではなく逃亡に手を貸した者がいるということは、黄小香はそれなりの重要人物に違いない。黄を泳がせて紅椛党《ホンファ》の尻尾《しっぽ》がつかめれば、楊《よう》一族の消息に一歩近づける」

玄月は控えていた部下に着替えを持ってくるように命じた。短褐《たんかつ》という袖《そで》も脚衣も筒状の、兵士のそれに近い軽装に、胴甲と籠手《こて》を次々と装着していく。控えの宦官もいったん下がってから、軽武装姿となって戻ってきた。

何もかもが急に動き出したことに、置いていかれそうな不安から遊圭は思わず叫んだ。

「わたしも行きます」

「黄小香が逃げ込んだ先で乱闘になるかもしれん。闘えないそなたがついてきてどうする」

冷淡に却下されたものの、遊圭に引き下がる気はない。

「こちらに怪我人が出たら、わたしの手も必要になるでしょう。事態が落ち着くまで胡娘と隠れて見てます。それに、もし楊監正の遺産がそこに残されているとしたら、その鑑定はわたしの仕事ですよね。万が一にも持ち出されるようなことがあってはなりません。離れたところから逃げ出す者がいないか、監視します」

玄月は口の端に笑みを刷《は》いた。

「ではすぐに支度しろ。女装ではなく軽装で来い。もし馬で逃走する者がいたら、馬でそのあとを追わねばならんからな」

玄月の言い終わるのも待たず、遊圭は廊下へ飛び出した。麗華の宮室にしばしの暇《いとま》を告げに行ったが、部屋付きの女官は麗華はイナール王の宮殿に移ったと告げた。容疑をかけられた女官たちの動機や背景が明らかになるまで、後宮は麗華にとって危険な場所であるとイナール王は判断したという。金椛《ジンファ》人の近侍がほぼ全員、紅椛《ホンファ》党を襲撃しに出ようというのだから、麗華をもっとも安全なところに留め置くための、玄月の差し金だろうと遊圭は思った。

自室に戻った遊圭は、胡娘を起こして事情を告げた。胡娘は一瞬も無駄にせず支度を整え、遊圭の準備も手伝う。遊圭はふだんから、どこへ行くにも数日分の喘息《ぜんそく》薬や健胃剤、水筒に鍼《はり》九針など、営衛の気を整え益気を促すために必要な薬や道具を、革の物入れにそろえて持ち歩いている。負傷者に備えて外傷の薬もそろえ、胡娘と手分けして持った。

外出しようとする空気を敏感に感じ取って、天狗《てんこう》が長椅子を飛び降りて遊圭の肩に駆けのぼる。街で胡娘や玄月とはぐれたときのことを思って、遊圭は天狗も連れてゆくことにした。

後宮の門では玄月と凜々が遊圭らを待っていた。先行の者はすでに黄小香が逃げ込んだ先を確認しており、包囲するために王宮を出てルーシャンたちと合流しているという。

一行は馬を駆って目的の街区に向かう。現場ではすでに乱闘が始まっていたらしく、数区画前から悲鳴や怒号、物を倒す音や崩れる音が深夜の通りに響き渡っていた。この騒ぎでは熟睡していた者でも目を覚ましそうだが、だれも表に出てくる気配はない。固く戸を閉めて、かかわり合いにならないようにしているのだろう。

区画をひとつ廻《まわ》ると、赤々と燃える無数の松明《たいまつ》に一軒の家が囲まれ、中から剣戟《けんげき》の響きと雄叫《おたけ》びが聞こえてくる。時折り激しく切り結びながら吐き出される男たちは、椛《ファ》族の容貌《ようぼう》に中原の武器をふるい、あたかも金椛《ジンファ》の都で乱闘が起きているような錯覚を見ている者に起こさせる。

門がよく見え、かつできるだけ離れた場所から、胡娘と成り行きを見守っていた遊圭は、争う男たちの影が一瞬途絶えた隙を縫って門から飛び出し、走り出す小柄な人影に目を留めた。

「胡娘、あれ、黄小香だ」

手綱を引いてあとを追ったが、松明の灯《あか》りから遠ざかるとすぐにその姿を見失った。

「天狗《てんこう》、小香を見つけられるか」

馬を降りた遊圭は天狗を地に放った。天狗はしばらく耳を澄まし、鼻を天に突きだしてひくひくとひげを動かしていたが、やがて黄小香の消えた路地へと走り出した。

遊圭と胡娘は徒歩で天狗のあとを追う。黄小香は位の低い女官だが、死の蠍《さそり》を手配し、西大陸の植物である狼茄子《ベラドンナ》を栽培するほどの資金を有する毒使いだ。紅椛《ホンファ》党のなかでは重要な立ち位置を占めると思われる。もしかしたら、いま闘っている『兵隊』よりもより多くのことを知っているかもしれないのだ。

夜の中、星の光を頼りに街を右に左に進むうち、やがて暗さにも目が慣れてくる。ひらりと闇に翻った女物の衣裳《いしょう》の裾《すそ》を黄小香のものと確信した遊圭は、一歩先を走る天狗とかたわらの胡娘の息遣いを心の頼りに先を急いだ。

急に闇が迫ったかと思うと、いつの間にか城壁の近くまで来ていた。足音が響くためだろう、黄小香は追われていることを知っていたかのように、遊圭たちへとふり返り、星明りを受けてにやりと笑った。そしてすっと横に流れてその姿を消す。

黄小香の姿がかき消えた場所まで駆けつけた遊圭は、胡娘に腕をつかまれぐいと引き戻される。

「危ない。側溝だ」

目を凝らすと、腰までの深さの水路が城壁へと続いている。

「城壁の外へ出るつもりだ」

遊圭は逃がしてなるものかと水の涸《か》れた側溝に飛び降り、黄小香を追う。天狗《てんこう》がすぐ前に出て先を走り、胡娘が遊圭のあとに続く。

「急いでも走るな。暗すぎて足元が見えない。転んだら大怪我をする」

胡娘の助言を背中で受け止め、遊圭が慎重に進むと、いくらも行かないうちに城壁の下へと潜る排水口へとたどりついた。真っ暗でこれ以上行けないとあきらめようとしたが、隧道《ずいどう》の向こうに灯りが揺らめくのが見えた。黄小香は灯火を用意していたらしい。

その動きは頼りなかったが、同じ高さでだんだんと遠ざかっていくところを見ると、排水口はまっすぐに外へとつながっているようだ。

「手探りで進めば、迷わず外にでられると思う」

隧道に入った遊圭は左右と頭上を手で探り、自分の肩ぐらいの高さの四角い水路であることを確認した。先をゆく灯火はもう点になっていたが、胡娘も同じく手探りで行けると応じる。

「急ごう」

夏沙の王都は堅牢《けんろう》な二重城壁に守られている。その基底部は三十歩（約四十五メートル）を超えるだろう。地上なら短い距離だが、闇の中を這《は》うように進むのは無限の時間が過ぎたように思われた。隧道の出口に張られた柵《さく》の間を、先に駆け抜けた天狗《てんこう》を追って、遊圭も苦労してすり抜ける。城壁の外には、満天の星が大地を照らす、無人の岩砂漠が目の前に広がっていた。

天鳳山脈に面した、城壁の北側に出てきたものらしい。

膝《ひざ》をついたまま呼吸を整える遊圭の膝に、天狗がのぼってくる。黄小香を逃してしまったかとあたりを見回すと、山肌を登ってゆく橙色《だいだいいろ》の淡い光が見えた。

「紅椛《ホンファ》党の本拠地は山の中にあるんだろうか。森も灌木《かんぼく》もほとんどないのに、どこに隠れているんだろう」

灯りを見失うまいと、遊圭は立ち上がり、先を急ぐ天狗について進む。地下の闇に慣れていた目には、天穹《てんきゅう》を横切る銀河の投げかける光だけで、充分に周りの景色が判別できた。

岩やとげとげしい灌木の黒い影を避け、息を切らしつつ登りやすい地面を探して弱い灯火を追う。

「蠍や蛇には気をつけないとね、胡娘」

遠く揺らめく小さな灯りから目を離さずに話しかけたが、返事がない。不思議に思った遊圭はうしろをふり返った。そこには誰もいなかった。

胡娘が常にそばにいるという安心感が忽然《こつぜん》と消え去り、遊圭は混乱と恐怖で体中から血の気が引いた。思わずその場に座り込み、かたわらの岩に手をつこうとした。

チッと鋭い声を上げて、天狗《てんこう》が岩に飛び乗り遊圭の手を蹴《け》った。遊圭が驚いて手を引くと、天狗は体をねじらせながら宙を舞い、口にくわえた黒い何かを岩に叩《たた》きつける。

あまりに素早い天狗の動きに、遊圭は何が起こったのか理解できないでいた。天狗は後足で立ち上がり、誇らしげに頭を振った。その尖《とが》った口にくわえた黒っぽいものは、だらりと宙に下がり、左右に揺れる。

「さそ、蠍？」

呆然《ぼうぜん》としつつも、目を細めて見つめているうちに、天狗は前足で蠍をつかんでバリバリと食べ始めた。大きさから毒性の低い黒蠍と思われるが、天狗は尾の先まで食べつくし、満足そうに前足を舐《な》めて毛づくろいを始めた。

「食べても平気なんだ」

新鮮な蠍を食べて俄然《がぜん》元気の出てきたらしい天狗は、足取りも軽く飛ぶように黄小香のあとを追って山を登り始める。

「あ、天狗。わたしひとりでは無理。胡娘は排水口から出てこれなかったみたいだから、引き返さないと――」

遊圭でさえ、やっとのことですり抜けた出口だった。いまごろ胡娘は心配して玄月のもとに戻り、半狂乱になって追っ手を出させようとしているに違いない。

だが——。

この山の上に何があるというのだろう。王都の後宮や巷《ちまた》から見上げる限り、町らしきものは見えず、炊煙もみかけたことはない。どこまでも岩と干からびた苔《こけ》、そして背丈の低い灌木の続く山砂漠だ。

暗く涼しいうちにできるだけ黄小香のあとをつけて、紅椛党《ホンファ》の根拠地の目星をつけておいてから引き返した方がいいのではないか。夜のうち、自分ひとりなら目立たないであろうし、天狗《てんこう》がいるから帰り道に迷うこともない。

途中で蠍の姿を見つけてぎくりとしても、天狗を警戒しているためか襲ってくるようすはなかった。こちらから近づかなければ避けられるかもしれないと、遊圭は慎重に登ってゆく。灯火はすでに見失っていたが、遊圭は天狗が自信たっぷりに登ってゆくのを信じて進んだ。

息を切らしながらも、気がつけばかなり高いところまで登っていた。足下に夏沙王都の巨大な城郭が展望できる。ほとんどは真っ黒な影に沈んでいたが、あちこちに灯火が揺れていて、早朝の営みに備える人々の姿が偲《しの》ばれる。特に四方の城門の櫓《やぐら》には、篝火《かがりび》が一晩中灯《とも》されている。それは日暮れののちに街道に取り残された商人や、砂漠の海で時ならずして迷った旅人の、燈台《とうだい》の役割を果たしているのだ。

遊圭は黄小香の目的地に目星をつけたら、あの櫓の灯りを目指して一目散におりていけばいい。

ぐるりと岩場を回り込むたびに、紅椛党《ホンファ》の隠れ村に遭遇するのではと、びくびくしつつ山道を登っていく。岩に挟まれた獣道をぬけると、急に視界が開けた。

そこには、緩やかな広い斜面の中ほどに、おぼろな光を放つ石造りの小屋が、ひっそりと建っていた。遊圭はとっさに身を屈《かが》め、岩の陰を移動するように小屋に近づく。建てつけの悪い扉の隙間から弱い光がゆらめいているところを見ると、燭台《しょくだい》か燈籠《とうろう》の照明があると思われる。

小屋全体が幽《かす》かな淡い光を放っているようであるが、息を殺して中を窺《うかが》っても、ひとが大勢いる気配はない。物音も足音も、話し声さえ聞きとれない。無人ではないかと思うほど、静かであった。黄小香とはなんの関係もない世捨て人の庵《いおり》ではないかと思えてくる。

遊圭がさらに近づいて窓の下までゆき、石壁に張り付いたとき、薄く開いた窓の内側からしわぶきの声が聞こえた。息苦しそうな咳《せ》き込み方は、慢性化した肺か呼吸器の病だ。遊圭は腰の物入れに手をやった。そこに詰め込んだ咳止《せきど》めを分けてやりたくなる。

カチャカチャと陶器と金属器の触れ合う音がして、女の声が聞こえた。

「やっぱり、動けない？　急いで逃げないと、あいつらが私がいなくなったことに気がついて、おじいちゃんに迷惑をかけるかもしれない」

「どこへ逃げられるっていうんだ」

しわがれた老人の声が応《こた》えた。女の声が焦りを滲《にじ》ませて話を続ける。

「夏沙は金椛《ジンファ》を選んだのに、紅椛《ホンファ》の一党が中原に返り咲くことなんて無理だと思うよ」

「充分な援軍をもって日蝕《にっしょく》の起きる日に叩けば、金椛軍は総崩れになる」

「それで？　よその国の軍隊を中原に引き込んで争えば、椛《ファ》族の分裂を招くだけじゃない？　誰に力を借りたって、ひも付きの勝利じゃぁ、おいしいところを食い散らかされるだけのことじゃないかな」

「お前の言うことが、正しいのかもしれん。だがもう遅い。放たれた矢は誰にも止められない。わしは逃げられんが、おまえは逃げろ、小香。西へ行け。紅椛からも、金椛からも遠く離れたところで、自分の星を見つけ出せ」

「おじいちゃんは、どっちが勝とうと、だれが天子になろうとどうでもよくて、自分の予言通りに日蝕が起きるかどうか、それしか興味ないんでしょう？　だからこれ以上西に行きたくないのよ」

老人は無言だ。女――黄小香はあきらめたように話を変えた。

「昨日の朝のうちに、驢馬《ろば》を二頭買って、隊商に話をつけておいたから、いまから山を下りて朝一で城内に入れば、人混みにまぎれて逃げられる。あいつらの野心に振り回されて危険な橋を渡るのは、もうごめんだよ」

小香は言葉を詰まらせた。沈黙が続く。

遊圭は混乱していた。ここは紅椛党の根城ではなく、黄小香はその幹部でもないらしいが、日蝕や挙兵について話しているのだから、間違いなく紅桃党《ホンファ》のひとりだろう。黄小香がひとり街の家から逃げ出したのは、この老人に会うためだったようだが、麗華や玄月を暗殺しようとした紅桃党の人間の行動としては不自然だ。

とりあえず武装した紅桃の兵はいないようなので、少し安心する。そうすると汗が引いてきたこともあり、じわじわと足元から冷気が這い上がってくる。遊圭は両手で自分の腕を抱いて寒さをしのごうとしたが、膝から上がってきた天狗《てんこう》を胸に抱けば、とりあえず寒さがまぎれた。

「もう水がないわね。食べ物も。今夜はお金しか持ち出してくる時間がなかったけど。明日になったら、驢馬を連れてくるから、一緒に逃げよう」

「年寄りの心配はいらん。お前は自分が逃げる算段をしろ。安全な場所を見つけて自分の所帯を持て」

小屋に沈黙が降りた。老人が咳き込む。

「わしはもう寝る。お前も陽が昇る前に城内に帰れ」

ふっとあたりが暗くなる。窓から漏れていた灯明が吹き消されたのだ。小屋を包んでいた幽かな光も失《う》せた。

ギィ、と扉の開閉する音がして、砂利を踏む黄小香の足音が遠ざかってゆく。

遊圭は壁に背中を張り付けて、訛《なま》るところのない桃語《ファ》を話す老人の正体について考えた。声から推測するに七十代前後か。そうすると亡命してきた一世代目の紅桃人にあたる。それがなぜこんな山奥で暮らしているのか。『黄』という姓は紅椛《ホンファ》五家のうちにはない。亡命時に従ってきた兵士や工人、あるいはいずれかの家の食客であろうか。

遊圭はじっと聞き耳を立てて、老人がすっかり寝入ったのを見計らって表に回り、鍵《かぎ》のかかっていない扉を開いて中に忍び込んだ。

老人の低い鼾《いびき》が、さざ波のように小屋の中を寄せては返す。屋内は予想に反して真闇というほどの暗さではない。光源はどこなのかと、不思議に思って周囲を見回すと、天井のところどころに開いた穴から星が瞬いていた。

外から見た小屋がぼんやり光っているように見えたのは、隙間だらけの構造のためらしい。雨がほとんど降らない土地ならではの大雑把な造りではあるが、冬の寒さなどはどうしのぐのかと、住人の年齢を思えば他人事《ひとごと》ながら心配になる。

遊圭は部屋の暗さに目が慣れるまで待った。床を這《は》うようにして手探りで窓のある壁に沿って進む。このあたりと見当をつけて壁に触れていくと、隙間風が指に触れた。窓枠に手をかけ、慎重に板戸を押して開き、明るい銀河の光を招き入れる。

ようやく自分の手と家具がおぼろげに見分けられるようになった。ぼんやりとした光の届く範囲を息を詰めて見渡した遊圭は、驚きに息を呑《の》んだ。

無数の文字と数字らしきものが、壁一面にびっしりと書き込まれていたからだ。

遊圭は壁に近づき、目を凝らした。それは炭のかけらで書き散らされた暦算の覚書であった。

灯火が欲しかったが、老人を起こすのを怖れた遊圭は、こめかみや眉間《みけん》あたりの輸穴《ゆけつ》を指の関節で刺激して、疲れた目をはっきりとさせる。そして壁に額をつけるようにして、書いてある文字を読み取ろうとした。

窓の形に切り取られた淡い光にかろうじて確認できるのは、ここ数年から次の秋分の日までの日付だ。あとは闇に溶けこんでいて、暦全体を読むのにはどうしても火を点《つ》ける必要がある。

遊圭は、老人が楊監正そのひとだと確信する。夜遅く起きていたのは黄小香を待っていたのではなく、星を観測していたのだろう。祖父と呼んでいたが、姓が異なるのは他家に嫁いだ娘が産んだ子が小香だとすれば納得がいく。紅椛《ホンファ》五家の周辺に楊家の親戚《しんせき》を見つけられなかったのは、楊監正には家を継がせる息子がおらず、養子もとらなかったか、とったとしても夭折《ようせつ》したとすれば説明がつく。

遊圭はふたたび床を這って外に出た。小声で天狗《てんこう》を呼び寄せる。

「急いで山を下りて、玄月と胡娘をここに連れてきて。大至急だ」

伝言のために文字を書くには暗すぎた。しかし天狗が戻っただけで玄月や胡娘には充分であるはずだ。一応、髪を束ねていた紐《ひも》を天狗の首に軽く結わえ付けて、自分の無事を暗示しておく。

天狗がたちまち闇へ消え去ると、遊圭は星明りを頼りに小屋のまわりをぐるりと探って回った。小屋は斜面の緩やかな、開けた場所に建てられていた。周囲には樹木はなく、背丈を超える岩山もない。空を見上げれば、泡立つ濁流のような銀河が、天空を横切っていた。

「すごい」

濃紺の天蓋《てんがい》には、太史監《たいしかん》で教え込まれた知る限りの星宿が冷たい光を放ち、遊圭を見下ろしていた。夜明けが近いためか、あるいは標高が高いせいなのか、遊圭のつぶやきは白い息となって虚空に消える。

時折りすうっと光の条《すじ》が短く走るのは流星だろう。無数の銀の砂が煌《きら》めく音が、飛天の奏でる音楽となって天空に満ち満ちているようだ。いや、また実際に銀砂の流れる音が星の瞬きに合わせて耳に聞こえてくる。

いつまでも見上げていたいほど、美しく荘厳な眺めであった。無意識に両手を上げ、天を抱くように頭上に広げた。

「悠久無限。無窮《むきゅう》とはこのことだな」

下界からも俗事からも切り離されて、遊圭はしばし天上の孤独に漂う。が、東の空が藍《あい》から濃青に変わるのを見て、現実に引き戻された。

明け方まで天体観測をするのが老人の習慣なら、朝は遅いはずだ。

遊圭は気を引き締め、空が白み始めてから屋内の捜索を始めた。

十、金椛暦　武帝四年　大暑　初候——腐草蛍と為る——

壁の書き込みは後回しにして、書籍の有無の確認から始めた。石材がむき出しの台所と、居間を兼ねるらしい食堂には、必要最低限の道具と家具があるだけだ。どれも古びていて、ここが森なら樵《きこり》か炭焼きの小屋だと思ってしまっただろう。食卓の向こうには扉がふたつ。老人の鼾が聞こえてこない方の扉をそっと開いて中に入る。

闇の奥に見えたものは、ぼんやりとした輪郭だけであったのにもかかわらず、遊圭は探し求めていたものを見つけた確信に、深い溜息《ためいき》をついた。

壁という壁に造りつけられた棚に、ぎっしりと詰め込まれた竹簡や布帛《ふはく》の巻物がおぼろげに浮かび上がる。手近の竹簡をそっと抜き出して小窓の下へ移動し、表題を薄明の下で読み取った。

日蝕とは関係がなさそうだ。

遊圭は焦った。これだけ詰め込まれた天官書の中から、日蝕の周期表だけを探し出すのに、一日では足りない。そしてそれができるのは自分しかいないのだ。それでもやるしかない。

遊圭は竈《かまど》の灰から燠火《おきび》を掘り起こし、燭台《しょくだい》に火を点けて書庫に持ち込んだ。

一巻ずつ抜き取っては手早く読み流し、日蝕に関する書かどうか判断し、そうでなければ巻き直して床に積み上げる。そして次の巻物を取り出して中身を確認する作業に集中した。

やがて東の空は白く明け始めた。遊圭は燭台の油が切れたことに気づかないまま、小さな窓から射し込む曙光《しょこう》だけで文字が読み取れるようになり、作業の速度は上がる。

床に座り込み夢中になって作業を進める遊圭の膝元《ひざもと》に、一杯の茶が差し出された。

「ありがとう、明々《めいめい》」

無意識に礼を言って茶碗《ちゃわん》を手に取り、熱めの茶を口に含んだ遊圭は、ぎくりとして茶を噴きだしそうになった。

「精が出るのう。そんなにこの書物が面白いか」

好々爺《こうこうや》としか見えない老人が、目を細めて遊圭のそばにしゃがみこんでいる。

遊圭は慌てて膝の上の書籍と茶碗を床に置いて、老人の前に正座した。

「楊監正《かんせい》どのでいらっしゃいますね」

「金椛《ジンファ》国の人間か。よくここを探し当てたな」

遊圭の異国訛りのない、上流階級の発音で判断したのだろう。そう言ってから、「小香をつけてきたか」と得心したようにうなずく。

遊圭は、老人の右目にうっすらと白い膜がかかっていることに気がついた。星の観測ができるほどの視力が残されているのかも疑問だ。

「監正の楊順はわしの父だ。父に従って夏沙に逃げ延びた当時のわしは、まだやっと進《しん》士《し》に合格したばかりのしがない監生《かんせい》だったよ。お前さんが欲しいのは、日蝕《にっしょく》の周期表だろう」

ずばりと言い当てられて、遊圭は曖昧《あいまい》にうなずき返した。

「そこにあるのは五十年前より以前の資料だから、それを持ち帰ったところで、この五十年の記録がなければさして役に立たんぞ。章法《しょうほう》による日蝕周期は少しずつ誤差が出る。定期的に計算しなおさなければならない」

遊圭は膝をぐっと進めた。

「楊先生は、すでに次の日蝕を予測されているのですよね」

老人はにやりと笑った。

「教えて欲しいか」

遊圭は姿勢を正して「はい」と答え、「お願いします」とこうべを垂れた。

「代わりに何を差し出す？」

回答次第では、老人から知識を引き出すことは難しいと遊圭は直感した。真剣な顔で楊老人の顔を見つめ、おもむろに答える。

「わたしは一介の学生に過ぎません。帝都に復命した折に楊先生の望むものを賜るよう、帝《みかど》にお願いすることはできますが、そもそも生きて帰国できるかどうかもわからない状態なので、地位や財産といったものはお約束できません。いまこの場で、この身ひとつで楊先生に喜んでいただけることは、すぐに思いつかないのですが」

楊老人はしわ深い顔をさらにくしゃりとさせ、「正直なこわっぱだの」とつぶやき、ぐふぐふと咳《せ》き込むような笑い声を上げた。遊圭ははっと思いついて腰帯に着けた革の物入れに手を伸ばした。

「咳《せき》の薬を持っています。医薬の知識を多少持ち合わせていますので、脈を取らせていただければ、胸の痛みが病かどうか診断し、必要なら薬を調合することができるかもしれません」

楊老人は軽い驚きを瞳《ひとみ》に浮かべて苦笑した。

「胸の病はもうどうにもならんよ。だが痰《たん》を切る薬があるのなら、いただこうか。豎子《こぞう》よ、名は何という」

「星遊圭です」

本名を明け渡したのは、成人前で字《あざな》を持っていないということもあるが、諱《いみな》を名乗ることで老人に精いっぱいの誠意を見せるためだ。

楊老人は打たれたように驚き、目を瞠《みは》った。皺《しわ》だらけの枯れ木のような手を上げ、震える指先で遊圭の顔に触れた。白目の黄ばんだ老いた目が潤んで、目やにで堰《せ》き止められていた涙が目尻《めじり》のしわに沿ってこぼれ落ちた。

「星が――ああ、汝《なんじ》は天に遣わされたか。辺境にいてなお我が道を貫いた我に、ついに天が応《こた》えたか！」

遊圭が肝を潰《つぶ》す番だった。たまたま姓が『星』であったからといって、天意とはなんの関係もない、自らの保身と生き残りに汲々《きゅうきゅう》とする身の上である。だが、常に星辰《せいしん》と日月の動きに天意を探し求め、兆しを読み、森羅万象のあらゆる刻み目に意味を読み取ろうとする天文学者に、これ以上の啓示があるだろうか。巷《ちまた》の庶民でさえ、投げた石の裏表で験を担ぎ、人生の岐路を決定してしまうのだ。

楊老人は遊圭の両肩に手を置き、老人とは思えない力で強く握りしめた。日蝕の予言をしてくれるのかと、遊圭ははかない期待を抱く。老人はしかし、遊圭が選《よ》り分けた書簡の山に目をやって、感心の息を吐いた。

「この短時間で、これだけの量に目を通し仕分けができるとは。やはりそなたは天意によってここに至ったのだ。我が知識を受け継ぐものとして」

老人は、遊圭にとって何やら好ましからぬ方向へと解釈を進めている。遊圭が欲しいのは日蝕の周期表だけであって、率直に言えばとりあえず直近の日蝕を予言してくれるだけでいい。

だが、遊圭の思惑を無視して、がばっと立ち上がった老人は、壁に立てかけてあった長棹《ながさお》の巻物を手に取った。窓から射し込む朝陽に、ぶわっと立ちのぼる埃《ほこり》を目にしただけで、遊圭は思わず咳き込みそうになった。

床いっぱいに広げられた布帛は、見たこともないほど細かな星宿図であった。老人は瞳に熱狂的な光を煌めかせて、その読み方からもろもろの星宿の軌道について、滝のように語り始める。

とても老人の話を遮ることはできない。薬医学と食養生について語りだすと止まらなくなる胡娘や、経絡《けいらく》について講義させると相手が理解するまで解放しない鍼《はり》の師、馬延《ばえん》と同じ種類の人間だ。そのどちらかひとつでさえ一生を捧《ささ》げるのに充分な学問であるのに、このうえ天文学にまで首を突っ込みたくはない。

そんな遊圭の願いを無視して、楊老人は滔々《とうとう》と天文と星辰の美しさを語り、天体に隠された叡智《えいち》の奥深さを讃《たた》える。遊圭はただ座して傾聴するしかなかった。何かのはずみで日蝕を予言してくれるのを祈りながら。

だが、楊老人は日蝕の講義までたどり着けなかった。目に沁《し》みるきな臭さに驚いて立ち上がった遊圭は、天井付近に立ち込めていた煙を吸い込んでしまった。咳が止まらない。急いで書庫から居間へと飛び出せば、窓から投げ込まれたと思われる火の藁玉《わらだま》が、卓や衣架を燻《いぶ》してめらめらと炎を上げつつあった。

「水！」

遊圭は台所の水瓶《みずがめ》に飛びついた。しかし柄杓《ひしゃく》ですくっても一口分も取れず、とても消火には足りない。腰まである水瓶を持ち上げてひっくり返す腕力のない遊圭は、なすべもなく、たちまち燃え広がる炎を呆然《ぼうぜん》と眺めることしかできなかった。

「資料が、わしの計算式が！」

楊老人は壁に書き込まれた無数の暦算を庇《かば》うように両袖《りょうそで》を広げた。その袖に火の粉が飛んでぶすぶすと煙を上げる。遊圭は二歩で楊老人に駆け寄り、袖を叩《たた》いて火を消した。

「ここに、日蝕の暦算が――」

煙にやられたのか、この五十年の研究の成果が灰燼《かいじん》に帰する悔しさか、楊老人は涙を流しながら壁を撫《な》でるのをやめない。

「楊先生！　逃げてください。焼け死にます！」

もはや小屋の中は立ち込める煙で息もできない。遊圭は抵抗する楊老人を羽交い締めにして、外へ引きずりださなくてはならなかった。

小屋から脱出し、ふたりして猛烈に咳き込んでいる間に、小屋は窓や扉からもうもうと黒い煙を吐き出す。支柱や枠組の木材部分が燃え尽きたところから、石壁が次々と崩れていく。

遊圭ののどからは「ああああ」以外の音は出てこない。この小屋に詰め込まれていた天官書の山を求めて、命がけでここまでたどりついたというのに。

すべてが遊圭の目の前で煙となって天へ昇ってゆく。

明らかに放火であったが、このあと誰かに襲われるという警戒心すら、呆然とする遊圭の胸に塵《ちり》ほども湧き起こってはこなかった。

まして一生の観測と研究の成果が炭と灰になってしまった楊老人にいたっては、ただもう放心して座り込み、蒼天《そうてん》へと煙が昇っていくのを眺めている。

精神的な打撃から立ち直るのは、さすがに若い遊圭の方が早かった。昇りゆく太陽の陽射しに、また灼熱《しゃくねつ》の一日が始まることを思い出した遊圭は、老人の手を引いて日陰を求めて歩き出した。天体観測のために建てられた小屋の周囲には、真昼の憩いを得られそうな岩陰もなかったからだ。

半刻《とき》で百歳にまで達したかのように老け込んだ楊老人をなだめ叱咤《しった》しながら、遊圭は最初に見つけた岩の裂け目に避難した。この煙を見て最初に上がってくるのが玄月の手勢であることを祈りつつも、放火犯や無関係な野次馬であった場合の用心は怠れない。

水筒の水を分け合いながら、咳止めの薬を飲み、薄荷《はっか》その他の生薬を混ぜた清涼な気つけ薬を楊老人に飲ませる。干し杏《あんず》や胡餅《こもち》などの携帯食を歯の弱った老人にしゃぶらせ、自分も腹ごしらえをすませた。

「助けが来るまで動かない方がいいのはともかく。水をどうしよう」

水筒の水は使い果たしてしまった。この井戸も川もない真夏の山上に取り残されれば、たちまち干からびて死んでしまう。標高の高さに多少の涼しさを期待しても、空気の乾燥による渇きに大差はなく、あまり希望はないように思われる。

「陽が昇ってしまってからだと、捜索隊も上がってこれないだろうし」

陽光に熱せられた岩に落とした卵が、あっという間に玉子焼きとなってしまう日中に、岩砂漠の山を登ってくる無謀な馬鹿者はいない。いたとしても、遊圭は自分のために胡娘や玄月にそのような危険を冒して欲しくはなかった。

岩の隙間から射し込んでくる、焼けるような朝の陽射しを避けて、遊圭は楊老人を促してさらに岩の裂け目を奥へと進んだ。日の当たらない岩肌はひんやりとして気持ちがいい。

「水を探してきます。しばらくおひとりで待ってもらって大丈夫ですか」

いつまでも呆然として目やにと涙の止まらない楊老人に話しかける。ぼんやりと遊圭の顔を見上げた楊老人は、おそろしく緩慢な動作で首を曲げ、裂け目の奥を指差した。

「水なら、この奥に」

遊圭は弾むように裂け目の奥へと進む。そこは狭い洞窟《どうくつ》となっており、地中に染み込んだ雪解け水が天井から滲《にじ》み出し、岩に黒い筋を作っていた。ぴとり、ぴとりと水の落ちる音の源を尋ねれば、そこには水滴を受け止める小さな桶《おけ》があった。一滴一滴の水が一日かけて桶を満たす、楊老人の日々の水を供給してきた湧き水であった。

考えてみれば、草木もろくに生えない山中に住もうと思えば、水場の確保は最優先事項だ。楊老人は一生を天体観測に捧げるつもりで、わずかながら湧き水があり、展望の良いこの場所を選び、小屋を建て、山にこもったのだろう。

だがその研究の成果はすべて燃え尽きた。

置き換える桶も瓶もないので、遊圭は桶の水を水筒に汲《く》んで楊老人のもとへ戻った。火災を生き残った身心を潤すのに、充分な水を飲み干したふたりは、太陽が昇りきり、暑さで外を歩けなくなる前に、焼け残った物を回収するため、もう一度小屋に戻った。

書籍類は当然のことながら、すべて灰か炭と化していた。土器や陶器などは煤《すす》を落とせば使えるかもしれない。まっすぐ寝室へ向かった楊老人についていった遊圭は、真っ黒に煤けた金属片をかき集める老人の姿に、同情で胸が痛む。

「渾天儀《こんてんぎ》ですね。楊先生がみずから改良された動力付きの――」

楊老人は力なくかぶりを振った。

「水力で自動回転する渾天儀を発案したのはわしの父だ。しかし父は、渾天儀の完成を見ずにこの世を去った。わしには父ほどの才能がなく、いまだに完成させられずにいる。祖国さえ亡《ほろ》ばなければ、父が生涯をかけた新型の渾天儀はとうの昔に完成し、世に認められていたはずだったのに――」

ほとんどつぶやきでしかない楊老人の言葉に、遊圭は同じくらい低い声を返す。

「亡んだのは国ではありません。紅椛《ホンファ》皇室です。われら椛《ファ》族の国はいまだ中原《ジンファ》で栄えています。どうして太史監の書庫を燃やしてしまったのですか。あなたには金椛の皇室に仕える道もあったはずです」

一部が熔《と》けた真鍮《しんちゅう》の部品を抱きしめた楊老人は、力なく告白した。

「妹が帝の皇子を産んでいたのだ。ともに落ち延び、いつか再起することを願ってなぜ悪い。帝は他尚《しょう》の官僚に見下されがちな、太史監の地位を上げてくださると約束してくださっていた。国士監《こくしかん》の馬鹿どもは、星など見上げたこともない、詩文の丸暗記しかできぬ出来損ないの進士ばかり回してきおって。出世のためだけに学問を詰め込まれた頭でっかちの馬鹿どもだ。猛勉強の挙句、進士及第とちやほやされたあと、死ぬまで一晩中星の観測と暦計算ばかりの閑職に回されたといって無気力になり、観測台では酒を飲みながら居眠りをするろくでなしで天文寮はあふれていた。同期の進士どもは、親子で太史監に配置された我らを哀れみあざ笑ったものだわ。天体の摂理にも興味をもたぬ、周期計算も章法も、その数字や座標の真に意味するところも理解できない無知蒙昧《もうまい》な、必ず答にたどり着ける軌道を計算し続ける根気のない、天の声を聞きとることもできない不明のやからどもが――」

たとえ最下位合格としても国家にとっては優秀な人材と認められた進士を、そこまで罵倒《ばとう》する必要があるのかというくらい、楊老人はかつての同僚と教育官僚を罵《ののし》った。

だれも楊親子の打ち込む渾天儀《こんてんぎ》の改良に意義を見いださず、窓際閑職の暇つぶしと陰で笑っていた。しかし、当時の若き帝は、そんな楊親子の研究に捧げる情熱を高く評価し、後宮で才人《さいじん》として帝に仕えていた楊監正の娘を寵愛《ちょうあい》した。紅椛《ホンファ》帝国が存続していれば、楊親子の地位と太史監の誉は、閣僚並みに上がったはずである。

「だから、天官書を持ち出して、紅椛帝国の再生に賭《か》けたのですか。椛族の遺産を、あなた個人の出世欲を叶《かな》えるために」

遊圭は、自分の口から思わず滑り出た弾劾の言葉に驚いた。老人は落ちくぼんだ目を見開き、愕然《がくぜん》として遊圭を見上げる。わなわなと体を震わせ、枯れ木のような手を組んで額に押し付け、天を仰いだ。

「ああ、ああ。天譴《てんけん》、我に下れり」

楊老人は煤で汚れた袖で顔を覆い、肩を震わせてさめざめと泣きだした。

権道に堕《お》ちて、太古より積み重ねられてきた学問の叡智を、天の摂理を解き明かし讃《たた》えるためではなく、私欲のために隠匿した罪の重さを、帝にも甥《おい》の皇子にも先立たれてしまった彼自身が、本当は一番よく知っていたのだ。


遊圭と楊老人が岩の裂け目の洞窟で炎暑を避けていると、人間の話し声と物音が聞こえてきた。

天狗《てんこう》の呼んできた助けか、それとも小屋に放火した犯人が、老人の生死を確認しに戻ってきたかと、遊圭は用心しつつ裂け目の入り口まで忍び出て、小屋の方向を窺《うかが》った。

その遊圭の顔にふさふさとした塊が飛びつく。

「えんおう」

遊圭のくぐもった声が、愛獣の名を呼んだ。天狗のあとを追って、乾いた岩を踏み砕いて駆けてきたのは胡娘《こじょう》だ。

「ファルザンダムっ」と叫んで天狗ごと遊圭に抱き着いた。

この炎天下で走ったら熱に中《あた》ると忠告しようにも、胡娘は勢い激しく遊圭の顔と手足をペタペタと触って五体の無事を確認する。

「煙を見て急いでみなで登ってきたんだが、この暑さでほとんど脱落してしまってな。吐いたりされても厄介なので、引き返させた」

遊圭が胡娘の出現に安心して外に出ると、そこには三頭の馬を引いたルーシャンがひとりいるだけだ。ルーシャンは赤茶色の緩やかな巻き毛を結ばず、ふつうの胡人のように日除《ひよ》けの頭巾《ずきん》で軽く覆っただけで、獅子《しし》の鬣《たてがみ》のように風が吹き上げるのに任せている。そして獅子のような豪快な笑みで遊圭を迎えた。

「生きとったか。すっかり埃《ほこり》と煤にまみれてしまったなぁ。美人もかたなしだ」

この服装とざんばらの頭、化粧をしていない姿でまだ女だと思われているのだろうかと、遊圭はおっかなびっくり前に出てルーシャンに礼を言った。

「ありがとうございます。夕方まで誰も登ってはこられないだろうと思っていました」

「中原の育ちなら無理だろうが、我らにはどうということはない。装備をととのえ、熱に中《あた》る前に休憩をとりながら、ゆっくり登ってくればいいだけのことだ。ここまでくれば風も涼しいものだな」

「ほんとうに、助かりました」

遊圭は重ねて礼を言った。とはいえ、ルーシャンの言葉に全面的に同意したわけではない。たしかに平地の吸い込むだけで鼻腔《びこう》も肺も焼けそうな熱風ではないにしろ、山の風が涼しいとは遊圭には思えない。

とりあえずルーシャンと胡娘を洞窟の奥へ案内して、楊老人を紹介する。

天官書や日蝕《にっしょく》のことはルーシャンには話せない。老人の立ち位置については、黄小香の祖父で紅椛党《ホンファ》の星読《ほしよみ》師であるが、黄小香が捕まった上に紅椛党からも逃げ出そうとしたため、口を封じられそうになったと説明する。

「御老人がいるのなら、下山は涼しくなるのを待った方がいいな」

ルーシャンは思案気に提案する。玄月まで熱暑で脱落してしまったことを思えば、気温が最高潮となる午後の山下りは、老人と遊圭には自殺行為だ。

「だが、遊々の無事と、お探しの老人が見つかったことは玄月どのに伝えたいな」

そう言いつつ思案する胡娘と、遊圭の視線が天狗《てんこう》の上に落ちる。天狗はふたりの目を交互に見返すと、ばたりと仰向《あおむ》けに倒れ込んで目を閉じた。ルーシャンが愉快そうに笑いだした。

「なんと人使い、いや獣使いの荒い主人たちだな。いくら雷獣《らいじゅう》天狗とはいえ、本当に空を駆けるわけでもあるまいに。昨夜から働きどおしなのだから休ませねば」

「そうですよね」

紅椛党《ホンファ》の動きが気になるが、天狗に無茶はさせられない。遊圭は湧き水を天狗の口に垂らしてやり、腹をわしわしと撫《な》でながら、その労をねぎらった。

その吠《ほ》え声が雷に似ているので雷獣のふたつ名を持つ天狗だが、遊圭は天狗が吠えるのを聞いたことがない。そういえば、天狗はこのあたりが本来の生息地らしいのに、同じ獣を一度も見かけないな、などと、遊圭は天狗の腹や背中を撫でながら呑気《のんき》なことを考えた。

「おれのアスマンに言づけさせる」

ルーシャンが右腕を伸ばして歯と唇の間から高い口笛を吹く。数瞬の間をおいて、小型の鷹《たか》アスマンがふわりとルーシャンの腕に舞い降りた。

遊圭は大急ぎで小物入れから手当て用の布を出して裂き、携帯用の筆と墨壺《すみつぼ》を出して近況を記し、アスマンの足に結び付けた。

「玄月だ。覚えているな。お前に肉を食わせてくれたきれいなお兄さんだ」

ルーシャンがすっと手を高く伸ばすと、アスマンはふわりと宙に舞い上がる。

「すごい。アスマンはひとの顔や言葉がわかるんですか」

ルーシャンは頭を掻《か》いて自信なさそうに苦笑した。

「どうだろう。鷹がひとの言葉を理解するかどうかは知らんが、伝書を渡す相手を覚えさせるのは難しくない。玄月には楼門関《ろうもんかん》から馴《な》れさせて、伝書の練習はさせていた。もし届ける相手が見つからなければ、おれの副官のところへ舞い降りるだけのことだ」

「アスマンと玄月が？」

遊圭は思わず声を上げた。遊圭にはルーシャンを信用するなと言っておきながら、ずいぶんと仲のいいことではないか。

自分の知らないところで、ルーシャンが鷹と玄月を馴れさせていたことを知った遊圭の胸に、苛立《いらだ》ちとも怒りともつかない鬱屈《うっくつ》が芽生える。

憤然とした思いを抱えながら遊圭が青い空を見上げると、アスマンは彼らの頭上を旋回したのち、夏沙の王都へと飛び去った。

日没前に夏沙王都に戻った遊圭は、城門まで迎えに出ていた雑胡《ざっこ》兵に兵舎近くの民家に案内された。アスマンに託された帛書《はくしょ》を受け取った玄月が、楊老人を軟禁するために即座に借り上げた家だという。これから玄月に報告する内容を思えば、その家の借家人がこの炎暑のなかどこへ引っ越したのかまでは、遊圭には慮《おもんぱか》る余裕はなかった。

奥から漂ってくる香ばしい炙《あぶ》り肉や麵麭《パン》の香りと、煮込まれた肉と香辛料の匂いに、遊圭の胃袋が音を立てた。そういえば山の上では、携帯食や胡娘の持ってきた干しブドウ、ルーシャンが分けてくれた燻製《くんせい》肉を口にしただけで、昨夜からほとんど食事らしい食事をしていない。

通された広い部屋は居間か食堂らしいものの、絨毯《じゅうたん》が床に敷かれているだけだ。腰かけてくつろげる榻《とう》も、椅子や食卓もない。絨毯の上に敷かれた織布の上には、器に山盛りにされた羊の炙り肉の切り落としと、数種類の乾酪《チーズ》の盛り合わせに、高く積まれた平たい楕円《だえん》形の麵麭《パン》が並んでいた。香辛料の匂いの元である大鍋《おおなべ》には、ひよこ豆と大麦、そして玉ねぎを骨付きの脛肉《すねにく》とともに煮込んだ、黄色い羊肉湯《スープ》。

すでに食事を始めていたルーシャンの副官と、玄月とその配下の宦官《かんがん》たちは絨毯の上にじかに座って、料理の盛られた大皿を手から手へと回していた。

「おお、玄月どのは気が利くな」

ルーシャンが大喜びで空いた場を見つけ、絨毯の上に座り込む。手近の壺からどろりとした茶色い何かをすくい取り、手前に置いた平麺麭《ナーン》に塗りつけ、その上に羊肉と香草を置いて巻き、もりもりと食べ始めた。

そこへ細長い酒壺が運び込まれる。

玄月は楊老人を奥の円座に座らせて、礼儀正しく飲み物を尋ねたが、楊老人は興味なさそうに口をもぐもぐとさせただけだ。玄月は水を注いだ茶碗《ちゃわん》を老人の前に置き、ルーシャンには硝子《ガラス》の高杯に赤い葡萄《ぶどう》酒を満たして差し出す。

ルーシャンに平麺麭を勧められた遊圭は、不安げに平麺麭に塗られた茶色のどろりとした何かのにおいを嗅《か》いだ。細かく刻まれたブツブツしたものが見えるものの、正体はわからない。醤《ひしお》の一種らしいが、何種類かの香草と甘酸っぱいにおいがする。

「酸辣醤《チャツネ》といって、野菜や果物を香草と煮詰めた南胡風の調味料だ。遊々は食べたことがないのか」

遊圭ら金椛《ジンファ》人の近侍は、毒を用心して夏沙の郷土料理はほとんど口にしていない。

玄月が口を挟む。

「ルーシャン隊の行きつけの酒楼から取寄せたものだ。安心して食べるといい」

部屋を見回せば、同席する玄月配下の宦官たちは、黙々と料理を口に運んでいる。

あまりに空腹過ぎたことと、赤身の肉は食べつけない遊圭は、羊肉湯《スープ》に平麺麭《ナーン》をちぎって浸したのを少し食べただけでお腹がいっぱいになる。胡娘に切り分けてもらった白《しろ》瓜《うり》や西瓜《すいか》を食べながら、遊圭は山上の顚末《てんまつ》をどう玄月に報告したものか悩んだ。食が進まない一番の原因はそれだったのかもしれない。

　食事が一段落してから、遊圭は玄月と別室に移った。天官書はすべて焼かれてしまい、任務は失敗に終わったことを順を追って告げる。

「少なくとも、楊老人は次の日蝕は把握しているのだろう。白状させられないか」

「その前に、ああいう状態になってしまって」

　火災のあとはまだ会話が成立していたのだが、山を下り始めたころから何を話しかけられてもウンともスンとも言わなくなり、水も食事も匙《さじ》で口元まで持っていかなければ食べようとはしない。排泄《はいせつ》も定期的に立たせて手洗いに連れていかなければ、その場でやってしまいかねなかった。

「黄小香を捕えてみれば、少しは正気が戻るかもしれんな」

　遊圭が小屋で漏れ聞いた会話から、ここ数日で驢馬《ろば》を購入し、旅支度をしていた女を、ルーシャンの配下に捜索してもらおうという結論に達する。ふたりが食堂に戻ったところへ、雑胡兵のひとりが隊長への面会者がいると取次いだ。

「女ですよ、隊長。隅に置けませんねぇ」

　と、にやにや顔で部下に冷やかされて応対にでたルーシャンが、その女を連れてすぐに戻ってきた。

「おれに会いにきたわけじゃないそうだ」

　ルーシャンの広い背中のうしろから、ほっそりとした背の高い女が姿を現した。

「小香さん！」

遊圭はびっくりして声を上げた。

遊圭が正面から黄小香の姿を見たのは、これが初めてだったが、暗がりの中を追い続けた背恰好《かっこう》はこの女性に間違いない。繊細ながらも起伏の少ない顔立ちは、まちがいなく椛《ファ》族のものだ。化粧っ気のない顔を見れば三十路《みそじ》過ぎと思われるものの、腰まで届く黒髪に艶《つや》はなく、生え際のあたりにはすでに白いものが見えている。

玄月も小香が自ら乗り込んできたことに驚いたらしい。ふてぶてしく開き直った黄小香の顔を見つめたまま、かける言葉を選びかねていた。

先に口を開いたのは黄小香であった。

「あんたたちが、おじいちゃんを山から連れて降りるのを見て、つけてきたんだよ。この都から逃げる算段はできてたけど、あんたたちからおじいちゃんを助け出そうにも、もう仲間を頼りにはできないからね。私の知ってることを教えてあげれば、おじいちゃんを返してくれるかい？」

玄月は取引に応じると言って、小香を別室に連れていく。遊圭は気になってふたりのあとをついていったが、追い払われることはなく、逆に漏れ聞く者がいないか、扉をきちんと閉めるように玄月に言われた。

「次の日蝕《にっしょく》を正しく予言できれば、ふたりとも無罪放免にしよう。紅椛党《ホンファ》の動きについて知っていることを話せば、別の都市へ移るための支度金も用意する」

寛大な条件といえた。黄小香はあっさりと条件を呑《の》んだ。

「わたしたちがずっと守ってきた天官書とおじいちゃんを、日蝕の予言があんたたちに漏れないよう、焼き殺そうとしたあいつらのために立てる義理はもうないもの。みんな教えてあげる」

そう言ってから肩をそびやかし、黄小香はあごを上げて歌うように唱えた。

「次の日蝕はこの丁卯《ていぼう》の年、月は己《き》酉《ゆう》、日は乙亥朔日《いつがいさくじつ》、未《み》の刻」

遊圭は山小屋の壁に書かれていた暦算が、その日で終わっていたのを思い出して、顔から血の気が引いた。

まさに朔《さく》と秋分の重なる日、宮中行事が目白押しの最中に日蝕が起これば、陽元《ようげん》の天子としての面目は壊滅してしまう。

そしてその日まで、すでに二か月を切っている。

玄月は顔色を変え、黄小香に詰め寄った。

「嘘ではないな」

「私が嘘をついてどうするの。信じられないなら、八月までここに閉じ込めてもらってもいいわ。その方が私たちも豪《ごう》家の人間に見つからずにすむから」

遊圭はふたりの間に割って入った。

「楊老人の小屋で、わたしもその暦算を見ました。そのときは薄暗くて、文字も滲《にじ》んでいてよくわからなかったんですが」

玄月は遊圭には応《こた》えず、黄小香に人差し指を突きつけた。

「望み通り、そなたらは八月までここにいてもらう。八月朔日に日蝕が起きなければ、その代償は払ってもらう。逃げ出そうなどと考えるなよ」

「逃げやしない。豪家から匿《かくま》ってもらった上に、毎日食べさせてもらえるんなら、文句はないわ」

黄小香は捨て台詞《ぜりふ》を吐いて、青ざめるふたりの金椛人《ジンフア》を部屋に残し、食堂へ戻った。

「おじいちゃん」

叫びながら楊老人に駆け寄る。しかし、楊老人は肩に抱きついてきた孫娘にも、無反応だった。

小香のあとに別室から出てきた玄月は、控えていた部下にすぐに帰国の準備を命じた。

遊圭以下、玄月の顔色を見た金椛人は、何も訊《き》かずに食事を放り出し、王宮へ戻る支度を始める。

金椛人たちの突然のうろたえぶりに、ルーシャンは呆気《あっけ》に取られて羊の脛肉を食べていた手を休め、黄小香は祖父を抱きしめたまま上を向いて大笑いした。

「間に合うかしら。砂漠の民でさえ交易を控えるこの真夏に、どうやってふた月やそこらで金椛の都に帰りつくつもり？　紅椛軍《ホンファ》はもう動いているのよ」

「紅椛軍の現在位置はどのあたりだ」

玄月は低く抑制された声で黄小香を問いただした。遊圭は黄小香がこれ以上玄月を挑発しなければいいと必死で祈る。

「そこまでは知らない。私の仕事はおじいちゃんの世話と、あんたたちの牽制《けんせい》と監視だったもの。挙兵が近づいてもう用済みだから、口封じのためにおじいちゃんごと小屋を燃やされかけたけどね」

玄月は、紅椛《ホンファ》党に狙われる身となった楊老人と黄小香を、厳重に保護監視するようにルーシャンに依頼した。

「ここは副官に任せて、ルーシャンも王宮まで同行してくれ。緊急事態だ」

麗華は、イナール王の居室で団欒《だんらん》の時間を過ごしていた。まる一昼夜姿を見せなかった遊圭が、夜半いきなり宦官《かんがん》服を着せられて王宮に参内したのを見て、麗華は「あら」という顔を一瞬だけ見せた。しかし、玄月と遊圭の緊張した顔を見て、すぐに頰を引き締める。

玄月の突然の帰国申請に、麗華は寂しそうな顔はしたが、驚いたようすは見せなかった。イナール王は、麗華がもう少し夏沙の宮廷に慣れるまで、また、当地の風土に慣れない異国人の玄月たちが、この酷暑の季節に砂漠を越えることは命を落としかねないことを危惧《きぐ》して、出発を秋に延ばすように説得する。

玄月はイナール王の親切な申し出に、拝跪《はいき》して礼を言った。

「この帰国は私個人の家の事情によるものです。直属の部下のみを連れて出発しますので、他の近侍は公主さまの望むままに、いつまででも滞在しても問題はございません」

「だが、公主とその近侍の命を狙う者がいるこのときに、筆頭常侍《じょうじ》のそなたがいなくなってしまっては、皆が不安がるのではないか」

イナール王は、金椛《ジンファ》帝国の公主が、異例の数の側近を引き連れて夏沙に嫁いできた真の理由については、何も知らない。そして麗華と玄月は、五十年前に亡命してきた紅椛《ホンファ》人子孫のなかに、金椛人に対して敵意を持つ者がいることのみを説明していた。

他国の宮廷に椛族同士の内輪争いを持ち込んでしまったことを、麗華はイナール王に深く謝罪した。イナール王は、夏沙が三世代も前に受け入れた移民の子孫が、恩を仇《あだ》で返すような真似は許せないと、紅椛党の徹底摘発と、紅椛人の追放を命じようとしたが麗華が止めた。

この雑多な人種民族のあふれる夏沙王都と宮廷において、紅椛人だけを排斥することは困難であった。そもそも同じ椛族の金椛人とは、まったく見分けがつかないのだから。

それに、すべての紅椛人が反金椛帝国の分子として活動しているわけではない。夏沙王国の官吏や職人として真っ当に生計を立てている者、金椛帝国を通商の相手として商いを行っている者も大勢いる。

「無関係の者まで巻き込むことは、わたくしの望みではありません。粛清と虐殺の血にまみれた王妃だなどと、後世の記録に書かれたくはありませんもの」

若い新妻が悲しげに微笑んでそう言えば、イナール王は自身が主張した強硬策をあっさり取り下げた。玄月は今後の対応策を提案する。

「娘子《じょうし》兵たちは全員残していきます。また、我が国の護衛隊長ルーシャン率いる一隊も秋までは街に残ってもらいますので、当面のところ麗華公主さまの親衛隊として遇していただきますよう、お願い申し上げます」

埃《ほこり》っぽい兵装のままで宮廷に連れてこられていたルーシャンは、瞳《ひとみ》に驚きを浮かべつつも、優雅に胡風の敬礼をイナール王に捧《ささ》げた。

「麗華公主さまとルーシャンとの連絡役は、この星遊圭が務めます」

いきなり指名された遊圭も驚いた顔は抑えきれなかったが、戸惑いつつも金椛風の跪《き》拝《はい》を捧げる。

後宮と外を自由に出入りするには、やはり宦官でないと都合が悪いのは理解できる。そうすると声は高いままで近侍を務めなくてはならないのだろうか。と、遊圭は額を床につけて考え込む。いままで女装だったのは通貞《つうてい》──未成年の宦官であったことにしておけば、どこにも不都合は生じまい。男装の時にも地声を出さないように気をつけねばと、遊圭は心に刻んだ。

その翌日に、玄月は宦官の部下四人と、夏沙人の道先案内人ふたりを伴い、砂漠では馬より速いという駱駝《らくだ》を借りて金椛帝都へと出発した。

十一、金椛暦　武帝四年　大暑　次候——土、潤いて暑し——

気がつけば筆頭常侍代理の役を押しつけられた遊圭は、玄月の居室兼執務室に引っ越すことになった。

日蝕《にっしょく》の周期は明らかになり、もっとも重要な任務は終わった。玄月が無事に帝都に帰還すれば、紅椛《ホンファ》軍への備えも万全となり、万事めでたしだ。

よって遊圭は、気候が穏やかになり通商が盛んになる秋まで、のんびりと異国の情緒を楽しみ、ゆるりと帰宅すればよいのである。夏沙語や他の胡語《こご》を学んだり、明々《めいめい》や叔《お》母《ば》への土産となる文物工芸品を求め、麗華のお茶話に付き合い、天狗《てんこう》と遊ぶ。

はずであった。

「なんでこんなに忙しいんだろう」

それこそ猛暑の日中でさえ、昼寝の暇もないほど忙しい。

まず、玄月の代理として麗華の公務には影のように付き従い、公務日記をつける。これは麗華が夏沙語に堪能《たんのう》になるまで、各行事における金椛《ジンファ》語の虎の巻が必要だからであった。

そして、主簿の宦官が回してくるあらゆる経費の承認と振り分け。目を通して印を捺《お》すだけであるが、思いのほか時間がかかる。

「公主さまの公費と、近侍の滞在経費の内訳はあなたの方がよくご存じですよね。代わりに判子を捺してくれるわけには、いきませんか」

　と主簿の宦官に泣きつけば、

「自分の出した帳簿を自分で承認したことが陶《とう》常侍に知られれば、罰を受けるのは私なのです」

　とそっけなく却下される。着服、賄賂《わいろ》、横流しは宦官のお家芸だろうに、とはさすがに口にしないが、あまり杓子《しゃくし》定規な役人も厄介であることを遊圭は学んだ。

夏沙の宮廷に残された金椛《ジンファ》宦官の中では、この主簿が玄月の次席にあたるのだが、かれが麗華の公務について回ると事務作業が滞るものらしい。一度主簿の事務室に書類を持っていったところ、真昼間も汗をかきながら伝票に埋もれていたので、遊圭は承認作業に文句を言わずに印を捺すようになった。

「上司が上司なら、部下も部下ですよ。もう少し手を抜いてもいいと思うんですが」

　と麗華と胡娘を相手に愚痴を垂れる。麗華は笑いながら聞いている。

夕方涼しくなったころ、ルーシャンの兵舎を訪れて近況を報告する。紅椛党《ホンファ》はまだ夏沙の王都内にいるのだから、油断は禁物だ。

　日が暮れてからは保護している楊老人と黄小香の家を訪れる。楊老人は相変わらずぼんやりとして焼け焦げた渾天儀《こんてんぎ》の部品を撫《な》でまわしては、ぶつぶつと意味不明な言葉を漏らして一日を過ごしているという。

黄小香はすっかり耄碌《もうろく》してしまった祖父の介護を黙々とこなしていた。

遊圭は訪れるたびに、楊老人が喜びそうな金椛《ジンファ》産のお茶や、米などを差し入れた。

黄小香は、遊圭の親切に感じ入ったわけではなさそうだが、夏沙宮廷内に潜む紅椛党《ホンファ》の内訳を明かした。予想通り、豪家と林《りん》家は紅椛党の主軸で、この五十年を打倒金椛朝を宿願として、楊監正親子を抱え込んできたという。

中庭に榻《とう》を出して楊老人を座らせ、三人で星を眺め涼みながら、遊圭は紅椛党と楊家の五十年について訊《たず》ねた。

「日蝕って、十八年から二十年おきにあるんだよね。これまで、挙兵できそうな日蝕はなかったのかな」

「あったらしいけど、あまり目立たない部分蝕だったり、夜だったりして効果的じゃなかったらしいね。紅椛党も充分な兵力がそろわなかったり、豪家と林家の意見が合わなかったりして、時機を逸したりしてたわけ。この次の蝕が皆既日蝕だっておじいちゃんが断言したのと、ちょうど金椛の先帝が亡くなって、新帝の御代《みよ》がごたついている間に挙兵すれば、うまく帝都を奪還できるだろうって二家の意見が一致したらしいの。ほら、中原《ちゅうげん》の帝国三代目の呪いってあるじゃない」

確かに、ここ何百年か、三代を超えて存続した王朝はない。とはいえ、そんな呪いが巷間《こうかん》でささやかれていたとは、遊圭にとって初耳ではあったが。

「小香さんは、薬師なんですか。あの、蠍《さそり》とか、狼茄子《ベラドンナ》とか」

取りまぎれて訊《き》けなかったことも、晴れ渡った星空を見ているとすっと口にできる。

「そうじゃないけど。あなたたちには悪いことしたわね」

黄小香は素直に謝った。しかしすぐ開き直る。

「まあ、私もおじいちゃんを人質にとられて脅されてたのよ。仕方なかったの」

仕方なく女官がひとり死に、菫児《きんじ》は手足が不自由になってしまったのだが。

「あの、蠍に刺されて亡くなった女官は――」

「言っとくけど、私が手をくだして口を封じたわけじゃないから。あれは事故。毒薔薇《ばら》を配達させたその日のうちに、後宮から逃がしてやったはずなのに、いつの間にか戻ってきて蠍の入った箱を盗んで逃げたのよ。報酬が不服で、私の部屋で一番大事そうなものが入ってそうな、頑丈な箱を選んだのではないかしら。人間、欲をかいたらだめよね」

同僚の死に対してさえ、あっさりとして気にかけない黄小香のものの言い方は、遊圭を驚かせる。しかし、金椛《ジンファ》公主一行に毒を盛ったのは、豪家の命令で『仕方なかった』という言い分は認めることにした。

その後、逃げ出した死の蠍がどうなったか、小香も知らないという。

「食べられたんじゃないかしら。最近、鷹《たか》とか、犬だかイタチみたいな動物を庭園でやたら見かけたし、蠍って、自分より速く動ける動物相手には案外と弱いのよ」

遊圭の脳裏に、死の蠍を口にくわえて岩に叩《たた》きつける天狗《てんこう》の姿が浮かんだ。あるいは、玄月とルーシャンの間を行き来していた鷹アスマンに、捕食されたのかもしれない。

「報酬も、魅力的だったしね。挙兵前におじいちゃんを連れて遠くへ逃げないと、そのうち私たちも口を封じられるのはわかってたし」

小香はもはや、紅椛党《ホンファ》が全員東へ移動して、自分たちは隠れる必要がなくなり、夏沙の王都から安全に逃げ出せる日を待つだけだという。

遊圭は、それまでに楊老人が気力を取り戻し、また星の話をしてくれないだろうかと、毎夕脈を取り、必要と思われる生薬を調合して小香に渡しては、老人に話しかけることを続けていた。

日蝕に関する任務は遂行したとはいえ、紅椛党の主軸両家がまだ国内に残っている以上、脅威が取り除かれたわけではない。イナール王の命によって、麗華と遊圭ら近侍にすべて毒見役がついて、食べるものから部屋の掃除、洗濯された衣裳《いしょう》まで、すべて点検されるという厳重さであった。

イナール王の配慮は、夏沙人の女官が紅椛人を冷遇する空気を後宮に生みだす。陳叔恵妃《ちんしゅくけいひ》は、自分の妃宮に引きこもって自主的に謹慎している。ヤスミン王女は、母親と自分に対して冷笑的な夏沙人女官に腹を立て、陳妃宮の侍女に嫌がらせをする女官を捕えては、不敬をもって罰しているという。

見えない亀裂が少しずつ広がっているなか、麗華の公務について宮廷も観察する立場にある遊圭は、紅椛系の官吏たちの表情や態度にも目を光らせておかなくてはならない。

そして、一日の終わりに菫児《きんじ》の病室を訪れる。手足に麻痺《まひ》の残った菫児は仕事ができず、寝台か長椅子に横になっていることが多い。玄月が急遽《きゅうきょ》帰国したことを、出発したあとに知らされた董児は、親に置き去りにされた子どものように丸一日泣き止まず、周囲を閉口させた。

　そして、こちらも楊老人ほどではないが、朝から晩までぼんやりしている。

　朝は胡娘が、夜は遊圭が脈診に訪れるのだが、診察の間は会話らしい会話もしない。胡娘とも話さないようなので、遊圭を嫌っているわけでもないようだ。

　五日もたったころ、胡娘と相談した遊圭は麻痺した箇所の按摩《あんま》と運動療法を始めることにした。遊圭はさらに鍼《はり》を用いた。先の丸い員針で輸穴《ゆけつ》を刺すことなく按じ、気の流れを整える。そうしているうちに、董児は不安げに玄月はどうしているかと訊ねてきた。

「そろそろ、次の中継都市を発《た》つころじゃないかな。この季節は日中は休んで夜に進むらしいから、星を読み誤ると砂漠の中で迷ってしまうらしくて、慎重に進まないといけない。夜は短いし、ほかの季節よりも移動に時間がかかるそうだよ」

「ぼくは、どうなるんでしょう」

　文字通り捨てられた子どものような目つきで訊いてくる。

「君は秋になったらわたしたちと一緒に帰国する。それまでに麻痺を治してくれると助かるよ。帰りは護衛の数も少ないしね。自分の身は自分で守らないといけない」

　遊圭の答に、董児はいっそう不安げになった。

「治るでしょうか」

「お茶を淹《い》れたり、書類整理ができるくらいにはならないと、玄月が困るんじゃないか」

　菫児は首をかしげて、不思議そうに遊圭を見つめた。

「玄月様は、またぼくを使ってくださるのでしょうか」

　そんなことを訊かれても遊圭にはわからない。

「何も聞いてないけど。どうしてそう思うの？」

「玄月さまの言いつけにそむいて、果物を食べたから、お怒りになって置いていかれたのかと」

　遊圭は目を丸くした。思わず噴き出しそうになったが、菫児の顔があまりにも真剣だったので自重した。

「いや、玄月は自分のせいだって言ってた。もっとちゃんと説明すべきだったって」

　菫児は急に瞳《ひとみ》を輝かせて、身を乗り出した。

「そうですよね！　全部捨てろとはおっしゃったけど、食べるなとはおっしゃらなかったんですから。もったいなくて、大好きな藍苺《ブルーベリー》もあったから、我慢できなくて」

　だんだんとしょんぼりとして、下を向く。

「この季節になるといつも、藍苺を採りに近くの河原へ家族で行ったんです。弟たちは摘むはしから口に入れて、持って帰るのがなくなって、母さんに叱られたり――」

　菫児はぎこちない動作で手を上げて目をこすり、鼻をすする。

「今年も弟たちは藍苺を採ってるのかな、一番小さい妹に、ちゃんと食べさせてるのかなって。懐かしくなってつい――」

　よりによって藍苺に、そんな思い入れがあったのが董児の運の尽きである。しかし結果的に黄小香を捕えることができたのだから、むしろ瓢箪《ひょうたん》から駒ではないか。

「そうそう、玄月は言葉が足りない。それで帝《みかど》とも揉《も》めたことがあるみたいだし」

「そうなんですか」

　董児は小鳥のような目を丸く開いて、甲高い声を出した。話してみればそんなに無口でもないのだな、と遊圭は気が楽になる。

「董児の麻痺はそんなにひどくない。指も全く動かないわけじゃないし、支えがあれば立って歩ける。杖《つえ》も作らせているから、秋までにしっかり治して、帰国したときに玄月を驚かしてやろう」

　遊圭が微笑んでそう言えば、董児ははにかみながら礼を言った。部屋を出て行こうとする遊圭を呼び止める。

「あの、遊々様は、どうして玄月様を呼び捨てにするのですか。年はずっと離れてますよね。おふたりはおともだちでいらっしゃるのですか」

　遊圭は戸惑った。玄月を呼び捨てにするのは胡娘や明々など、ごく親しい相手のときだけだ。年下の董児に対して気がゆるんでしまったのは、まずかったかもしれない。

「友人とか、そういうわけじゃないけど。公式にはちゃんと『様』とか『殿』とか『さん』と、状況で呼び分けている。ただ、わたしは本来は玄月の部下でも、舎弟でもないから、私的なときまでここにいない玄月にへりくだる必要を感じないんだ」

わかったような、わからないような顔で、菫児は遊圭の顔をじっと見つめた。


「暑い……」

もう何度つぶやいたかわからない。しかし、言わずにいられない。

朔露の賊軍に奪われた納采品《のうさい》の補塡《ほてん》がようやく本国から届き、目録と納品の確認作業を不眠不休で成し遂げた主簿が、ついに過労と暑気あたりで寝込んでしまった。

「経理とか、やったことないよ」

仕事を増やされた遊圭は蒼《あお》ざめる。玄月はこの任務に、諜報《ちょうほう》系の腕の立つ宦官《かんがん》を中心に選んだため、居残り組で事務方はこの主簿しかいなかった。しかも、実動方の宦官は遊圭を目にすると忙しそうに姿を消してしまう。何十人といる紅椛《ホンファ》党の官吏をたった四人で監視しているのだから、かれらだって確かに目が回るほど忙しいのだろう。

帳簿を繙《ひもと》けば、暇を持て余したルーシャンとその部下が、街の酒場でツケにしている請求書まで回ってきて滞在費を圧迫している。玄月はルーシャン隊を手懐《てなず》けるためのこづかいは自分の懐から出していたようだが、遊圭にそんなゆとりはない。滞在公用費のどこかを削って捻出《ねんしゅつ》しなくてはならなかった。しかし、伝票を書き終えたとたんに乾きらない墨の上に汗が落ちて、書き損じを増やしてしまう。

「中原なら、いくら暑くても午後には夕立が降って涼しくなるのに、ここにはそんな恵みの雨もない」

　女装の必要がなくなったので、自室では堂々と衿《えり》を開いて団扇《うちわ》で汗の溜《た》まる胸を扇《あお》ぐ。運動療法だと言って、菫児は自発的に大きな団扇を持って扇いでくれるのだが、すぐに疲れてやめてしまう。

「遊々さんは生来病弱と伺ってましたけど、この暑さにもちこたえてますよね」

　邪気のない笑顔で菫児に言われて、遊圭は少し考え込んだ。

「わたしは健康なひとみたいに頑張りが利かない分、すぐ休んでしまうよ。睡眠時間はみんなより長いと思う」

「そうなんですか。いつも何かされているように見えます」

　このところは働き過ぎなだけだと思った遊圭は、確かに慣れない気候で寝込むこともなく、動き回っていられることに、自分でも感心する。

「わたしはのどが弱くて、そのための薬をいつも飲んでいる。あと、胃も弱いから健胃剤も欠かせない。そのときの気候や体調で配合は変えるけど、気虚を補う食事や生薬には強壮効果のあるものもあるし、乾燥で空咳《からせき》が出やすいから最近は麦門冬湯《ばくもんどうとう》が欠かせない。これが結果的に体を潤してくれるんじゃないかな」

「遊々さんは、物識《し》りなんですね。玄月様が頼りにされるわけです」

　菫児は目を丸く開いて、憧《あこが》れの眼差《まなざ》しで遊圭を見つめた。

「ぼくとあまり年が変わらないのに、とてもおとなびておられるし」

頼りにされているというより、ひたすら利用されているだけなのだが、明々とも離れてからはおとなたちばかり相手にしているので、菫児のような少年らしさはどこかに置いてきてしまったかもしれない。

「遊々さんて、女装でお仕事をされておられたときは、きれいで頭良くて、近づき難い方だなぁと思ってましたけど、とても親切な方で安心しました」

恥ずかしそうに言う菫児の言葉や表情に、遊圭はなんだか胃の底をくすぐられるような居心地の悪さを覚える。しかし、悪い気はしない。友人というには幼すぎるし、同僚と呼ぶには頼りない。弟や年の近い従弟《いとこ》がいればこんな感じだろうかと想像する。

そのような平和的な午後も、胡娘が呼び出しに来たため打ち切りになった。

「広間の宴《うたげ》が怪しい雲行きになっている」

遊圭は衿を直して立ち上がり、広間へと駆けつける。

その日、後宮の広間では暑気払いの宴が開かれていた。

麗華《れいか》は、金椛《ジンファ》皇帝から送られてきた納采品から、金椛特産の絹製品や宝飾品を選び出し、後宮の妃妾《ひしょう》への贈り物とした。その返礼として、旬の食材と東西の珍味をふんだんに使った料理が、妃妾から献上される。

その余興に、冬の間に地下の氷室に蓄えられていた氷の塊がイナール王の命によって、後宮に運び込まれた。広間の熱気のため、すでに融《と》けはじめた氷の彫刻が飾られ、氷菓子がふるまわれる。楽人たちは涼しげな音楽を奏でて婦人たちを楽しませる。

そこへ、母親の叔恵妃とともに宴を欠席していたヤスミンが、血相を変えて乗り込んできたのだという。

麗華は贈り物に添えて、砕いた氷を大きな器に満たし、新鮮な果実を盛らせて叔恵妃の宮殿に運ばせていた。慣例上、叔恵妃は使者を立てて返礼の品を贈るべきであるが、昨今の状況を知る者たちは、麗華を含めて当日中に返礼が寄こされるとは期待していなかった。

それがヤスミン本人が出向いてきたのである。

体調不良を口実に宴を辞していたのだから、麗華も驚きを隠しきれなかった。それでも華やかな笑みを浮かべて歓迎する。

「宴にいらしてくださって嬉《うれ》しいわ。ヤスミン姫。気分は良くなられて？」

「こんなものを押しつけられて、どうしたら気分が良くなるというの！」

ヤスミンは、精緻《せいち》な黄金細工に玉《ぎょく》と珊瑚《さんご》を嵌《は》め込んだ簪《かんざし》を、麗華の足元に叩《たた》きつけた。

職人が時間をかけ、精魂を込めて作った簪が、麗華の足元で砕け散った。麗華は転がっていく玉髄《ぎょくずい》の木の実と、割れた翡翠《ひすい》の木の葉、ばらばらになった珊瑚の花弁を悲しげな瞳《ひとみ》で追った。

「確かに、髷《まげ》を結わない夏沙では簪は不向きかもしれないけど、それにしても美しいものではないこと？　基部を作り替えて額冠と組み合わせたり、足を短く切って先を尖《とが》らせれば、頭布や外套《がいとう》の留め具にも作り替えることはできると思うのだけど」

ヤスミンは鼻で笑って言い返す。

「使い道のない不用品の再利用なんて貧乏くさいことを言いだす王妃とか、聞いたこともないわ。さすがに尼寺帰りは考えることが違うこと」

ヤスミンの放言に、周囲が凍りつく。

出家したときに肩の上で切りそろえた麗華の黒髪は、還俗《げんぞく》後に伸ばし始めてからようやく背中に届く長さだ。結い上げた髷《まげ》に鬘《かつら》を足せない夏沙では、麗華がかつて尼僧であったことは隠しようもない。

夏沙の上流階級の女性にとって、髪は長ければ長いほど高貴の象徴であった。腰よりも長く伸ばした髪を丁寧に梳《くしけず》り、巻いたり波打たせたりしたのち、飾り紐《ひも》や金鎖を編み込み、金環や孔《あな》を空けた宝玉を通すなどして、飾り立てる。

いったん出家して生得の地位と権利を放棄した者が、還俗して俗世の栄華を追う行為は外聞のいいものではない。まして一切の欲を捨てた尼僧が、贅沢《ぜいたく》の極みである宝飾品に執着するのは貪欲《どんよく》と非難されても仕方がなかった。

「だいたい、一国の皇女が夫もとらずに尼寺行きなんて、よほどの不祥事でも起こさないかぎりあり得ないことだわ。お父さまもとんだ貧乏くじを押しつけられたものね」

勝ち誇ったように、肩をいからせあごを上げて、ヤスミンは麗華を罵《ののし》った。

ヤスミンの言う通り、未婚の若く美しい公主が信仰心から出家すると信じるよりも、世間は下種《げす》な想像力をたくましくするほうを好む。実際に、道ならぬ恋の隠れ蓑《みの》に、親や夫から逃げて出家する女たちは少なくない。

皇太后の謀叛《むほん》という金椛《ジンファ》皇室の醜聞は外部にはひた隠しにされていたが、それゆえに真の出家理由は語られることなく、人々は麗華の人格や貞節を汚す憶測をふくらませ、口さがない噂話に歯止めのきかない尾ひれをつけてそれを広めていくのだ。

公然と王妃を侮辱したヤスミンに、周囲の女官はそっと距離を取り始める。

胡娘について広間に駆けつけた遊圭は、扉口に控えていた娘子兵にここまでの顚末《てんまつ》を聞き、麗華がこの場をどのようにおさめるのか、おさめることができるのか気を揉《も》んだ。

誰かが割って入れば、麗華は年下の小娘ひとり御することができないことになり、王妃としての面目が潰《つぶ》れてしまう。案の定、見渡す女官の顔には、不安や怖れよりも好奇心の方がはっきりと色濃く表れている。ふたりの妃は我関せずといった態度だが、子どもたちは興味津々で麗華の対応に注目していた。衆目の前で王妃を侮辱した者を、たとえ王女であろうと罰を下さないままこの場から解放してしまえば、麗華はこのさき、自分と年の近い王子や王女たちに侮られてしまう。

だが王の娘に手を上げたり、過分に罰したりすればイナール王との間に確執が生まれる。

そこまで計算してのヤスミンの行動であれば、駄々をこねる子どものようなふるまいに見せかけた、麗華の追い落としが目的ではないか。

麗華は背後に控えていた凜々《りんりん》に、叔恵妃をここへ連れてくるように命じた。

「余計なことをしないで！　お母さまは具合が悪くて臥《ふ》せっておられるのよ！」

「その余計なことを招いたのはあなた自身よ、ヤスミン」

ヤスミンの剣幕をかわし、麗華は落ち着いた声で言い返す。

広間を出ていく凜々を止めようと、手を伸ばしたヤスミンの前に、ふたりの娘子兵が立ちふさがった。麗華は女官長にヤスミンの席を用意するように命じ、女官たちはヤスミンを長椅子のひとつに座らせ、周りを囲む。

連れてこられた叔恵妃は、本当に不調をきたしていたらしく、化粧もせずにやつれた顔で参上してきた。衣裳《いしょう》だけは隙なく整えているせいか、顔色の悪さがいっそう目立つ。

「叔恵妃、ヤスミン王女がわたくしからの贈りものに不備があったとかで、このようなことをなさったのですが、これは夏沙の流儀というものでしょうか」

麗華が濃紅に染めた指先で、床に散らばった簪の残骸《ざんがい》を示した。

叔恵妃はただでさえ冴《さ》えない顔色をさらに青く染めて、唇を震わせながら麗華の寛恕《かんじょ》を請うた。麗華は毅然《きぜん》とした態度を崩さない。

「わたくしはまだ子どもがいないので、こういうときもし我が子がヤスミンのようなことをしたら、どのように接していいのかわかりません。叔恵妃、あなたがわたくしの立場でしたら、正妃からの贈り物を床に叩きつけて、その上侮辱の言葉を吐いた第三妃の王女を、どう扱います？」

叔恵妃はあたりを見回した。女たちの凝視に耐えかねたように膝《ひざ》を折る。ヤスミンの怯《おび》えた瞳からも目を逸《そ》らして麗華に向き直り、両手を揉み絞った。

「それはもちろん、きつく叱責《しっせき》し、二度とこのようなことのないよう――」

「お手本を、見せていただけるかしら」

麗華は、遊圭がかつて見たこともないほど冷然と相手を見下ろし、言い放った。

遊圭は筆頭常侍代理という肩書上、後宮内のいざこざを見過ごせずにこの場に立ち会っているわけだが、麗華の差配に口出しはできない。もし玄月がこの場にいたとしても、おそらく黙って見守るだけだろう。それ以前に、年若く経験のない遊圭にどうこうできる事態でもなかった。

そして、ヤスミンの処分のやり方次第で、後宮における麗華の一生を左右する、王妃としての評価が決まってしまう。どちらに転んでも、麗華自身の才覚による成功であり、あるいは技量不足による失敗でなくてはならなかった。

叔恵妃はふらつきつつ立ちあがり、小刻みに体を震わせながら、娘に歩み寄った。ヤスミンは怖れと期待の複雑に混ざり合った表情で、母親の顔色を窺《うかが》う。叔恵妃は失望と煩悶《はんもん》で顔を歪《ゆが》ませて、娘を見下ろした。

「あれほど、おとなしくしていろと、決して問題を起こしてはならないと、何度も言っておいたのに――口で言ってもわからないのなら――」

シュッと音を立てて、叔恵妃は上着の帯を解いた。胡《こ》風《ふう》の帯は金椛《ジンファ》のような布帯ではなく、鮮やかな色に染めた革に、貴金属や貴石を嵌め込んである。留め具は青銅などの金属製であった。叔恵妃はその革帯をヤスミンの肩に振り下ろした。

「おかあさ――」

母親への哀願は、打擲《ちょうちゃく》の音とそれに続く悲鳴へと変わった。ヤスミンは両手で頭を抱え、逃げ場もなく何度も打たれては、そのたびに聞いている方が身の縮むような悲鳴を上げた。

その容赦のなさに、遊圭は無意識に一歩引いた。背中に壁が当たる。麗華も鼻白んだ顔つきで、叔恵妃が娘に下す折檻《せっかん》を見つめていた。

叔恵妃の美しい顔が怒りに歪み、赤い飛沫《しぶき》がその顔に点々と散った。

やめさせなければ取り返しのつかないことになると、焦った遊圭が声を上げようとしたとき、その前を背の高いがっしりとした人影が通り過ぎた。

艶《つや》やかな黒髪を肩に流したイナール王が、振り上げられた革帯を腕に巻き取り、叔恵妃の腕をつかむ。

「おのが一族に見捨てられた怒りを、自分の娘にぶつけてどうする」

イナール王の言葉に、叔恵妃は悲愴《ひそう》な叫びをあげて泣き崩れた。

「見捨てられたのではありません。わたくしは自分の意思でここに留《とど》まったのです」

ふたりのやりとりに周囲が困惑するなか、イナール王は女官にヤスミンの手当てを命じ、叔恵妃の手を引いて麗華の前へと導いた。

「叔恵の兄弟とその一族の主だった者たちが出奔した。叔恵とヤスミンもすでに逃亡したかと思って来てみれば、とんだ騒ぎとなっているようだ」

麗華は膝を折ってイナール王を迎え、後宮に足を運んでくれたことを感謝する。

「ヤスミン姫に非礼のふるまいがあったので、叔恵妃に対処をお任せしたのですが、ひどく惑乱されたごようすで折檻なされて、みなが度肝を抜かれてしまっていたところでした。陳《ちん》家の出奔とは、どういうことですか」

「陳家だけではない。紅椛《ホンファ》五族のうち三族が出奔した」

イナールの声を聞いた女官たちの中から、悲鳴が上がる。座り込んで髪を掻《か》きむしる者、扉へ駆けだす者、おろおろとすすり泣きながら周囲の柱や調度に寄りかかる者。その多くは東方人の容貌《ようぼう》を持っていた。イナール王は毒気を抜かれた声でつぶやいた。

「置いていかれたのは叔恵だけではないようだ」

「何が起きたというのですか、イナール様」

「話の続きは、別室で。ここはひとが多過ぎる」

イナールは麗華と遊圭たち側近に移動するよう促し、女官長に叔恵妃を同行させるよう命じた。

「出奔したのは豪家と林家。そして陳家の一部だ。豪家は我が弟、ハタン侯ザードに一族の娘を嫁がせるなど、ここ数年は西方交易路の開発により熱心であった。ザードの西方親和政策を支持し、東方への通商に食指を伸ばさないのは過去の因縁かと思えなくもなかったが、朔露国との接触と交渉を模索していたのだろうな。叔恵よ、そなたはどこまで関与していたのだ」

イナール王は、床に膝をついたまま放心する叔恵妃に声をかけた。

叔恵妃は何度か息を吸い込み、嗚咽《おえつ》をこらえながら告白する。

「この五十年、中原への復権と帝都の奪還は、紅椛《ホンファ》族の豪氏と林氏の悲願でありました。とはいえ、かつて帝について落ち延びてきた民の多くは、先々代の夏沙王のご慈悲により住む場所を賜り、新しい生活を選んでこの地に根づいて参りました。皇統も絶え、世代も変わり、時が経つほどに金椛朝《ジンファ》への恨みや、故国への郷愁は薄れてゆきました」

「だが、豪家と林家はそうではなかったというのだな。特に豪家の方は我が王室を乗っ取らんばかりに軍や後宮に一族を送り込んでいた。両家の血を引く妃妾《ひしょう》もその子女も、そろいもそろって好戦的な反金椛論の推進者で、祖父も父上も頭を痛めていた」

両家の熱心な活動にもかかわらず、夏沙の宮廷が反金椛政策に染まらなかったのは、金椛帝国が盤石の強国であり続けたからだろう。西国には強力な統一国家がなく、夏沙王国自体がゆるやかな都市連合国家である以上、亡命者の扇動に乗って返り討ちに遭う危険を冒す道理はない。

商業を国家経済の基盤とする夏沙王国としては、損益勘定が負となるような投機に国運を賭《か》けたりはしないのだ。夏沙の王室を含め、各都市の首脳陣も、他国の内紛であり利鞘《りざや》の期待できない戦争に兵を出すはずがなかった。

「だが、そなたは一度も外交に口を挟んだことはなかったな」

イナール王は、叔恵妃に穏やかに問いかけた。

「必要のないところに火種を投げ込むことに、なんの意味があるというのでしょうか。イナール様が立太子なさったときに、豪家に妙齢の娘がいなかったという理由で、縁戚《えんせき》にあったわたくしが後宮に納められたのです。わたくしには、結納を控えた許嫁《いいなずけ》もおりましたのに」

突然の告白に、一同はしん、と沈黙した。

「イナール様は、青春の日々を過ごされた金椛《ジンファ》の宮廷をお懐かしく思われ、それがゆえに椛《ファ》族のわたくしを可愛がってくださいました。わたくしはヤスミンを授かり、イナール様をお慕いするようになっていましたので、金椛の国を悪く言って嫌われたくはございませんでした。豪家も実家も、わたくしがイナール様の親金椛の方針を変えさせることができないまま、ついに金椛公主の輿入《こしい》れが実現したときは、わたくしの無能を口さがなく罵《ののし》りましたが」

叔恵妃は、死の蠍《さそり》で麗華を、狼茄子《ベラドンナ》で玄月を害そうとした件については、関与を否定した。叔恵妃が企《たくら》まなくても、豪家も林家もかれらの指図に従う女官に困ることはない。

「麗華さまを亡き者にして、金椛と夏沙の間に亀裂を作ることも両家は企んでいました。わたくしも協力を要請されましたが、病を理由に拒んでいました。ヤスミンが――」

叔恵妃は両手で顔を覆った。

「あのようにいつまでも頑是なくふるまいの幼いのを利用され、いつか両家の企みに巻き込まれるのではと怖れていました——今回も、麗華さまに恥をかかせるよう、女官の誰かにそそのかされたのです。やっていいことと悪いことの区別がつかないあの子に、麗華さまや金椛人《ジンファ》の悪口を吹き込む者がいて。遠ざけても遠ざけても、いつの間にか両家の息のかかった女官が、あの子の近くにいるのです」

豪家は当初、金椛帝国への朝貢に、アサール姫でなくヤスミンを送り込もうと画策したともいう。皇帝陽元を籠絡《ろうらく》させ、金椛後宮の内情を探り出させ、挙兵の折は内側から金椛帝国を攪乱《かくらん》させるために。

「ヤスミンにそんなことはできません。あの子は他人の顔色や周囲の思惑を読むこともできず、自分の思いつくままの行為や言動が、どのように他者の目に映るかも理解できない。でも、ヤスミンは正直な、嘘をつかない優しい子です。希望を捨てずに厳しく育てれば、いつかは一国の王女らしくふるまえるようになると——でも」

叔恵妃は目の前に広げた両手を見つめて、わなわなと震えた。

「わたくしにはもう、あの子を守ることができない——」

惑乱して泣き叫ぶ叔恵妃を、麗華はその肩をつかんで言い聞かせた。

「守れるでしょう！　豪家も林家もこの夏沙を見限って、自分たちだけで出て行ったんだから！　もうここにはあなたたちを利用して切り捨てる連中はいなくなったの！」

麗華は、自身と母親の永氏《えい》を、ヤスミンと叔恵妃に重ねている。そのことに気づいた遊圭は刺すような胸の痛みを覚えた。

　また同時に、かつて玄月の諫言《かんげん》に陽元が激怒したとき、父親の陶太監が衆目の中で息子を激しく折檻した話を思い出す。玄月は休職を必要とするほどの怪我を負い、そのために陶父子の間には軋轢《あつれき》が生まれたというが、その後、陶太監は陽元に対し息子の助命を求めて、必死の嘆願も行ったともいう。

　遊圭はついさっきまで、叔恵妃のヤスミンに対する過剰なまでの厳しさに、眉《まゆ》をひそめていた。しかし、親が厳しい罰を主人の前で下すことで、王妃である麗華の怒りを逸《そ》らし、娘が公の刑罰を受けずにすむよう、叔恵妃なりに図ろうとしたのかもしれない。そうであれば、長きにわたって豪家と夏沙王家の板挟みとなり、精神的に消耗していたであろう叔恵妃の抱え込む苦悩は、察して余りあるものがある。

　叔恵妃はしばらく、麗華の顔を見つめたまま呆然《ぼうぜん》としていたが、言われたことが頭で理解できるほど落ち着いてくると、ふたたび涙をあふれさせた。

「でも、ヤスミンは――ああ、わたくしはなんてひどいことをしてしまったのでしょう。あの子はきっと、わたしを赦《ゆる》しはしない」

　急に立ち上がり、半狂乱になって駆けだそうとするのを、遊圭と凜々で引き留める。

「ヤスミン姫は大丈夫です、胡娘が手当てしていますから。それより、豪家の私兵たちはどこへ向かったのですか」

十二、金椛暦　武帝四年　大暑　末候──大雨、時にゆく──

叔恵妃は、豪一族と距離を取ろうとしていたこともあり、紅椛《ホンファ》党の軍兵の所在や、動きまでは知らなかった。そこでイナール王は、豪家の息のかかった女官と、残留していた紅椛党の官吏や商人を次々に召喚させ、逃れようとする者は捕えさせた。

叔恵妃のように自ら選んで残った者もいれば、置き去りにされたと憤慨する者もいた。彼らは口をそろえて、進軍はもう少し先の予定であったと白状した。

紅椛党の急な出奔の理由を知る者はいなかったが、遊圭にはだいたいの見当はついていた。

突然の金椛《ジンファ》人宦官《かんがん》の帰国を、日蝕《にっしょく》の日時を本国へ知らせるための使者であると察知したのだ。城内における紅椛人食客の拠点が襲撃されたことと、楊《よう》老人と黄小香が行方をくらませた現状を考えあわせれば、日蝕に関する情報が、金椛側に漏れたと考えて次の手を打つことは、理に適《かな》っている。

すでに天鳳山脈の東端に集結している、紅椛党の本軍と合流するその途上で、多勢をもって目障りな使者は踏みつぶしてしまおうと考えたのだろう。

豪家の館《やかた》の捜索を終えた将官が王宮に戻り、人間や馬だけでなく、敷地内の鳩舎《きゅうしゃ》も空であると報告してきた。

「鳩舎？」

遊圭はぎくりとしてイナール王に訊《たず》ねた。

「豪一族は途中の都市にも館や荘園を所有しているのですか」

「通商もかなり手広くやっていた。どの町にも邸《やしき》や隊商宿を持っていたはずだ」

イナール王も顔を曇らせて断定した。

軍隊や交易商にとって、鳩は都市間における最速の通信手段だ。

豪一族が天鳳行路の各都市に中継となる鳩舎を備えていれば、伝書鳩は五日で天鳳山脈の東の地峡を越えることができる。一日で玄月の頭上を追い越した鳩は、数日のうちに楼門関付近にひそむ紅椛《ホンファ》本軍に指令を届けたはずだ。

東の紅椛軍はすでに指令を受け取り、玄月を前後から挟み撃ちにすべく討伐部隊を送り出しているかもしれない。

「すぐに追いかけて、玄月に知らせないと！」

そう言って急ぎ旅の支度にかかる遊圭を、麗華もイナール王も引き留めた。凜々は自分も同行すると麗華に懇願する。いっぽう、いつもは遊圭のやることに異論を唱えない胡娘は難しい顔をして反対した。

「何年も隊商を率いる商人でさえ、この季節の交易は避けるものだ。城内の宮殿ですら暑さに耐えかねている遊々に、真夏の砂漠行路を行けるはずがない」

「だけど！　このまま何もしなかったら、玄月たちが挟み撃ちになってしまう！」

「かといって、いまから追っても追いつけるものではないだろう。しかも、先行している紅椛党《ホンファ》に気づかれずに、どうやって追い越すつもりだ」

胡娘の指摘に、遊圭は反論できずにいた。

「とにかく、ルーシャンに紅椛党の動きを知らせなくちゃ。何かいい考えを思いついてくれるかもしれない」

遊圭は胡娘と凜々を連れてルーシャンの兵舎を訪れた。ルーシャンは楊老人の家が静かで話しやすいと、そちらに移動する。

王宮で起きた事件の一部始終を聞き、紅椛党を追い越して玄月に追いつく方法について相談を受けたルーシャンは、むしろ遊圭の心意気を是とした。

「天鳳山脈の中腹を横断する高原行路がある。遊牧民の通う夏の放牧帯を通れば、そう熱中《あた》りは起こさないだろう。日の長いこの季節なら、日中の移動距離も稼げる。登《と》攀《はん》にかかる時間を差し引いても、砂漠行路より速く進めるはずだ。二十日もあれば追いつけるだろう」

遊圭はぱっと顔を明るくして胡娘を見たが、胡娘の難しい顔は変わらない。語調も激しく反論する。

「行路といっても隊商の通る街道ではなく、遊牧民の放牧地を結ぶ線でしかない。山の地形は複雑で危険だ。谷や崖《がけ》の難所で手間取ったり立ち往生したりすれば間に合わない。しかも山岳地帯なんぞ、どこもかしこも盗賊や各国から落ち延びた脱走兵の根城だらけだ」

遊圭の頬に浮かびかけた笑みは、ふたたびしぼむ。

「それなら、私が道案内してあげられるよ」

みなの目がいっせいに、声のした部屋の入り口へと向けられる。黄小香が四人分の茶を盆に載せて、扉の前に立っていた。遊圭は藁《わら》をもつかむ思いで訊ねる。

「小香さんは山の道を知っているの？」

「おじいちゃんの観測小屋を建てる場所を見つけるのに、さんざん天鳳山脈を歩き回ったもの。楼門関の近くまで行ったことも何度かある。その縁で山岳遊牧民にも顔が利くし、盗賊を避けて通る道も知っているよ」

「おお、それなら確実だな。山岳民出身の案内人をこれから探す手間が省けた」

ルーシャンは機嫌よく後押しをくれる。遊圭は笑みを広げて、胡娘を説得した。

「玄月が紅椛党《ホンファ》にやられて主上《しゅじょう》に報告が届かなければ、金椛帝国《ジンファ》も終わりだ。わたしがこの国で生き永らえても意味がないよ。豪氏の東征軍より先に玄月に追いついて、近くの城郭都市に避難させなくちゃ。楼門関に入るまで襲撃を食らわずにすむだけの護衛を増やさないと、いくら玄月だって生き延びられない」

しかし胡娘は頑として譲らない。

「それなら、遊々でなく、凛々かルーシャンに行ってもらえばいいことだ。私が行ってもいい。高原の旅は危険な野獣も出る。決して楽ではない」

暗に足手まといになると言われた遊圭は、心当たりがあり過ぎて反論できなかった。胡娘にとっては、遊圭の安全が第一であり、玄月の生存も金椛《ジンファ》帝国の存続も、二の次三の次のようであった。

確かに、一刻も早く追いつかねばならないのに、途中で発作や疲労で倒れても意味がない。野獣や山賊に襲われても、自分の身を守ることさえおぼつかないのだ。無駄骨に終わるだけならともかく、無駄死にしかねない。

「玄月どのに認められたいのはわかるが、そのために遊々が命までかける必要はないのだぞ」

遊圭は叩《たた》かれたようにむっとした。思わず言い返そうとしたが、思い直してうつむき唇を噛《か》む。胡娘らしくなく厳しいことを言うのは、そこまでしてでも、遊圭を引き留めたいからだろう。胡娘に図星を指されて、自分の正義感の裏にあったものを突きつけられ、耳まで火照る。

遊圭は下を向いたまま、高ぶる感情をおさえようと呼吸を整えた。

「——凜々とルーシャンに、行ってもらえるかな」

絞り出すような遊圭の声に、胡娘はほっとした顔をした。

ルーシャンは小指で耳をかきながら、重たい声で応《こた》える。

「おれの方はそれでも問題はないが、遊々が来ても問題はないと思う。もしもおれたちが間に合わなかったときには、誰かが玄月どのの代わりに都を目指さなくてはならない。

凜々に途上で斃《たお》れた玄月どのを置き去りにして、先へと進むことができるかな。おれがひとりで都にたどり着いても、すぐに帝《みかど》に謁見できるのか、そして信用されるのか。シーリーンはむしろ、金椛《ジンファ》と紅椛《ホンファ》の内乱から遊々を遠ざけていたいのではないか」

こんどは胡娘が返す言葉に詰まる番であった。遊圭は、ルーシャンが胡娘を本名で呼び捨てにするほど親しくなっていたことが気になったが、いまはそれどころではない。雑念をふり払い、自分が行かねばならないと思った理由を、遊圭はじっくりと考え直してみた。

そして、自分が玄月に追いつき、もしも追いつけないまま紅椛の挙兵を許してしまった場合のことを考えた。

都で待っているであろう陽元、叔母《おば》の玲玉《れいぎょく》、従弟《いとこ》の翔《しょう》皇太子と瞭《りょう》皇子。そして、紅椛軍の侵攻など夢にも思わず、日々畑を耕し、医師のいない村で人々のために薬を作って暮らす明々とその家族。

遊圭が北天江《ほくてんこう》を渡り、いくつもの山と荒野、そして焼けつく砂漠を越えて、数千里の彼方《かなた》を遠い異国へやってきたのは、何のためであったか。

目的が達成されるその一歩手前で、故国とそこに生きる大切な人々の暮らしが破壊されるのを、地の果てから漫然と座して眺めるためか。

沈黙を押し上げるように、ルーシャンが宣言する。

「玄月どのは、用心しているだろう。つねに背後を気にして前に進む御仁だ。だが、困

難に直面したときに、信の置ける仲間はひとりでも多い方がいい。確かに高地や砂漠は
遊々には試練だろうが、いったん金椛《ジンファ》帝国の領内に入れば、誰よりも早く馬を走らせて
都に帰りつけるだろう」
体重の軽さだけが取り柄と言われたわけだが、遊圭が腹を括《くく》るには充分であった。
「胡娘、やはりわたしも行くべきだと思う。足を引っ張るようなら、凜々に先に行って
もらうよ。わたしはたとえ間に合わなくても、金椛帝国に起きることを見届けないとい
けないと思う」
胡娘は青灰色の瞳《ひとみ》に憂いを浮かべただけで、何も言わない。ルーシャンが胡娘を元気
づけるように快活に付け加える。
「遊々に高山行きが無理なら、誰かをつけて送り返せばいいのだから、そんなに心配し
なくてもよいのではないか。シーリーン、あんたはこの遊々を我が子のように想ってい
るようだが、その我が子に『祖国を守るために自分にしかできなかったことを、失敗を
恐れてやらなかった』、という後悔を一生させたいのか」
ルーシャンの言葉は、まるで彼自身がその後悔を抱えて生きてきたかのような重さで
遊圭の胸におりてきた。胡娘は寂しそうに遊圭を見て、気まずげに視線を泳がせる。
「私はただ、遊々には生きていて欲しいんだ」
遊圭は唇の端を引いて、笑みを作った。腹に力を入れて胡娘の青灰色の瞳をのぞきこ
む。

「もちろん。生きるよ。胡娘が教えてくれた通りに、何があっても生きて都に帰る。そうしないと、わたしの生きていて欲しいひとたちと二度と会えなくなってしまう」

胡娘は苦しげな笑みを遊圭に返す。

「そうだな。みなで生きて帰ろう」


あちこちが狭く急勾配《きゅうこうばい》な、危険の多い高原行路をできるだけ早く移動するために、一行はルーシャンと雑胡隊から兵士がふたり、凜々ともうひとりの娘子《じょうし》兵、遊圭と胡娘、玄月に忠実な宦官《かんがん》がふたりと、そして道先案内に黄小香という、十人の小部隊であった。

まだ闇の深い未明、日の出とともに開く城門前の広場で待つ一行に、荷を積んだ八頭の驢《ろ》馬《ば》が加わる。旅の必需品がこんなにいるのかと遊圭が荷をのぞきこむと、食糧や燃料などではなく、数十疋《ひき》の絹布や絁《あしぎぬ》、什器《じゅうき》や銅器のほか、精製していない穀類などが詰め込まれていた。

できるだけ身軽になって急がねばならない旅なのに、と遊圭は驢馬を連れてきた小香に話しかける。

「わたしたちは交易しにいくわけじゃ、ないんだけど」

「案内をしてくれる山岳民への支払いはどうするつもり？」

逆に訊《き》き返されて、遊圭はすぐには答えられなかった。黄小香はかまわず続けた。

「かれらの道案内や助けなしに谷を渡ったり、峠を越えたりはできないのよ。というよりむしろ、通行税を払わないと、それぞれの山岳遊牧民の縄張りを通してもらえないの。高原行路っていっても、宿場町なんかほとんどないからね。集落があれば首長の家に泊めてもらったり、上等な穹廬《きゅうろ》を借りて寝ないと、体がもたないよ。まさか宿代に金椛《ジンファ》のお金が使えると思ってるの？」

「小香、あんまり遊々をいじめるな。天鳳行路の旅も生まれて初めてだったんだからな。ひとつひとつ教えてやればいいことだ」

ルーシャンが絶句する遊圭の肩を軽く叩いて、小香の舌鋒《ぜっぽう》からかばってくれる。

「遊々、貴重品は全部身に着けておけよ」

遊圭の貴重品とは日々の薬と金銭のみだが、金椛の貨幣が高原の民には通用しないのなら、身に着けておく意味があるのだろうか。そう遊圭が問えば、ルーシャンは丁寧に答えてくれた。

「確かに布や穀物なら話が早いが、純度の高い金や銀の硬貨なら、その重さの価値でどの民でも受け取ってもらえる。あとは、かさばらない貴石とかかな」

そういうルーシャンとその部下の三十本の指には、すべて銀や黄金の台に宝石のついた指輪が嵌《は》められていた。髪にも硝子《ガラス》玉や金鎖が編み込まれているのは、着飾っているわけではなく、道々食料品や行路情報などと交換するためらしい。

遊圭は両手を前に広げ、質素な自分のいでたちに溜息《ためいき》をついた。胡娘が遊圭の馬の手綱を引いて渡す。

「遊々は自分の水と、毛皮と毛布だけしっかり運べばいい。面倒なことは小香とルーシャンに任せておけば間違いはない」

遊圭は確かにそうだと思った。砂漠には砂漠の、高原には高原の流儀があって、それを知らない遊圭たちを導くために、黄小香は案内を申し出てくれたのだから。

「小香さん。わたしは山と高原の決まりや常識を何も知らないから、おかしなことを言ったり訊《たず》ねたりすると思います。でも、少しでもみんなを手伝えるようになりたいので、小香さんにとってはどんなわかりきったことでも、教えてくれたらとても助かります。よろしくお願いします」

軽い揖礼《ゆうれい》とともに遊圭が改まって言えば、小香は怒ったような顔で笑いだす。

「あなた、医者かと思えば薬師だったり、天文学者になるのかと思えば、次は行商の仕事を覚えるつもり？　ま、謙虚な態度で訊いてくれれば、教えてあげないこともないけど」

東の地平が白み、最初の曙光《しょこう》が王都の城壁を照らす。鉄索の巻き上げられる音とともに城門が開いた。気温が上がりだす前にできるだけ標高を稼ぐため、遊圭一行は急いで天鳳山脈の懐へと分け入ってゆく。

楊老人の観測小屋よりもさらに高く登れば、強烈な盛夏の陽射しは平地と変わらないものの、万年雪を戴《いただ》く山頂から、高原の牧草帯へと吹きおろしてくる風は涼しい。

おかげで熱中《あた》りで体中が火照ったり、眩暈《めまい》や吐き気を起こしたりということはなかった。しかし遊圭はすぐに息切れがして体がだるくなり、耳の奥は痛くなり、軽い頭痛も断続的に襲ってくるので決して楽ではない。

そして平地と同じように、外套《がいとう》の頭巾《ずきん》を深くかぶり、全身を包むようにして直射日光と風塵《ふうじん》から目と肌を守らなければ、あっというまに干からびてしまいそうだ。

馬の鞍《くら》にしがみついているのに精いっぱいな遊圭の歩調に合わせながら、ルーシャンは呑気《のんき》に励ました。

「息が切れるのは一日か二日で体が慣れる。まだ草木が生えている高さなら、普通の体力があればそうそう山酔いで死ぬこともない」

遊圭に普通の体力がないから胡娘は大反対したのだが、ルーシャンは遊圭の体力は標準あたりだと考えているらしい。体力が資本である軍人のルーシャンがそういうのだから、遊圭は自分が思っているよりは丈夫なのではないかと思えてくる。

その実際は、人参《にんじん》や当帰《とうき》など十種の生薬を調合した補中益気湯《ほちゆうえつきとう》で気血の不足を補い、どうにか普通に日常を送れているのだから、厳しい環境での旅にどこまでついていけるかは、非常に怪しい。本心では玄月に警告を与えるには間に合わずとも、日蝕《にっしょく》の期日までに都へ着けばそれだけで僥倖《ぎょうこう》なのではと思い始めていた。

遊圭の体調維持を、おのれの使命と考える胡娘は、常備薬の残量に不安を覚えたようだ。出発前に城下の薬屋を駆けずり回って、遊圭の体質に合う生薬を買いあさった。幸い五味子《ごみし》を手に入れることができたと言って、同じく補中益気の効果のある生脈散《しょうみゃくさん》を多めに作り置きし、また土地の薬師が高山より取寄せた生薬、砂漠の至宝とされる沙棘《サージ》の油や乾果をほぼ買い占めてしまう勢いだった。

高原の牧草帯、とルーシャンは言った。

まばらな草が、緩やかな斜面に申し訳ていどに生えている山岳地には、牧草を食む羊も、山羊《やぎ》の群れも、それを追う牧民も見当たらない。

高原行路、と名づけられた山懐《ふところ》の道。

小香とルーシャンは岩に刻み込まれた印や、木々の枝に結び付けられた色褪《いろあ》せた布を道標《みちしるべ》に、人間と獣が踏み分けた痕跡《こんせき》らしいものを道と判断して、方角を確かめながら行程を進めてゆく。

狗薔薇《いぬばら》の藪《やぶ》を杖《つえ》でつついていた小香が、棘《とげ》にからみついた羊毛の汚れと古さにため息をつく。さらに地面を観察しつつ進んでから、遊圭たちへとふり返った。

「新しい羊の糞《ふん》も見つからない。近くに集落はなさそうだから、今夜は野宿になりそう。みんなが山酔いと夜の冷え込みに慣れるまでは、あったかい穹廬《きゅうろ》で眠りたかったのにね」

太陽が西に傾き始めても、今夜の宿のあてがないと、黄小香は残念そうに言った。

「アスマンに探させてみよう。おれは砂漠だろうが高山だろうが野宿でもかまわんが、山を知らない連中には、体が高原の風に慣れるまでは無理はしないほうがいい」

ルーシャンは肩に乗せていたアスマンにささやきかけてから、ふわりと空に放す。

一行の頭上を旋回しつつ、どんどん高く舞い上がるアスマンを見上げる遊圭の外套の襟から、懐で丸くなっていた天狗《てんこう》が頭を出して、遊圭と同じように空を見上げる。

アスマンは青い空に落ちた一個の豆粒ほどの大きさになったかと思うと、急降下して高度を下げ、一度だけ旋回して山の奥へと飛び去った。

「北東方面に何か見つけたようだ。ついていってみるか」

遊圭は、ルーシャンとアスマンがどうやって意思の疎通をしているのか不思議に思い、あとで質問攻めにしようと思いつつ皆のあとに続いた。

アスマンが見つけたのは、五つの穹廬《きゅうろ》からなる山岳遊牧民の集落だった。

細い谷を流れる小川で洗い物をしていた母親と少女が、遊圭の一行を見て驚きと警戒の声を上げる。小香が先に出て手を振ると、旅の客人を認識した少女が駆け寄ってきて小香を歓迎した。

「このあたりの山岳民とは、山小屋に毛皮や肉を配達してもらったり、こちらから穀物を持っていったりして何年も取引してきたから、安心していいよ」

黄小香は吹きつける風に目を細めて、山岳地における自分の立ち位置を話した。

山岳民は椛族《ファ》と同じような扁平《へんぺい》な顔立ちをしていた。黒い髪は三つ編みにして背中に垂らし、風と雪に焼けた赤茶色の頬をしている。しかし、その口から迸《ほとばし》る言語は遊圭にはまったく理解できず、かれらとの交渉は黄小香の独壇場だった。

高原から平地を、季節に応じて移動する山岳遊牧民の集落は、女と子ども、年寄りばかりだった。男たちはさらに高地の放牧地で羊を追っているのだという。提供された食事は温かく、山羊の乳で煮出した茶は一日の疲れを癒《いや》してくれた。分厚い氈《フエルト》を重ねた穹廬《きゆうろ》は暖かく、寝床は柔らかく、小香の言う通り夜通しぐっすりと眠ることができた。

　薬の効果か本当に体力がついてきたのか、遊圭は三日目には息切れとだるさから解放され、一行の速度は上がり始めた。そのころから、一行は集落を求めて屋根のある夜を過ごすより、日没ぎりぎりまで先を急ぎ、夜露に濡《ぬ》れることを覚悟して野営する夜も増えた。

　日中が晴れ渡るほどに、夜の冷え込みの激しい高原では、暖をとる燃料を節約するために、男女関係なく同じ天幕で体を寄せ合って休む。だれもかれも疲れ切って即行で眠りに落ち、未明には続々と起きだしてその日の強行軍に備える。

　みながぐっすり眠っている間に、ルーシャンとふたりの部下が交代で夜の歩哨《ほしよう》に立っていたことを、遊圭は旅の前半はまったく気がつかなかった。

　夏沙王都を出発してから十日を数えた夜半、遊圭は尿意を覚えて目を覚ました。そっと天幕を抜け出す。星宿の位置から時刻を読んだ遊圭は、まもなく夜明けであることを知る。天幕に戻って眠り直すよりも、星明りを頼りに天狗《てんこう》と周囲を散策することにした。

　ふと見上げた巨岩の上に、双頭の人影が佇《たたず》みこちらを見下ろしていた。ぎょっとした遊圭は、その人影が片手を上げた仕草と、ふたつめの頭と見えた影が動いて、いつもその広い肩を止まり木にしている鷹《たか》であることを察し、ルーシャンに向かって手を振り返した。

暗がりで石につまずかないよう、遊圭は小走りで巨岩に駆け寄った。

「早起きですね。天幕に戻らないのですか」

いつも夕食後はすぐに寝てしまうルーシャンに、遊圭は朝の挨拶《あいさつ》をした。銀河の光を背にしているため、暗がりで表情は見えなかったが、苦笑した空気が伝わってくる。

「見張り番をしているのさ。紅椛《ホンファ》党の間諜《かんちょう》やら、隙があれば旅人から略奪する高原の遊牧民に対する警戒を怠っては生き残れんからな。山には人間を襲う夜の野獣もいて、天気も変わりやすい。嵐が来る予兆を見逃せば命取りだ」

ルーシャンの足元には、いつでも放てるように弦の張られた弓と、矢の満載された矢筒が地面に立てられている。

「一晩中？」

遊圭は驚きに声を上げた。天幕で眠る仲間を起こしてしまわなかったかと、慌てて口を押さえる。

「部下と二刻おきに交代だ」

「太陽も、線香も水時計もないのに、どうやって交代時間を決めるんですか」

少年の驚きと疑問に、ルーシャンは空を指差して笑った。

「星の位置でわかるだろう。お前さんもよくやっているじゃないか」

遊圭は空を見上げて納得した。天体のもたらす智慧《ちえ》は天文学者や為政者だけでなく、万民にとっても、身近で必要なものだということに、無知であった自分が恥ずかしい。

「寒いだろう。こっちに来たらどうだ」

ルーシャンは羽織っていた毛布を遊圭に放り投げた。ふわりと空を舞った小鷹《こたか》のアスマンがふたたびルーシャンの肩に舞い降りる。満天の星を背景に、とても幻想的な光景であった。

遊圭は受け止めた毛布を体に巻きつけて礼を言い、ルーシャンのそばに腰かけた。天《てん》狗《こう》はアスマンから見えないように遊圭の膝《ひざ》の間に隠れる。

「ルーシャンどのは寒くないんですか」

「もちろん寒い。だがまあ、眠気覚ましにはちょうどいい」

ルーシャンの汗や埃《ほこり》の染みついた、革の甲冑《かっちゅう》や兵装のにおいが冷涼な空気に漂う。何日も頭や体を洗えないのは遊圭も同じなので、宮殿にいれば不快と思っただろうルーシャンの髪の脂《あぶら》臭さや体臭は、もはや気にならない。

――おとなの男のにおいかな。

遊圭はぼんやりと、自分もいつかこんなにおいを発するのだろうかと思った。玄月や董児には決して手の届かない境地。

――董児は、納得してくれたかな。

遊圭にまで置き去りにされることに、董児は不安と怒りを隠さなかった。高原行路の一行に選ばれなかった近侍たちもまた、日をおかず天鳳行路を東へと発《た》つことになったからだ。ルーシャンの副官が、残りの部隊と近侍たちを率い、イナール王から貸与された一軍とともに、出奔した豪家ら紅椛党《ホンファ》の追跡に当たる。手足に麻痺《まひ》が残る菫児は、夏沙の王宮に残ることになった。

紅椛党は東方に集結させた軍と自分たちで、玄月らを挟み撃ちにするつもりであろうが、遊圭が玄月に追いついて警告が間に合えば、逆にかれらが金椛《ジンファ》と夏沙の追跡隊に挟撃されることになる。戦闘になる確率は限りなく高い。

現状を説明しても、菫児は自分もついてくると言い張り、最後にはふてくされたまま口を利いてはくれなかった。

最後には麗華に「放っておきなさい。あの身体では、こっそり抜け出してついていくことも無理でしょうし」と言われて、遊圭は説得をあきらめた。

「菫児が一番許せないのは自分なのよ。玄月のように頭が切れるわけではなく、遊々のように利発なわけでもなくて、ほかの宦官《かんがん》のように仕事ができるわけでも腕が立つわけでもない。そもそも置き去りにされるのは、誘惑に負けてうっかり毒を食べてしまった自分のせい。やることなすこと裏目に出て、道化を演じている自らの愚かさのため」

麗華はしみじみと遊圭を諭す。

「人並みの能力を持たないからといって、その者が自分の無力を自覚しないほど、頭が悪いわけではないのよ」

母親の期待に応《こた》えられず、公主として習得すべき芸事も教養も、なにひとつものにできなかった麗華の心の痛みが、ひしひしと伝わってくる。

「董児はわたくしにまかせなさい。玄月が迎えを寄こさなかったときは、本物の筆頭常侍に育て上げるから」

その言葉にも、双方ともに口には出さないが胸を刺す痛みが含まれる。玄月が董児を呼び戻さないときは、董児を呼び戻す者がこの世からいなくなったということだから。

「ああ見えていいひとだったなんて、口が裂けても言わないからね。生きて、生きて年を取って炕《かん》の上で死ぬまで、憎まれ者でいるのが玄月にはお似合いだわ。玄月に会えたらそう伝えてちょうだい」

星空を見上げながら、真剣な、そして真摯《しんし》な麗華の言葉と表情を思い出して、遊圭の口元にやるせない笑みが浮かぶ。

「ところで、遊々」

横からルーシャンに話しかけられて、遊圭は回想から現実に舞い戻った。

「はい」

「お前さんは、結局は女でも宦官でもないんだな？」

遊圭はまたたきをして、苦笑まじりに「違います」と答えた。

遊圭が女装をやめた楊老人の山小屋から、宦官を装って玄月の代理をし、この旅を通してこの朝まで、ルーシャンは一度も遊圭に女装していた理由を訊《たず》ねなかった。

「いつごろ、気づかれましたか」

「山に迎えに行ったときに、シーリーンがお前さんを『私の息子《ファルザンダム》』と呼んだろ」

遊圭の見た目やふるまいから察したのではないようだ。ルーシャンの勘は案外と鈍いらしい。

「じゃあ、わたしは思ったよりうまく演技ができていたようですね」

「東方民の若いのは、男も女も細くて小さくて平たいから、ひげが生えてこないとどっちだかわからんことは珍しくない。とくに辺境の女は用心深くて男装も上手《うま》い。捕虜なんぞ全員服を脱がしてから選別するくらいだ」

ところと人種が違えば、性別観も変わるということだろうか。

「しかしまた、どうして女装なんぞして」

「わたしも、本当に女装する必要があったのか疑問に思っていたのですが、麗華公主さまのお側近くに仕えるには、女装もしくは通貞《つうてい》のほうが都合が良いのだと言われたら、仕方がなかったんです」

遊圭自身、本意でなかったことを匂わせる口調に、ルーシャンは同情を示す。

「まあなぁ。宮仕えはままならんものらしいからな。麗華公主がお前さんに惚《ほ》れてたってことはないのか」

「それはないと思います」

遊圭は言下に否定した。

「でも、自分でこう言うのは驕《おご》りかもしれませんが、なかなか本音を言えない親族姻戚《いんせき》のなかで、公主さまがもっとも心を開いて話せる相手がわたしだったから、陛下はこの任をわたしに与えられたのだと思います」

国運をかけた天官書の探索ももちろんであったが、陽元が遊圭を麗華につけた理由は、つまるところそれが一番ではなかったろうか。

「帝は、麗華公主さまの幸せを見届けてくれと、わたしの手をとっておっしゃいました。とても仲の良いご兄妹《きょうだい》ですから」

「後宮育ちの姫さんが、たったひとりで異国に嫁ぐのは不安なことだろうからな」

乾いた冷気に空咳《からせき》の出た遊圭は、沙棘《サージ》の油をゆっくりとのどに流し込んだ。変声期からずっと何年もかすれがちだった遊圭の声が、なんとなく滑らかになってきた気がするのだが、この薬のおかげだろうか。

「紅沙棘はいい薬だ。お前さんみたいに毎日飲んでいたら破産してしまうが、おれは腹の病で死にかけたところをそれで助かったことがある」

「お腹を壊したら言ってください。お分けします。山岳民から買い求めれば、平地の城下で買うほど高くはないみたいですし」

それからまた、東の空が濃藍《のうらん》から青藍《せいらん》に変わるまで、隣り合わせて黙っていた。言葉を交わさずとも緊張しないのは、ルーシャンの人柄か、旅の慣れか。

天蓋《てんがい》は少しずつ青みを帯び、ルーシャンの武骨な傷だらけの手が薄明に浮かび上がる。

「わたしもいつか、ルーシャンどのみたいに強くなれるでしょうか」

ルーシャンは首を回して遊圭を見下ろした。驚いたような、笑ったような、そんなふうに眉《まゆ》を上げて、真剣な遊圭の目を見つめ返す。

「遊々はいまでも充分強いと思うが」

びっくりした遊圭は、冷たくなった自分の頬に触れて、ぺちっと叩《たた》いた。痛い。明け方の夢でないことは確かだ。

「わたしがですか」

「この強行軍について来ているじゃないか。お前さん以外は宦官も女どもも含めて、みな訓練された兵士だぞ。お前さんは文官を目指しているようだが、武官としても見込みがある。都で職にあぶれたら、おれの隊にくるといい。いまは慶城の守備兵なんぞやっているが、そこも飽きたらまた傭兵《ようへい》として西でも東でも生きていける」

「武官になれるかどうかは、ちょっとわからないですけど。体もあんまり大きくなりそうにありませんし」

「おれの隊には小柄なやつもいる。細っこくても強いやつは強い。玄月どののようにな。逆に強過ぎる奴ほど生き残れない。より強い敵を引き受ける羽目になるからだ」

それから、高地を長期にわたって行軍した兵士は、平地におりると倍の強さを身につけるとも教えてくれた。

「腕力が上がるとかじゃないけどな。疲れ知らずになる。なぜかはわからんが。遊々もこの山をおりたらきっと驚くほど体力がついているぞ」

体格や体力には、常に劣等感に苛《さいな》まれていた遊圭は、ルーシャンからもっと話を聞きたいと思ったが、天幕からひとの起きだす音と気配が聞こえてきた。ルーシャンは立ち上がって尻《しり》の埃《ほこり》を払い、屈伸して夜の冷気に強張《こわば》った膝《ひざ》をほぐす。

吹き止まぬ高原の風と、目と肌を焼く太陽への挑戦がふたたび始まる。

十三、金椛暦　武帝四年　立秋　次候——白露降りる——

さらに、天鳳山脈の中腹を東の地峡へとひた走る。

驢馬《ろば》の運ぶ荷は、深い谷や急流を渡してくれた山岳民への謝礼や、境界の通行税として支払われ、だんだんと減っていった。運ぶ荷のなくなった驢馬も支払いに充てられ、山岳民の世話になるたびに一頭ずつ数を減らしていく。

夏沙王都から遠ざかるほどに、小香と山岳民との交渉は、彼女にとっても綱渡りの駆け引きであることが、何度も見守るうちに遊圭にも感じとれるようになっていた。

交渉相手が山賊と通じているかもしれない不安、あるいは彼ら自身がいつ盗賊に豹変《ひょうへん》するかもしれない不安が、常について回る。他の者もそれを感じたのだろう。凜々たちも夜の歩哨《ほしょう》に加わり、常時三人が天幕を背に夜盗や獣の襲撃に備えた。

戦力外の遊圭も多少なりとも貢献すべく、毎朝未明に起き出しては、朝の歩哨に立つルーシャンと短い会話を楽しんだ。

「昨日の馬の群れ、すごかったですね。あれは野生の馬ですか。遊牧民の家畜ではなく?」

「家畜ではないが、野生でもない。遊牧の民は部族ごとの縄張りを持っていて、そこに棲息《せいそく》している馬だの水牛だのは自分たちのものだと主張している。下手に手を出すとえらい目に遭うぞ」

「出したくても出せませんよ。地響きがすごくて、地震かと思いました。近寄ったらたちまち蹄《ひづめ》に踏みつぶされて挽肉《ひきにく》にされてしまいます」

ルーシャンは遊圭の表現が面白かったらしく、朗らかに笑った。

そうして数日が経ち、地図上では夏沙領最後の城塞《じょうさい》都市史安《シアン》を目指して山を下り始めた。一日がかりで史安城に到着し、その城門をくぐる。

遊圭と胡娘が、役人に問い合わせたところ、玄月の一行は二日前にこの城市を通過したという。

「思ったより速いな」

ルーシャンは舌打ちをした。

砂漠や荒野での野営は、生まれ落ちたときからそういう生活をしているのでなければ体に応《こた》える。灼熱《しゃくねつ》の季節ならなおさらだ。長距離の砂漠行路では、宿場町や中継都市で二、三日ずつの休養をとって、食糧と水、必需品を買い求めて次の行程に旅立つ。

遊圭とルーシャンはそうした日程を計算して、玄月に追いつくであろう地点をこの城塞都市と想定していたのだが、玄月たちの脚は予測以上に速かったようだ。

「史安城で待つようにと、イナール王が飛ばしてくれた伝書鳩は、間に合わなかったんでしょうか」

遊圭は失望して空を見上げた。ルーシャンもかすかに気落ちしてかれの考えを話す。

「紅椛党《ホンファ》に、射《う》ち落とされたのかもしれん。お前さんが豪氏の軍師なら、自分らのあとからくる鳩を、それが誰のものであれ素通りさせるわけにいかんだろ」

「でも、一日中矢を番《つが》えて空を見張らせることなんか、できるんですか」

ルーシャンは苦笑してさらに現実的な作戦を思いつく。

「鳩は必ず中継の鳩舎《きゅうしゃ》に降りる。そこを狙われたらどうしようもなかったろう。全部の中継都市の鳩舎を見張らせておくのに、それほど人数はいらん」

軍鳩の鳩舎番が、豪家の息のかかった兵士である可能性もある。遊圭は紅椛党の狡猾《こうかつ》さと周到さに、政権奪還にかけた五十年の歳月を改めて思い知る。

「玄月、無理をしてないかな」

遊圭は、敵の手強さと、この先に横たわる困難に、玄月の身を案じた。

これから東の地峡の外に出て、天鳳山脈を離れ南下する。楼門関へと至るには、大小の砂漠をいくつか越えなくてはならない。砂と砂丘ばかりの砂漠に比べれば、ところどころ河や湖があり、砂層の下の地盤は固く、岩山などの日陰もあり休むこともできる。

地衣類や灌木《かんぼく》がまばらにみられる砂漠地帯ではあるが、それだけに夜盗の隠れ場も多く、つまりは紅椛《ホンファ》党の軍勢が待ち伏せている危険性は高くなる。

「わたしたちも急ごう。駱駝《らくだ》と馬と、どっちが速いかな」

「楼門関へはまだいくつか小砂漠を越えることを思えば、駱駝が速い。水場を経由する必要もなく、秣《まぐさ》を運ぶ手間や、餌を食べさせる時間も省ける」

夏沙人の案内人の意見を聞き入れていれば、玄月たちも駱駝で移動しているはずだ。

遊圭は金椛《ジンファ》国の商工館に要請して、馬をすべて駱駝に替えさせた。ルーシャンはイナール王からの書簡を城市の都令《とれい》に示して、護衛兵として六十騎の駱駝騎兵を借り受けた。

準備を終えた一行は仮眠をとり、夕食を摂《と》って東へと出発する。

ここで役目を終えた黄小香は、東の城門まで見送りに出た。

「小香さんのお蔭《かげ》で、安全に紅椛党を出し抜くことができたよ。どうもありがとう」

遊圭は約束の報酬を渡しただけでなく、心から小香に礼を言った。

地形の複雑な高原には山賊だけでなく、熊や雪豹《ゆきひょう》、狼も出る。高原行路とは名ばかりで、獣道や遊牧民が残した跡も多くてまぎらわしく、ときに峻険《しゅんけん》で分かれ道も多かった。道を誤れば最悪の場合は遭難、運よく命を拾ったとしても、真夏でも凍えるほど冷たい雪解けの急流に遮られた渓谷を渡るため、何日もかけて迂回《うかい》する羽目になったことだろう。

よほど地理に詳しく、山岳民と親しい案内人がいなければ、選べる行路ではなかった。

「本当にありがとう。もし生きて都に帰れたら、最新の渾天儀《こんてんぎ》を楊先生に送るよ。先生が早く元気になるよう、祈っている」

黄小香はまぶしそうに、睫毛《まつげ》を濡《ぬ》らして遊圭を見つめる。

「ありがとう。でも、もういいんだよ。おじいちゃんは好きなだけ空を見上げて生きたんだから」

そして懐から折りたたんだ布を取り出し、遊圭に差し出した。

「これ、五十年前におじいちゃんたちが天文寮から持ち出した、天官書の隠し場所。山小屋で焼けてしまったのは、おじいちゃんが駆け出しの監生《かんせい》だったときに書き写した写本。原本はみんなここからあまり遠くない、天鳳山脈の洞窟《どうくつ》に封印してある。おじいちゃんの五十年の観測記録と暦算の副本も、ときどき運び込んできたから、全部じゃないけどいっしょに保管してある。おじいちゃんが一生をかけた夢を読めて、理解できる誰かに託してくれる？」

遊圭は布に描かれた地図を手にして、ふいにまぶたが熱くなった。

楊親子は、学問の徒でありながら権道に堕《お》ちた。しかし、天官書が紅椛党《ホンファ》の政治野心に利用されることには納得していなかったのだろう。他者の手に渡るくらいなら処分されてしまうかもしれない貴重な、無数の世代にわたって積み重ねられてきた研究の蓄積を、楊老人は確かに守り抜こうとしたのだ。

「ありがとう。天官書はわたしたち、椛族《ファ》の遺産だからね。必ず誰かが受け継ぐよう、きっと生きて帝都に帰り着くよ」

そして二日前に玄月が駆けていった道を、遊圭たちも走る。

しかしいくらもいかないうちに、遊圭は駱駝の激しい揺れ方に酔ってしまい、何度も鞍《くら》の上から胃の中身を吐いた。休憩の声がかかるたびに、鞍からずり落ちるようにして駱駝から降り、夜はひんやりと冷たく、昼は焼けるように熱い砂の上に倒れ込む。

出発まで、ひたすら少しずつ水を口にふくみつつ、天地がぐるぐると回るのをじっとこらえ、やっぱり馬にすればよかったと内心で後悔した。

天狗《てんこう》は頭上から降ってくる吐瀉《としゃ》物を避けるためか、二度目の休憩からは、薄情にも胡娘の駱駝に乗り替えてしまった。

気温の高い真昼の前後は休み、夕方から陽が昇りきるまで駱駝を走らせて、さくさくと駱駝の砂を踏む音に揺られ続ける。

真っ白な顔で気力のみが頼りの遊圭を、ルーシャンが肩を叩《たた》いて励ます。

「もう少しの辛抱だ。かなり追いついているはずだから、明日あたりアスマンを飛ばして玄月を捜させてみよう」

しかし、次の日に玄月を追って飛んだアスマンは、収穫もなく舞い戻ってきた。

三日目の払暁、前方から砂塵《さじん》の巻き起こるのを見た一行は足を止めた。少人数の一隊がこちらへ駆けてくるが、その背後に広がる砂煙は、かれらの立てるものよりも、はるかに広範囲かつ高くのぼっていく。

「玄月どのが、追われているようだ」

視力に優れたルーシャンが、夏沙の駱駝騎兵に迎撃の態勢をとらせた。騎兵はルーシャンの左右に広がって整然と並び、前後二列の陣を組み、弓に矢を番えて発射の合図を待つ。

遊圭は胡娘とともにルーシャンのうしろに控えて、いつでも引き返せるように備えた。

緊張の中、こちらへ駆けてくる少人数の駱駝隊が、視界に個別の形を取り始めるなり、凜々が「玄月さまっ！」と叫んだ。凜々は陣から飛びだそうとしたが、馬術とは勝手が違うためか、駱駝は数歩進んだだけで立ち止まり、引き返して群れに戻ろうとする。

「凜々！　ルーシャンに任せて」

遊圭が叫んだそのとき、玄月の一団から一頭の駱駝が脱落を始めた。

走るのをやめた駱駝から、騎手が転げ落ちる。頭から落下してゆく騎手の肩と背中に、数本の矢羽が一瞬見えた。

凜々は一声叫んで駱駝を叱咤《しった》した。驚いた凜々の駱駝がはじめはゆっくりと、そして加速しつつ走り出す。遊圭たちが駱駝の操縦に慣れていないだけなのか、それが駱駝の習性なのか、近くにいたルーシャンと金椛《ジンファ》人たちの駱駝も、騎手の叱責を聞かずに凜々の駱駝を追って走り出した。

さすがに訓練された夏沙の駱駝騎兵は動かなかったが、夏沙の指揮官は臨機応変の判断に優れているらしく、即座に突撃の号令を発した。

間を置かず六十頭という駱駝騎兵が、鬨《とき》の声を上げつつ、いっせいに走り出す。

「これじゃ生きて帰れないかも」

遊圭は疾走する駱駝の群れの真ん中あたりで、鞍にしがみついていることしかできずに胸のうちでつぶやいた。

目も開けていられないほどの揺れと砂塵の中で、遊圭はあっというまに玄月とすれ違ったのをかろうじて認識した直後、武器をふりかざして高波のように迫りくる賊軍の群れに、ルーシャンたちとともに突っ込んでいった。

数はこちらが少なかったが、敵は騎馬隊だったことが幸いした。馬の蹄《ひづめ》が砂地での疾走に向かないというだけでなく、駱駝に慣れていない馬は、その臭いを嗅《か》ぐだけで恐慌状態に陥る習性をもつ。

無秩序に獲物を追いかけていた紅椛《ホンファ》党の騎兵隊は、錐《きり》のように突進してくる駱駝騎兵に不意打ちをかけられ、怯《おび》えた馬は混乱して騎手の叱咤も聞かず、隊列は乱れに乱れた。

夏沙の弓騎兵は馬の背よりも高い駱駝の鞍上《あんじょう》から、次々に矢を放って紅椛の騎手を射落とし、ルーシャンら重装の兵は長柄の偃月刀《えんげつとう》や戟《げき》を振り回して、手あたり次第に騎手を地面に叩き落としていった。切り裂かれた頸動脈《けいどうみゃく》から噴き出した血潮は、砂地を染めた瞬間に砂に吸い込まれていく。

敵の背後に出た駱駝隊は、先頭のルーシャンが馬首ならぬ駱駝の首をめぐらせ、回転させて引き返し、紅椛の騎兵隊をこんどは背後から切り崩していく。そうしてルーシャンらが切り開いた死屍《しし》累々《るいるい》の空隙《くうげき》を、遊圭は必死で鞍にしがみついたまま胡娘に守られて二度、三度と駆け抜けた。

半刻《とき》あまりで賊兵はほぼ薙《な》ぎ倒され、生き延びた敵は命からがら逃げ延びた。

ルーシャンと遊圭は、駱駝の首を返して後方で固まる玄月の一行へと引き返した。

駱駝から射落とされたのは、玄月の背後を守って走っていた宦官《かんがん》兵であった。背中には七本の矢が刺さっている。鞍から落下する前にすでにこと切れていたであろう青年の顔はまだ若い。

自分の服が部下の背中からあふれる血に染まるのも気にかけず、玄月は一本一本の矢を時間をかけて丁寧に抜き取った。

「この者には、郷里に年老いた母がいる」

誰ともなしにそうつぶやいた玄月は、死者の布冠を外して髪をひと房切り取り、埃《ほこり》と血で汚れた布冠に包んで懐に入れた。

ここで二人が合流して五人となった同僚宦官と、上司の玄月の手によって、遺体は服を整えられ、身体を伸ばして、その私物とともに地面に横たえられた。しかし、埋葬しようにもこの砂漠の表面の砂層は薄く、その下の地盤は固すぎた。遺体の上に砂を盛り上げて埋めようにも、すぐに風が砂を飛ばして死者を太陽にさらしてしまうであろう。

途方に暮れて天を仰ぐ玄月に、胡娘がささやく。

「このままにしてゆくしかない。鳥の啄《ついば》むに任せれば、肉も魂も天に還《かえ》る」

椛《ファ》族にとって、死者の魂は天に、肉体は地に返すべきものであった。しかも、宦官の埋葬には余人には測れない手続きがある。通常であれば、胡娘の助言は冒瀆《ぼうとく》でしかない死生観であっただろう。

しかし、この切羽詰まった状況で、焼けつく大地とぎらつく太陽の狭間《はざま》では、置き去りにするほかに、どうしようもないのだ。すでに朝陽は巨大な円盤となって大地を照らし、気温は急速に上がっていく。死臭は耐え難いものになっていた。

「もう少し、時間をくれ」

玄月は配下の宦官らと短く言葉を交わした。背嚢《はいのう》を開いて食糧をとり出し、死者の前に膝《ひざ》をついた。砕いた胡餅《こもち》をその口に含ませ、その手には銅銭を握らせる。私物ごと遺体を外套《がいとう》と毛布で包み固く縛る。ひとりが見つけてきた小さな窪《くぼ》みに遺体を安置し、一同は瞑目《めいもく》した。

帝都に帰還すべき限られた時が、いまこの瞬間にも指の間から砂のように落ちて失われていくことを、玄月が自覚していないはずがない。冷徹な合理主義者と思われていた玄月が、部下ひとりの埋葬にこだわることが、遊圭には意外であった。

その命と引き換えに上司を守り、その行為によって祖国とそこで待つ老母を救った若い宦官の死を悼みつつも、遊圭は出発を促すために、玄月の背後に足を踏み出す。

「玄月さん、時間がない。さっきの賊軍と玄月さんを挟み撃ちにしようと企《たくら》んでいた、豪氏の紅椛《ホンファ》党が、我々のあとを追って来ています」

おもむろに立ち上がった玄月の、ささやくような声が遊圭の耳に届いた。

「そなたにはまた借りができた。礼を言う」

一行は隊列を整え、西へと引き返した。途中にある見晴らしのいい岩山を、真昼の炎暑からの避難場とするためだ。

ルーシャンと駱駝《らくだ》騎兵隊の夏沙人指揮官も加えて、遊圭は夏沙王都の後宮で起こったことと、豪《ごう》家と林《りん》家の出奔にかかわる顚末《てんまつ》を玄月に報告した。

「それで、ここから夏沙の間の紅椛党《ホンファ》は、どのくらいの規模の軍を率いている？」

「王都に残留した林氏や陳《ちん》氏の者たちから聞いた話をまとめると、二千はくだらないかと思われます」

「思ったほどではないな。天鳳行路に分散させていた移民らをまとめつつ東進すれば、二万はいくのではと予想していたのだが」

「そちらはすでに東部に集結させて、楼門関へと進めているもようです。さきほど玄月さんが遭遇したのは、その一派でしょう。東方部隊は日蝕《にっしょく》に合わせて挙兵できるよう移動させながら、一部を西に返して玄月さんが都に帰還するのを止めるよう、豪氏から指令が出ているのです」

「ではこのまま東に進めば、紅椛党の本軍に自ら飛び込んでいくことになるわけか」

打開策を考え込む玄月に、ルーシャンが横から意見を出す。

「楼門関の手前で待ち構えているのが一万だろうと千だろうと、この数で突破するのは死ににいくようなもんだ。一度史安城に引き返してイナール王の援軍を待った方がいい」

「それでは七月中に帝都に戻れない」

玄月は難しい顔でルーシャンの意見に異を唱える。遊圭は暑さのためでなく汗を滲《にじ》ませて、もうひとつの危険を指摘する。

「しかも、史安城の手前には、豪氏の私兵が待ち構えているかもしれませんよ」

文字通り『前門の虎、後門の狼』といった状況だが、ここで気の利いた成句など口にする余裕は遊圭にはない。しかし玄月は思案ののち決断した。

「挟み撃ちになって確実に死ぬよりは、東へ進む前に後背についた狼を叩《たた》く必要は確かにあるな。ルーシャン、七十人で二千人を撃破できるか」

「さっきは七十足らずで三百人ほど殲滅《せんめつ》したが、二千人はちょっとした試練だな」

ルーシャンは軽い調子で悲観的な予想を立てる。正確に三百騎もいただろうかと遊圭は思ったが、寡兵をもって三倍以上の敵に快勝だったのは事実だ。

「豪氏の私兵の練度はどのくらいだろう。夏沙で軍人となっていた紅椛《ホンファ》人はせいぜい二十人くらいだったが。兵士の数までは把握していなかった。埋伏で豪氏の意表を突くにしても、七十人では手薄すぎる」

嘆息する玄月の横で、遊圭は史安城からこちらへの地形を、詳細に思い出そうとした。豪氏が夏沙の領域を出てから出奔者を糾合して、ひとつの軍を編成するにふさわしい場所があっただろうか。おそらく、今日の賊軍の惨敗は逃げ返った兵士によって、すでに東の紅椛軍《ホンファ》の耳には届いているはずだ。すぐに増援を出してこなかったということは、こちらの兵数を把握しておらず、慎重策をとっているのだろう。

岩山の上から夏沙兵士の楽しそうな話し声が聞こえる。肉の焼ける香ばしいにおいが漂ってきた。先ほどの戦闘から持ち帰った馬肉を、太陽に熱せられた岩の上で焼いて、腹を満たしているのだろう。岩山の下からは、戦死した紅椛騎兵から鹵獲《ろかく》した馬の群れの、水を求める苛立《いらだ》たしげな嘶《いなな》きが重なる。

「玄月さん。寡兵で大勢を破るには、やはり奇襲しかないと思います」

幹部らは遊圭の提案する作戦に有効性を見いだし、さらに詳細に打ち合わせた。

馬肉をたらふく食べ、斃《たお》した敵兵の持っていた水を飲み干して、充分な休息をとった金椛《ジンファ》人一行と夏沙の駱駝騎兵は、もと来た道を西の空へ傾く太陽を追ってひた走る。

天鳳行路の地峡付近の地形は、高低差があり複雑だ。幾重にも畳まれた襞《ひだ》のような谷が街道近くまで迫り、史安城からここまでの間に、二千の軍を編成できる広く平坦《へいたん》な場所はそれほど多くない。夏沙王国の妨害を怖れて、それまで少数単位で東進していた豪家と林家の紅椛党は、その領域の外で一度集結するはずだ。

最初に向かった最寄りの台地には、紅椛党の天幕は設営されていなかった。

さらに西に戻る途中で、斥候が戻ってきた。次の平地に、およそ数百という軍兵が集っていると報告。敵に感知されないように、土埃をたてずに静かに移動する。

馬の群れが立てる音までは抑えられなかったが、敵襲よりも味方の合流を期待しているのだろう。紅椛《ホンファ》兵士は百を超えない騎兵隊の接近に注意を払うよりも、設営の準備に忙しそうであった。

「紅椛党のやつらは、歩哨《ほしょう》も立ててないのか」

ルーシャンの問いに、岩と同じ色合いの外套を頭からかぶった斥候は「歩哨は始末しておきました。二刻は気がつかないでしょう」と誇らしげに報告する。

炊煙の立ち昇るのを見た遊圭は、軍兵は食事の前後がもっとも無防備だと、何かで読んだことを思い出して言った。

「急襲するなら、いまでしょうか」

玄月は唇の片隅に微《かす》かな笑みを刷《は》いて応じる。

「数の少ないうちに宿営地を潰《つぶ》しておけば、あとから来る連中は烏合《うごう》の衆」

「軍というのは、編成を組んでいる間が一番弱い」とルーシャン。

「本隊が来る前に、雑魚《ざこ》はできるだけ叩いておきましょう」夏沙の指揮官も同意した。

夏沙の騎兵隊が、昼間の戦闘で取り残された敵兵の馬を戦利品として鹵獲したのは五十頭あまり。財産として非常に価値の高い獲物ではあるが、あまり多くを確保しても、糧秣《りょうまつ》や多量の水を必要とする馬は砂漠地帯では重荷になる。

そして昼間のあいだ水のない岩陰につながれ、秣《まぐさ》を与えられなかった馬は空腹と渇きで苛立っていた。

最も大きな牡馬《ぼば》を群れの先頭に立たせ、弓の上手な兵士が背後から嚆矢《こうし》を射る。大きな音を立てて耳をかすめていった矢に驚いた牡馬は、嘶《いなな》きも高く前足を掻《か》き、全力で走り出した。

牡馬の恐慌が周囲に伝染し、他の馬も雪崩を打って暴走する。怒り狂った馬の群れは、夏沙弓兵の放つ嚆矢の音に巧みに誘導されて、紅椛《ホンファ》党の野営地へと殺到した。

天幕の設営と夕食の支度で無防備だった野営地は、またたく間に大混乱に陥った。

馬の群れが走り去り、混乱する紅椛兵へ、ルーシャンと夏沙の騎兵隊が襲いかかる。

紅椛兵は武器すら手にしておらず、それは少人数の手による一方的な殺戮《さつりく》であった。

少し離れた小高い場所で、遊圭と玄月、娘子兵たちは駱駝の鞍上《あんじょう》から戦況を見ていた。

「たったの十五でよくもこういう戦術を思いつくものだな」

玄月が感に堪えないように嘆息した。

「わたしが考えたんじゃありません。兵法書に書いてあるじゃないですか。火牛の計でしたっけ？　玄月さんのお祖母《ばあ》さんがお書きになった『木蘭伝《もくらんでん》』にも出てきます」

集めた牛の背に油を浸みこませた藁《わら》を積み、火を点《つ》けて敵の城や宿営地に追い込み攪乱《かくらん》する作戦は、確かに珍しいものではない。そしてそれが牛でなければならないとはどこにも書いてないし、罪もない動物に火を点けて放つ必要も感じない。

それが何の群れであれ、恐慌と暴走で敵を混乱させられたらそれでいいのだ。

「そんな場面があったか。繰り返し読んだのに、忘れてしまうものだな」

玄月は口惜しそうに言った。

玄月の祖母は文章に巧みで、伝説の女将軍魏《ぎ》木蘭の伝記を執筆した。女性が著者であるため世には出せずにいたが、玄月はそれを陶家の家宝のように大切にし、写本を遊圭にも読ませていた。その当時は遊圭の女装に騙《だま》され、祖母のように利発な女子に教育の機会を与えようという善意からであったが。

「巡り合わせとは、わからぬものだな」

玄月は感慨深げにつぶやく。

もっとも、高原を旅していた時に、地響きを立てながら自由に疾走する野生馬の群れを、遊圭がその目で見ていなければ、思いつきはしなかった戦術だろう。

「玄月さんが参戦されなかったのは意外です」

こちらの数が圧倒的に少ない奇襲だ。細身で中性的な見た目に反して好戦的、かつ充分な戦力になる玄月が傍観に回る理由が遊圭にはわからない。

「部下が殺された直後では、豪氏の首長以下皆殺しにしなくては気がすまなくなりそうだからな。自重したまでだ」

北の大地の、長い夏の一日がようやく終わろうとしていた。砂漠を赤く染めつつ傾く夕日を背に、秀麗な面差しで淡々と言われると背筋の凍るものがある。

「ルーシャンには、紅椛党《ホンファ》の幹部は生かして捕えるよう言ってある。いくら日蝕を天譴《てんけん》として、金椛《ジンフア》中枢部の動揺を利用するにしても、たった二万やそこらの兵で、一有事あればたちまち十万二十万の軍を、国境に送り出せる我が国を倒せるとは思っていないだろう。朔露軍との同盟、金椛朝廷や地方の藩鎮《はんちん》にいるかもしれない内応者、他にも切り札があるはずだ。豪氏の頭領には、聞き出さねばならないことがたくさんある」

遊圭は紅椛党《ホンフア》の幹部が素直に玄月の尋問に答えてくれるよう、かれらのために無言で祈った。

野営地に集まっていたのは六百人ほどで、生き残り逃げそびれた者は降伏した。一帯を捜索させたが、豪氏と林氏の首長や近親者は見つからなかった。

ルーシャンは砂の混じった唾《つば》と呪詛《じゅそ》を同時に吐き出した。

「御大人《タイジン》はごゆるりとご到着、というところか。準備や面倒は下っ端にさせる。典型的な御曹司だな」

煙と血の臭い、重傷を負って動けない者たちの呻《うめ》き声と哀願の叫びのなかを、遊圭は玄月のあとについて歩いた。矢傷や創傷でない重傷者や、体の一部が潰れて挽肉《ひきにく》と化した死者――暴走する馬の蹄《ひづめ》にかけられた犠牲者――から遊圭は目を逸《そ》らした。

寒いわけではないのに、遊圭の身体は小刻みに震え、苦い汁が胃から込み上げる。

玄月に問いかけるルーシャンの声が耳に届く。

「降兵はどうする。捕虜にする余裕なんかないぞ」

玄月が皆殺しを命じるのではと、遊圭はびくびくしてふたりの会話に耳を澄ます。

「負傷者は放置。歩けるものは武器は取り上げ、身ひとつで東へ向かわせろ。西に戻ってきたら殺すと脅しておけ」

「徒歩でか」

「徒歩でだ」

ここから東に向かっても、一夜のうちに徒歩でたどり着ける水場はない。そして朝がくれば、砂丘のうねる死の砂漠はもちろん、山側の岩砂漠も生きて越えることは不可能だ。それは皆殺しとあまり変わらない処置であったが、遊圭は口を出すのを控えた。

「意外と温情派なのだな。玄月どのは。まとめて始末したほうが後腐れがないと思うが」

「ひとりずつとどめを刺したり、まとめて埋めたりするのも手間暇だ。われらには時間がない。兵を休ませたら、夜のうちにできるだけ急いで史安城へ戻る。途上で紅椛《ホンファ》党を見つけたら順次潰していく」

身を翻した玄月は、膝《ひざ》をついた駱駝《らくだ》の鞍《くら》に登ろうとして、背後に立ち尽くす遊圭の気配にふり向いた。遊圭の物言いたげな顔つきに、小さく鼻を鳴らす。

「そなたが、あの兵士らに情けをかける必要はどこにもない。ふたたび武器を持たせれば躊躇《ちゅうちょ》なくこちらに襲いかかってくる。そなたか私がここで死ねば、金椛《ジンファ》帝国の命運はあとひと月で終わる。我々を滅ぼそうとする者に、慈悲をかけている余裕はない」

玄月が右手を上げて指さした西の地平に、いままさに絹糸のようにか細い繊月が沈もうとしていた。先に沈んだ太陽の残照にうっすらと浮かぶ、針の先で引っ掻いたような、かすかな白い繊月。よほど目の良い者でなければ見分けることのできないその繊月は、もはや一刻も無駄にせず前に進まねばならないことを、遊圭にも見せつける。

鞍に落ち着いた玄月は、すぐに史安城へと駱駝の首を向けた。遊圭は胡娘に肩を叩《たた》かれて、くしゃくしゃにしかめた顔をそむけた。

胡娘は優しい声で話しかける。

「遊々、いやならいつでも降りたっていいんだ。金椛《ジンファ》皇室の外戚《がいせき》だからって、自分から人殺しの片棒を担ぐ必要はない」

——胡娘の幼い息子は、街に攻め込んできた軍馬の蹄に、踏み潰されて殺されたのだった。思い出させてしまっただろうか。

遊圭は拳《こぶし》を握りしめた。

「自分から戦いに手を貸さなくたって、戦争は起こるんだ。紅椛《ホンファ》党と朔露国が組んで帝都に押し寄せれば、明々《めいめい》の村も蹂躙《じゅうりん》される。いまここで止められるんなら、わたしは人殺しと言われてもかまわない。いや、わたしはもうすでに人殺しだよ。わたしの考えた馬計の奇襲で、何人の紅椛兵が死んだ？　今夜一番敵を殺したのはルーシャンでも夏沙兵の誰でもない、このわたしだ。わたしは現場を見なかったし、死者の数も数えないだけど、自分の手を汚してなくても、わたしはもう、ルーシャンや玄月と同じ側の人間なんだ。後戻りは偽善だ！」

遊圭はそう吐き捨てて唇を噛《か》む。踵《きびす》を返して自分の駱駝に駆け寄り、鞍によじ登った。

胡娘が追いついてくるのを待たずに、玄月やルーシャンのあとを追って駱駝を走らせた。

故郷はいまごろ、暑気は去り、朝露に秋の気配を知る季節。

しかし遠い異郷の乾ききった天鳳行路を濡《ぬ》らす露は、赤い色をしている。

遊圭と同じ言葉を話し、文化を共有する、ほんの三世代前に袂《たもと》を分かった、椛《ファ》族の血の赤だ。

十四、金椛暦　武帝四年　処暑　次候――天地初めて寒し――

夜通し史安城へ戻る途中、斥候が紅椛《ホンファ》党と思われる武装集団を確認して帰るたびに、その兵数によって、正面から襲いかかって蹴《け》散《ち》らしたり、こちらより数が多ければ囮《おとり》を出して釣り、隊列が伸びたところを、待ち構えていた伏兵が左右あるいは背後から襲撃したりして、敵の数を減らしていく。

「五百は討ち取ったか」

惨劇のあとを照らす松明《たいまつ》の燃え残りを踏みつけ、甲冑《かっちゅう》と偃月刀《えんげつとう》をその髪よりも赤く血に染めたルーシャンが、しゃがれた声で叫んだ。

さすがに一晩中休みなく前進しつつ、戦い続けた兵を休ませなくてはならず、一行は史安城から東へ向かう街道を見渡せる丘に陣を張った。

「見張り番はぼくたちがします。みなさんは少しでも眠ってください」

戦闘に加わらなかった遊圭と胡娘、玄月と娘子兵は、夜明け前の一刻を歩哨《ほしょう》に立つと主張した。しかし、遊圭も前日に午睡をとっただけで、それから一睡もしていないことに変わりはない。誰の顔色もひどく、目の下には隈《くま》が広がっている。

ルーシャンは苦笑を浮かべて、遊圭の肩を大きな掌《てのひら》で叩いた。

「無理はするな。半刻《とき》でも目をつぶっていれば回復は違う。凜々と玄月が最初の半刻、シーリーンと遊々で日の出前の半刻を歩哨に立つといい。遊々。横になれ」

遊圭のまぶたは重く腫《は》れ、長時間の騎乗に体中が痛かったのは本当だった。ルーシャンと胡娘に促されて砂まみれの毛布に横になり、目を閉じたと思った一瞬の闇のあと、遊圭は玄月に揺り起こされた。

「もう半刻たったんですか」

眠い目をこすりつつ空を見上げれば、確かに星の位置はきっちり半刻分移動している。

「朝まで眠りたければ、そうしてもいいが」

「いえ、起きます」

玄月に借りは作るまいと、遊圭は飛び起きた。玄月と凜々が横になるのを見届けもせず、遊圭は胡娘と歩哨に立った。

時はゆっくりと過ぎ、やがて東の地平が白と金の矢を天に放ち始める。

岩の裂け目に鼻を突っ込んで狩りをしていた天狗《てんこう》が、驚いた鳴き声を上げて遊圭の足元に駆け寄ってきた。何事かと思った遊圭があたりを見回せば、藍《あい》から青に変わる空へと、ルーシャンの鷹《たか》がひらりと舞い上がったところだ。

「天狗《てんこう》、アスマンはお前を狩ったりはしないよ。いい加減に慣れてくれないかな」

遊圭の足の間から顔を半分出して空を見上げる天狗に、遊圭と胡娘は心のほぐれた笑みを交わした。

雲一つない蒼穹《そうきゅう》を、一隊を見守るように旋回していたアスマンは、突然急降下して空中で一瞬停止し、ぼさついた頭を掻《か》きながら起きてきたルーシャンの許《もと》に舞い降りた。その鉤爪《かぎづめ》には一羽の鳩。ルーシャンに鳩を鉤爪から外してもらったアスマンは、主人の手から柔らかな干し肉を啄《ついば》んでまた空へと舞い上がった。

「空の歩哨ですね。この時間だと、史安城から放たれた鳩かな」

遊圭は感心してアスマンの小さな影を見上げる。ルーシャンは鳩の脚から伝書を取り外し、一同の前で広げた。

「史安城の豪氏から、紅椛《ホンファ》東方軍に送られた軍鳩《ぐんきゅう》だ。今夕の酉《とり》の刻に史安城を出発、先行する紅椛兵を集めながら二千余りを以《も》って楼門関を目指す。合流点は——楼門関の手前五百里の城塞《じょうさい》を占拠して、そこで待てとのことだ」

玄月と遊圭は順番に手渡された布帛《ふはく》の書簡に目を通し、ルーシャンの言ったことを確認する。その間にも、アスマンは二羽の鳩を捕獲してルーシャンに届けた。どの鳩も同じ内容の書簡を足に結びつけていた。

「念の入ったことだ。よほど重要な作戦なのだな」

玄月が満足げに一枚の布帛を帯の物入れにしまった。

伝書鳩は天敵に襲われたり、天候などに左右されることもあるため、重要な連絡ほど同時に複数の鳩を飛ばすことになる。

「先行する部隊の半分はすでに砂漠の露となっているのだが、知らぬが仏か。あとは東軍の規模がわかればいいのだが」

「東から飛んでくる鳩を逃さぬよう、アスマンに空を張らせておこう」

ルーシャンがそう請け合う。玄月はほっとした風情で微笑した。

「とにかくやつらの合流地点がわかったことは、助かった。紅椛《ホンファ》東軍の行路を逆算し、やつらの通り道を避けて東に進めば、東軍とかち合うことはなく楼門関に着けるだろう。ルーシャン、礼を言う」

「礼ならこいつに言ってくれ」

ルーシャンは、その肩の上で我関せずと羽繕いに励むアスマンを指差した。

ふたたび東へと進路を変え、楼門関を目指すことを決めた一行が朝食をすませ、出発の準備を終えて発《た》とうというとき、遊圭は玄月に呼び止められた。

「そなたは谷に隠れて豪氏の軍をやり過ごし、史安城に戻れ」

遊圭は顔を曇らせて、玄月をにらみ返した。

「わたしは、足手まといですか」

玄月はいつものように淡々とした表情で、その裏にある考えを読み取らせない。

「そなたはここまで、よくやってくれた。しかし、これからは昼夜兼行だ。いつ紅椛軍《ホンファ》の攻撃を受けるかもわからん。やつらを避けるために、行路を外れた砂漠や山を越えることもあるだろう。さらに困難で、危険な旅になる」

遊圭は唇を嚙んでうつむきそうになった。込み上げてくる感情が、怒りや不満という形をとる前に、ぐっとこらえて歯を食いしばり、乾いた唾《つば》を吞《の》んで顔を上げた。

「わかりました。史安城で夏沙の援軍を待って合流し、豪氏軍を背後から蹴散らしながら、玄月さんのあとを追います」

玄月は眉《まゆ》を上げ、遊圭の覚悟に虚を衝《つ》かれたように微笑んだ。

「では」と、帯の小物入れから柔らかな板状の革小袋を出して、遊圭に手渡す。遊圭が袋を逆さにすると、黄金の椛《もみじ》を彫り込んだ掌大の銀牌《ぎんぱい》が滑り出た。

「これは？」

「東廠《とうしょう》発行の特殊な通行証だ。夜中でも城門を開けさせて郡県を通過し、金椛《ジンファ》帝国内の全ての駅逓《えきてい》では一切の手続きなしで宿を取り、馬を取り換えて都へ走ることができる。宮城に着いてこれを示せば、時をおかず大家《ターチャ》のおられる場所へ案内される。私にもしものことがあったら、そなたはこれで帝都をめざし、楊老人の予言と国境で起きていることを大家にお知らせしろ」

「でも、これがなかったら、玄月さんはどうするんですか」

玄月は腰に結わえた青銅の印章に手を添えた。

「私は自分の印章で駅逓の設備は使える。城市の通行も身分証があれば充分だ。宮城に関しては、私は大家に拝謁するのに正門から入る必要はない」

「では、どうしてこんなものを用意して――」

遊圭の、わけがわからないという顔がはっとこわばった。

「私でない者が大至急で帝都を目指し、大家《ターチャ》に直接お目通りして、日蝕《にっしょく》の日時と紅椛《ホンファ》の挙兵を伝えなくてはならなくなったときの、備えだ」

遊圭は緊張した面持ちで、銀牌を革の薬入れの底にしまった。

「でも、玄月さんが先に帝都に着いてください」

そして、麗華の伝言を思い出した遊圭は、そのままの言葉を玄月に伝える。

伝言を聞き終わった玄月は、息を漏らすような音を立てて笑った。

遊圭と胡娘、そして天狗《てんこう》は日中も駱駝《らくだ》を急がせて西へと引き返した。寝不足のはずなのにひどく気持ちが高ぶって、正午から一刻ばかり岩陰で仮眠をとったのみで、ひたすら史安城へと急いだ。

日が傾きだしたころ、紅椛軍が土煙を上げながら行進してくるのに行き合った。あたりに隠れる場所などなく、下手に逃げ隠れするのも却《かえ》って怪しまれると、遊圭たちはくたびれた外套《がいとう》で頭から足首まですっぽりと包んだ親子風のふたり連れを装った。胡娘は外套の頭巾《ずきん》を少し上げ、胡人の顔を見せることで通りすがりの地元住民のようにふるまい、街道から降りて行軍をやり過ごす。

先を急ぐ紅椛《ホンファ》軍兵士は、女と子どもの辺境民に注意を向けることもしなかった。

帝都や宮城における禁軍の華やかな行列には及ぶべくもないが、武装した五十の騎兵と二百の歩兵で構成された部隊が通り過ぎるのを、三回数える。続いて駱駝や驢馬《ろば》の牽《ひ》く輜重車《しちょうしゃ》が通り過ぎた。輜重車や荷を積んだ駱駝の数を数えるのは途中であきらめたが、兵糧を運ぶ兵士は二百人はいるのではないかと目算した。

行軍の中ほどに、黄金色に光る金属の胸甲や肩甲、幅広い胴着にも金属の板を張り、可動部分は腕から膝《ひざ》まで、金色に輝く鋼の魚鱗札《ぎょりんさね》を綴《つづ》った明光鎧《めいこうよろい》に身を包んだ指揮官がいた。

遊圭は冑《かぶと》の陰になってよく見えない敵将の顔を覚えようとした。黒々としたあごひげが印象に残る。

紅椛軍をやり過ごした遊圭たちは、大急ぎで史安城を目指した。

遊圭は夏沙軍の到着まで辛抱できるだろうかと不安であったが、その心配はなく、史安城の公宿に着いたとたんに倒れ込むようにして、一昼夜を眠り続けた。途中で二度、脱水症状を怖れた胡娘に起こされて果汁入りの水を飲まされたらしいが、記憶にない。

目が覚めたときにはすでに、ルーシャンの副官が率いてきた雑胡隊と、後発の金椛人《ジンファ》宦官兵《かんがん》と娘子兵《じょうし》、そしてイナール王に派遣された夏沙の騎兵隊二千が城塞を賑《にぎ》わし、東進の準備も万端整っていた。

玄月とともに先行した夏沙の指揮官が飛ばした軍鳩が、史安城へと戻っていた。玄月たちの現況に加えて、アスマンが捕えた鳩から得た、紅椛《ホンファ》東方軍の動きも伝えていた。

ひとつの部隊に最低一羽の訓練された軍鳩がいることに、遊圭はいたく感動した。

「鷹もすごいけど、鳩もすごい……」

遊圭は都に無事戻れたら自分の鳩舎を持とうと心に誓った。そうすれば、明々の村へその日のうちに書簡や軽い生薬を送ることができ、後宮の叔母《おば》や胡娘といつでも通信ができる。

充分な休息と食事、そして情報を得た遊圭は、夏沙騎兵二千と雑胡隊百の軍とともに、ふたたび東へと折り返し急進した。

夏沙軍のありがたいところは、歩兵が一切おらず、すべてが熟練の騎兵と駱駝騎兵の半々であったことだ。また移動の遅い輜重車ではなく兵糧も駱駝に運ばせる。お蔭《かげ》で豪氏の軍の二倍、もしくは三倍の速さで移動できた。

「そうか。移動が速やかなら兵糧も少なくてすむわけだ」

遊圭はここでも感心して、このことは心に刻んでおくことにした。

夏沙軍に背後から急襲された紅椛軍は、真っ先に輜重車を奪われたことで早々に戦意を喪失し、三分の一の兵を失って降伏した。

髻《もとどり》を覆う布冠も取られて白衣を着せられ、両手をうしろ手に縛られ膝を地面につかされた紅椛《ホンファ》軍の将軍が、遊圭の前に連れてこられた。

「この豎子《こぞう》がこの軍の司令であるか」

恰幅《かっぷく》の良い、日焼けした壮年の将軍は鷹《たか》のような目を細め、金椛《ジンファ》人の少年を見上げて訝《いぶか》しそうに問う。

遊圭が周りを見回すと、金椛人の宦官兵と娘子兵、ルーシャンの副官は、遊圭の顔を見て一歩下がった。イナール王に遣わされた夏沙の指揮官も同様だ。玄月もルーシャンもいないこの場で、遊圭が姻戚《いんせき》上もっとも金椛皇帝に近いのだから、そうなるのだろう。

「代理、ですけども」

そう答えてから、遊圭は夏沙の司令官に向き直った。

「この者は、夏沙の軍人でもあったのですよね」

夏沙の司令官は是と答える。

「では、夏沙王国の軍法に照らして処分されるべきなのでしょうが、当方としては、紅椛党の詳細についていろいろ訊《き》きたいことがあります。先行する陶《とう》筆頭常侍《じょうじ》の判断を仰ぎたいので、とりあえず楼門関《ろうもんかん》までこの者の身柄をこちらにお預かりできれば、と思います。どうでしょうか」

夏沙軍司令官は遊圭の提案を受け入れた。遊圭は三人の宦官兵に捕虜を任せた。玄月が東廠から連れてきた宦官なら、虜囚の扱いは心得ていることだろう。

白衣一枚で頭巾も借りられずに駱駝の鞍《くら》に縛り付けられた紅椛人《ホンファ》を、遊圭は気の毒に思わなくもない。しかし、見るからに逞《たくま》しく人生経験を積んでいそうな敵の体力は、できるだけ削ぎ落とすべきだと自分に言い聞かせる。

——わたしは、弱い。賢くもない。弱くて物を知らない人間は、用心しないと、生き延びられない。

下手に敬意を払ってそれなりの待遇など提供したら、見るからに老練で頑強そうな紅椛の将軍は、隙を見て遊圭を人質にとって逃げ出すかもしれない。

——もう誘拐されて利用されるのはこりごりだ。

皇帝陽元に対する謀叛《むほん》に巻き込まれた、過去の苦い経験を嚙《か》みしめる。鞍の前にしがみつく天狗《てんこう》が、そのときの窮地を救ってくれたことを思い出した遊圭は、感謝の念を込めてその柔らかな毛並みを撫《な》でた。

紅椛軍の合流地点とされる城塞《じょうさい》を偵察してきた斥候は、城はすでに紅椛東軍に包囲されていると報告してきた。その数はおよそ二万。紅椛東軍より先に城塞に着けたのか、あるいは迂回《うかい》して楼門関へ向かったのか、玄月やルーシャンの所在を確かめるすべはない。

夏沙軍を少し離れた谷間に布陣させ、遊圭は幹部たちとともに城塞を遠望できる丘へ登った。夏沙の指揮官に訊《たず》ねる。

「鳩を飛ばして、中に玄月殿がいるか確認できないものですか」

夏沙指揮官は申し訳なさそうにかぶりを振った。

「あの城塞には夏沙国の鳩舎《きゅうしゃ》がありませんので」

夏沙の軍鳩はすべて、本国への伝令のためであり、西の諸都市の鳩舎に戻るように訓練されているのだ。伝書鳩は決まった鳩舎にのみ帰巣、あるいは訓練された鳩舎間しか往復しないものだと説明を受ける。

「すみません。軍鳩については詳しくないもので。つまらぬことを訊ねてしまいました」

遊圭は謙虚に謝罪した。そのとき、天狗《てんこう》が怯《おび》えた鳴き声をあげて、遊圭の外套の内側に入り込もうとするのを見て、空を見上げた。

「アスマン！」

手を振って叫ぶ遊圭の姿を認めたのか、上空を旋回していた黒い影が急降下する。遊圭は大急ぎで頭巾をほどき、左腕に巻きつけた。その腕に舞い降りたアスマンの鋭利な嘴《くちばし》が遊圭の目の前に迫る。何重にも巻いた布も鷹の鉤爪《かぎづめ》はやすやすと突き破り、遊圭の細い腕に鋭い痛みが走った。

アスマンの脚に伝書はなく、城塞から偵察のために飛ばされたのだと推察される。

遊圭は雑胡隊の副隊長を呼んでアスマンの世話を頼み、援軍の到着を知らせる伝書を急ぎ認《したた》めた。

城塞の中と外を往復するアスマンのもたらした情報によれば、玄月とルーシャンは紅《ホン》椛《ファ》東軍の到着前に城塞入りし、紅椛軍の攻城に備えた。城塞守備軍と夏沙国の援軍を併せてようやく一万。いっぽうの紅椛軍は二万の兵と目算されている。

紅椛軍を前後から挟撃する時刻が決まり、態勢が整った。

日没も近い戌《いぬ》の正刻（午後八時）。城壁に射手が居並び、西側の城門が開いた。籠城《ろうじょう》せずに打って出た城塞の兵をあざ笑うように、紅椛軍は城兵を囲い込む陣形で襲い掛かった。

ちょうどそのころ、紅椛東軍の帷幕《いばく》に、西から進軍中の豪氏軍より伝令が現れた。まだ頬のなめらかな、骨の細い少年には騎兵伝令の兵装は似合わない。しかし、馬に負担をかけず、より速くより遠くへ進めるよう、痩《や》せた兵士や少年兵が長距離の伝令に選ばれることは珍しいことではなかった。

これが初陣らしき椛《ファ》族の少年は、いかにも老練な紅椛軍の将軍の前に出て、豪氏からの書簡を差し出した。初めての大役と、いままさに前線で戦闘が始まった緊張に、少年は怖れ畏《かしこ》まる。その声は震え、言葉はたどたどしく、視線はやたらと下を向く。

老将軍は、少年の未熟さに笑みを誘われたものの、口元を引き締めて書簡を受け取った。

伝令の少年は恐縮して褒美を受け取り、帷幕を退出した。そのまま乗ってきた馬に飛び乗り、老将軍の返信を懐に抱いて、一目散に夕日を目指して引き返す。そして、紅椛軍の布陣が見えなくなったころ、夏沙軍の潜む谷間に駆け込んだ。

「ファルザンダム！　生きて帰ったな！　よくやった！」

谷の出口で待っていた胡娘が、馬を降りかけた遊圭に駆け寄り、空中で捕えて抱きしめた。

「すごく怖かったけど、なんとかやり遂げたよ。緊張で声が震えて何度もつっかえたおかげで、金椛訛《ジンファなま》りがばれなくて助かった！」

「筆跡はばれなかったのか」

迎えに出た雑胡隊の副隊長が、遊圭の偽造した豪将軍の書簡が疑われなかったことに、感心した声で褒めた。

「写本の仕事をいっぱいしてきたからね。他人の筆跡を真似るのは難しくない」

アスマンの捕獲した伝書鳩から入手した、三通の書簡の一枚を玄月が懐に入れたときに、遊圭もひとつもらっておいたのだ。

「西側から進めば、太陽を背にしたわたしたちは影になって、夏沙軍の兵装と顔も見分けがつきにくくなる。紅椛《ホンファ》軍は西からくる軍は味方だと思い込んでいるから、わたしたちがまぎれこんでも不審に思わない。できるだけ本営近くまで入り込んで、紅椛軍の将軍と主だった幕僚たちを捕えてください」

「お任せを。全軍、進め！」

夏沙の司令官は二千の騎兵に号令をかけ、夏沙軍は足並みをそろえて城塞へと進軍を開始した。

夏沙軍のあとをゆるゆるとついて行きながら、胡娘はぶつぶつと遊圭に文句を言い続ける。

「まったく、偽の伝令なんて他の者にやらせればいいのに。遊々が自分で行くことなんかなかったんだ。怪しまれてつかまったら、その場で殺されたかもしれないぞ」

「だって、紅椛《ホンファ》軍はほとんど椛族の兵士なんだよ。言葉も夏沙語ではなくて中原の椛語を話してた。雑胡隊にも適任者がいないんだから、わたしが行くしかないじゃないか」

夕日を背に、三々五々と紅椛軍の後衛に加わってきた夏沙の騎兵隊を、紅椛人兵士は味方と信じて迎え入れる。夏沙の兵装や、兵士らの彫りの深い顔立ちに気づいた者がいたとしても、周りの空気に流されて、夏沙人との混血部隊もいるのだろうと自らを納得させてしまう。

むしろ紅椛人たちの関心は、明らかにかれらに有利な城攻めにあった。後衛の出番が来る前に城が降伏するのでは、あるいは城兵らが城に逃げ帰ってしまうのではと、そちらのほうを心配している。

誰かが到着した豪氏の部隊に歓迎の声を上げれば、周囲では勝利を確信した鬨《とき》の声があがる。夏沙の指揮官が声援に応《こた》えて片手を上げた。続く騎兵たちは弓を構え、矢を番《つが》えて四方へと向けた。指揮官の籠手《こて》がさっと下がる。無数の弓弦が一斉に弾《はじ》かれ、矢の放たれる音が大気をどよもした。続いて悲鳴と怒号。

紅椛の待機軍は、いきなり陣の真ん中に湧いて出たかのような敵の騎兵隊に蹂躙《じゅうりん》され、隊を乱して逃げ惑う。どこを向いても敵だらけという安心感から、夏沙兵は狙いを定めず、方陣ごとにまとまった紅椛《ホンファ》兵の群れに向けて矢継ぎ早に射込んでゆく。

遊圭と胡娘は、離れた場所から戦場を見守っていた。

「これで数の不利は解消できたけど、朔露軍の所在と動きがわからないのが気味が悪い。城の包囲軍はみんな椛族みたいだし。そういえば、朔露人ってどんな顔していたっけ」

遊圭は自分の命を奪いかけた朔露の賊兵の顔がよく思い出せない。衣服は胡人のそれと似ていたが、冑《かぶと》の下からにらみつけてきた目は細かったような気がする。

「朔露人は、天鳳山脈の山岳民と似たような顔だったと思う。朔露の本拠地は天鳳山脈の北に広がる大高原だ。朔露の先祖はかつてその大高原を東西にまたいで強大な帝国を築いたが、ここ数世代は大小の部族に分かれて小競り合いを続けていた。かれらがまた結束して北大陸の統一に乗り出すとなると、大陸は西も東も荒れることになるだろうな」

胡娘は憂鬱《ゆううつ》な顔を、前方に展開される戦闘へと向けた。空を赤く染める巨大な円盤は、その半分をすでに西の地平へと沈めていく。

本陣が崩され、将軍とその幕僚たちが次々と討たれ、捕獲され、あるいは逃げ出した紅椛軍は、城塞軍からの攻撃に分断され、蹴《け》散《ち》らされてゆく。

宵の明星太白《たいはく》が輝き、地上を見下ろすころ、紅椛軍は北へと潰走《かいそう》していった。

遊圭たちの入城をルーシャンが迎えてくれた。一人前に兵装など着こんでいる遊圭を、口笛を吹いて歓迎する。ルーシャンはもちろん、城兵の攻撃と呼応して紅椛軍を罠《わな》に嵌《は》めた遊圭の役割は知っている。

「玄月さんは――」

遊圭は城の中をきょろきょろと見回した。ルーシャンは右手を挙げて東を指し、遊圭の問いに答える。

「ここに来てすぐ、宦官《かんがん》どもを連れて楼門関へ発《た》った。間で紅椛《ホンファ》軍の別働隊や朔露の賊兵に遭遇してなければ、すでに楼門関に着いたころだ」

「玄月さんが、無事に金椛《ジンファ》帝国領内に入ったことを確認しなくてはなりません。わたしもすぐに発ちます」

「ここの戦後処理と、捕虜の処分はどうする」

「とりあえず捕虜はここの城主に預けて、夏沙国の使者に任せましょう。我が国としても、残存勢力や朔露国との関係、彼らから聞き出したいことは山ほどあるのですが、豪氏も林氏も夏沙軍の脱走犯ですから、まずはイナール王の裁きを受けなくてはなりません。それから金椛国にもらい受けるよう要請の書簡を用意しておきます」

ルーシャンは目を丸くして遊圭を見下ろし、片手で自分の額を叩《たた》いて笑いだす。

「お前さんはいったい何者なんだ？　少女とも見間違う文官見習いかと思えば、軍師顔負けの策を思いついたり、次に会えばいっぱしの外交官みたいな口を利く」

「家と両親を亡くしてから、小知恵をめぐらせないと生きてこれなかった人生を送ってきましたので、年の割に狡賢《ずるがしこ》いところはあると思います」

遊圭は嘆息して素直に認めた。

——玄月も、そうだったんだろうか。一門が失脚してから——

自分の足を踏み下ろす場所さえ、落とし穴がないか、蠍《さそり》が潜んでいないかと用心して日々を送る。だとしたら、自分もいつかあんなおとなになるのかと考えた遊圭は、ぶるっと肩を震わせた。

ここから帝都まで、最速でも一か月はかかる。それなのに、日蝕《にっしょく》までもう二十日余りしかない。玄月が無事に楼門関を抜けたことを確かめるまで、休んでいる暇はなかった。

文字通り昼夜兼行の厳しさで、昼は日中のもっとも暑いときだけ、日陰を見つけて休み、夜はもっとも睡魔の激しくなる丑《うし》の刻前後を、駱駝《らくだ》に寄り添って暖をとり眠った。

朝夕は炊事の時間も惜しく、口に入れるものといえば、水のほかは干しブドウと干し杏《あんず》、胡桃《くるみ》、松の実、杏仁《きょうにん》と、朝に駱駝の乳をひと椀《わん》。夜には干し梅入りの蜂蜜《はちみつ》湯。干し肉は移動中に嚙《か》み続けていれば唾《つば》が湧いて渇きを忘れる。

なまじな斥候よりも早い速度で進むかれらに、紅椛《ホンファ》軍や朔露の埋伏があれば空を行くアスマンが教えてくれる。

何度か「ピィヨョー」という警告の鳴き声に、ルーシャンが速度をゆるめさせ、警戒の態勢を取らせた。そしてアスマンの旋回する方向へ目を凝らしたが、遊圭らの数が勝っていたせいか、山陵に見えた砂塵《さじん》はこちらに近づいてはこなかった。

十五、金椛暦　武帝四年　処暑　末候――穀物の乃《すなわ》ち実る――

楼門関に着いたが、玄月の一行が通過したことは確認できなかった。

紅椛《ホンファ》軍と朔露軍の動きについて報告を受けた楼門関の太守《たいしゅ》は、遊圭に椅子を勧めつつ、困惑顔で国境付近の状況を説明した。

「漠北あたりの朔露が活発になってきていたのは、そういう理由でしたか。こちらも国境の哨戒《しょうかい》を増やしておりますが、朔露と思われる賊が、境界を越えて耕作地や隊商を襲うことが増えています。七日前は、近辺の村が襲撃を受けて、こちらも軍を出動させていました。陶筆頭常侍は戦闘に巻き込まれるのを避けて、こちらではなく南下して朱門《しゅもん》関《かん》を目指したのではないでしょうか」

「しかし、朱門関は死の砂漠の南を走る天鋸《てんきょ》行路から、金椛《ジンファ》領へ抜ける関。天鳳行路からでは道なき砂礫灘《されきなだ》を縦断せねばならず、いっそう危険では」

遊圭は、死の砂漠を囲む東西の行路地図を頭の中に思い描いた。日蝕の期日までに帰還するため、命がけの賭《か》けに出た玄月の覚悟を思って、不安のあまり口内が渇いてのどがひりつく。

「朱門関は砂礫灘を渡ってすぐに山岳地帯を越えなくてはならない。関を抜けて金椛領に入っても、天気の安定しない高山帯が続く。夏でも雪が降るくらいだからな。よほど地形に熟知した案内人がいなければ、遭難するかもしれないぞ」

　ルーシャンの予想も、遊圭の不安を増すだけだ。

「ですが、天鋸山脈は北天江《ほくてんこう》の源流でもあります。陶筆頭常侍は、山岳地帯さえ越えれば、船で大河を下り、馬よりも早く帰京できるとお考えになったのでありませんか」

　太守が首を振りつつ、慰めるように付け加える。だが、これからの季節は天気が変わりやすい。水路は嵐や増水で船が転覆するかもしれず、陸を行くよりも危険かもしれない。

「わたしもすぐに帝都に向かいます。馬を出してください」

　駅馬の手配を要請し、立ち上がった遊圭は、思い直して太守の方へ身を乗り出した。

「ここから、軍鳩《ぐんきゅう》を帝都へ送ることはできますか」

　太守は胸まで伸ばしたあごひげを神経質に撫《な》でた。

「もちろんできます。が、今日は無理です」

　ここのところ、朔露の賊軍への対応に追われ、近隣の城塞《じょうさい》との連絡が頻繁なために軍鳩が不足しているという。射《う》ち落とされたらしく、帰ってこない鳩がいることも、太守の頭痛の種だという。

「いまのところは一羽も鳩舎にいません。二、三日待っていただければ、帰巣した鳩を星公子《シンコンツー》の御用に最優先で使っていただけます」

　遊圭は一日も無駄にしたくなかった。

　都方面の次の鳩舎は六百里離れた慶城であるという。

優秀な鳩なら一日で飛べる距離だが、馬を急がせても四日はかかる。

また、遊圭は中継となる城の鳩舎が、ここのように空である可能性を思った。

「わかりました。伝書を用意しておきますので、軍鳩が帰ってきたら、できるだけ早く帝都に向けて飛ばしてください。わたしもこれから慶城へ向かいます」

太守の館《やかた》を辞した遊圭は、即行で帝都へ向かう準備をした。ルーシャンは遊圭に休息をとることを勧める。

「紅椛《ホンファ》軍は撤退させたのに、何をそんなに焦ることがある」

ルーシャンに日蝕のことは話せない。遊圭はかぶりを振って、都行きを頑固に主張するしかなかった。

「休息は慶城でとります。ここはまだ危険ですし、とにかく一羽でも多く鳩を飛ばして、一刻も早く帝に知らせなくてはならないことがあるのです」

玄月が無事に朱門関を抜けていれば必要のない処置ではあるが、そうでなかった可能性を思えば、遊圭はいてもたってもいられない。

「わかった。だが護衛は必要だ。少し待て。街へ繰り出してしまった雑胡隊の連中を連れ戻してくる」

宿に戻った遊圭は、胡娘にすべてを話した。胡娘は何も言わずに、解きかけた旅の荷を再び詰め始める。

夏の入り日はまだまだ遅い。遊圭たちは、史安城より共に戦ってきた夏沙の将兵に謝意と別れを告げた。太守の用意した元気な馬にまたがって慶城を目指す。

　駅ごとに馬を乗り換え、夜昼走り通して二日で慶城に着いた。

慶城の太守に銀牌《ぎんぱい》を提示して、使えるだけの軍鳩に陽元への伝書を託して飛ばしたところに、楼門関から飛んできた軍鳩が慶城に舞い降りた。遊圭は楼門関の太守の迅速な対処に心から感謝し、間に合った旨と礼の言葉を添えた返信を認《したた》め、鳩を送り返した。

　それから倒れるように気を失い、翌日の昼まで眠り続けた。

目が覚めても一日はだるさと全身の痛みに、遊圭は起き上がることができなかった。しかし、胡娘の処方した薬を摂り、次の日には寝台から這《は》い出して旅支度をする。

「遊々、何をしている！」

　朝食を部屋まで持ってきた胡娘が驚いて叫んだ。

「都へ——。鳩がどこまで飛んだか、確かめないと」

　憑《つ》かれたようにつぶやく遊圭に、胡娘は鎮静剤を混ぜた茶を飲ませてふたたび眠らせた。その間にルーシャンの自宅へ遣いをやって呼び出す。遊圭を止めるように胡娘に頼まれたルーシャンは、目を覚ました遊圭の説得を試みた。

「八月一日にこだわっている理由は、言いたくないなら訊《き》かないが、どのみちいまからでは間に合わないぞ。あと半月しかない。馬と駅使《えきし》を駅ごとに替えて伝書を中継させ、一日中走らせる緊急速達を使ったって無理だ」

　遊圭の決心は変わらない。

「できるだけ、都の近くへ行きたいんです。鳩が、どこまで、何羽が都に向かったか確かめながら。だって、都はまだ三千里の彼方《かなた》にあるんです。途中には夏も雪だまりの融《と》けない峠もあるんですよ！　何羽の鳩が、野生の鷹《たか》に狩られ、猟師の網にかかり、風に惑わされ嵐で命を落とすかわからない。中継も滞りなく行われているかもわからない。玄月さんが言っていました。紅椛《ホンファ》党の内応者は、金椛《ジンファ》の国内にもいる。朝廷や地方の藩《はん》鎮《ちん》を動かせる誰かが、挙兵に呼応すべく牙《きば》を研いでいるかもしれない。だから、通りかかる城市の鳩舎にいる鳩を全部使ってでも、八月一日に起きることを、帝《みかど》に伝えないといけないんです」

ルーシャンは腹の底から吸い上げた溜息《ためいき》をつくと、慶城太守から遊圭を都まで護衛する許可を取ってくるので、それまでに準備を終えるように告げた。

「でも、ルーシャンどのにこれ以上迷惑をかけられませんから――」

「玄月だって護衛を連れているんだぞ。お前さんには倍の護衛が必要だ」

にやりと笑って、握った拳《こぶし》で遊圭の拳を軽く叩《たた》いた。

「それに、おれの褒美をはずんでくれるように、帝に口を利いてくれるって約束だったな。都に行くことがあったら、お前さんが世話してくれるとも。よろしく頼むぞ」

ルーシャンは立ち上がり、胡娘の刺すような青灰色の目から顔を背けて部屋を出ていった。

胡娘は泣きそうな顔で、寝台から降りる遊圭に呼びかける。

「遊々──」

「胡娘の言いたいことはわかっている。でも、わたしにだって、この命と引き換えにしても生きていて欲しいひとや、幸せになって欲しいひとたちがいるんだよ！　そうしないと──」

遊圭は込み上げる涙を止めることもできずにしゃくりあげる。

「いままで何十、何百って紅椛《ホンファ》の兵士を、卑怯《ひきよう》な手を使って殺してここまできた意味が、ないじゃないか！」

遊圭は涙を拭《ぬぐ》って大きく息を吐いた。

「胡娘は言ったね。朔露が北大陸を征服したら、東も西も大変なことになるって。そのとき金椛《ジンファ》帝国が内乱で内側から壊れていたら、わたしの祖国は滅んでしまう。それだけはいやだ。帝には、ちゃんとこの国を支えてもらいたいんだよ」

これ以上の説得の無駄を悟り、涙ぐむ胡娘から目を逸らし、遊圭は旅装束に着替えて、荷物を点検した。銀牌の革袋に革ひもを結わえ付けて、首から下げる。楼門関から慶城まで、一刻ごとに立ち寄る駅で、馬を替えるたびに何度も出し入れするのが大変だったことを思い出したからだ。首にかけて懐に入れておく方が便利だろう。

駅逓《えきてい》が一度に提供できる馬は五頭から大きな駅で十頭がせいぜいだ。ルーシャンは雑胡隊から、特に細身で乗馬に優れた兵を七人選んで護衛とした。

来たときは皇族用の馬車から外を眺めただけの行程を、帰りは早馬の背に乗って戻る。

南下するにつれて緑を増してゆく草原は、すでに秋の風が吹き、はかなげな萩《はぎ》や天上花《てんじょうか》の鮮烈な赤、紫苑《しおん》の紫が野原に揺れている。

三十里ごとの駅逓で馬を取り替えるときと、遅く入った宿で休むとき以外は、ずっと馬の鞍《くら》の上で過ごした。

最大の難関であった最標高の峠は、もう耳が切れそうなほどの寒風が横殴りに吹いてきて、体重の軽い遊圭は鞍から飛ばされそうになった。

帝都まで二千里を切った小さな城市で、遊圭の不安のひとつが的中した。

気の弱そうな、しぼんだ印象を与える城主の管轄する鳩舎において、伝書の中継がなされてなかったのだ。

はじめは、城主も鳩舎係も、軍鳩などここ数日は飛んでこなかったと言い張った。遊圭がルーシャンとその部下に、城主の執務室と鳩舎を捜させたところ、遊圭の書いた伝書が出てきた。

「説明、していただけますか」

「遊々、落ち着け」

怒りで顔を白くさせ、感情を押さえつけた低い声で、遊圭は胡娘の止めるのも聞かず城主に詰めよる。

偽証と職務怠慢を責められた城主は、両手を揉《も》み絞って言い訳をした。

「急な鳥の病が流行《はや》って、軍鳩がみな死んでしまったばかりで、間が悪いというか」

「中継に使える鳩がなければ、どうして駅使に伝書を持たせて、次の鳩舎《きゅうしゃ》へ届けさせなかったのですか!」

遊圭をたかが少年の駅使と見くびったらしき城主は、侮るような笑みを浮かべた。

「どんな知らせかと開いてみれば、なにやら日付と数字が書いてあるだけで、差出人も名前のみ。役職も官位も添えられておらず――」

相手を豎子《じゅし》とみて舐《な》め切った態度に出てきた城主に対して、遊圭は頭が沸騰しそうなほどの怒りを覚える。銀牌を城主の目の前に突き出して叫んだ。

「軍鳩による伝書は、すべて国家の存亡にかかわる急報です! 皇帝陛下に宛てられた暗号文書を、一介の城主が理解できると思いあがっておいでか!」

金椛《ジンファ》の銀牌を目にした城主は顔色を変えた。

「申し訳ありません、まことにこちらの不手際で――」

業務怠慢と不敬行為を、都の軍吏に告げ口されるのを怖れたらしき城主は、卑しい笑みを浮かべ頭を下げながら、遊圭に賄賂《わいろ》を握らせようとする。

「こんなもので、失われた時間は取り戻せません!」

「遊々。そのくらいにしておけ。ここで言い争ってもそれこそ時間の無駄だ」

賄賂を突き返そうとした遊圭を、ルーシャンが止めた。受け取っておけとの目配せをされて、しぶしぶ袖《そで》に入れる。

城主の執務室を出た遊圭は、苛立《いらだ》ちをルーシャンにぶつけた。

「あいつがちゃんと仕事をしなかったせいで、この国が滅ぶかもしれないのに！」

蓄積する肉体の疲労と不安、そして心の焦りのため、遊圭は感情の抑制が難しくなっていた。ルーシャンは声を大きくして、遊圭を説得した。

「鳩の代わりに駅使を出さなかったのは、軍鳩が全滅した理由を表に出せないからだ。鳩舎管理に査察が入れば、誰かの首が飛ぶほどのな」

鳩の餌や鳩舎の整備に手落ちがあって軍鳩が全滅したら、城主は降格や左遷を免れまい。緊急時なら、比喩《ひゆ》でなく首を飛ばされても文句は言えないだろう。

「下手な隠蔽《いんぺい》小細工や、その場しのぎの言い訳しか思いつかない連中だ。不手際の目こぼしのための賄賂を断ったら、告発を怖れてあとで口を封じにくるかもしれない。そんな根性はなさそうなやつだったが、先を急ぐなら面倒は避けたほうがいいだろう？」

ルーシャンは低い声で、賄賂を投げ捨てようとする遊圭を諄々《じゅんじゅん》と諭した。

「帝宛ての親書を勝手に開いたことですでに、斬首《ざんしゅ》刑に値します。そんな人間を城主になどしておけません」

遊圭は頭の血管が切れそうなほどの怒りが、いつまでも収まらない。憤懣《ふんまん》やる方なく、賄賂を床に叩きつけようとした遊圭の手首を、ルーシャンがつかんだ。

「そういうことかっ」

ルーシャンは低く唸《うな》ると、偃月刀《えんげつとう》を抜いた。

廊下の両側から、武装した兵士が現れた。すでに剣を抜き、殺気を放ってこちらへ迫ってくる。遊圭の背後にいた胡娘は、肩にかけていた弓を構えるのと同時に、次々に矢を番《つが》えては兵士らを射倒していく。

ルーシャンは偃月刀で一度に兵士をふたりずつ薙《な》ぎ倒して、廊下を血の海にした。

前方から来た兵士をすべて倒すと、ルーシャンは胡娘の援護に回り、城主を部屋から引きずりだして人質にするようにと、遊圭に指示を出した。

部屋の扉を勢いよく開いた遊圭は、両手に剣を構えた城主と対峙《たいじ》した。雄叫《おたけ》びを上げて斬りかかってくる城主に、さきほどまでの気弱な表情はない。

胡娘が遊圭の肩をつかんで、もろともに横へ転がる。城主の剣は床に食い込み、かろうじて斬撃を避けたふたりが、体勢を立て直す隙を一瞬与えた。

だが、遊圭はもちろん、矢を使い果たした胡娘にも武器がない。

床に刺さった剣をあきらめて、壁に掛けられた鉾《ほこ》へ駆け寄ろうとした城主の足首に、天狗《てんこう》が飛びつき嚙《か》みついた。

城主の気の狂ったような悲鳴に、扉の閉まる音が重なる。

「くそっ、倒しても倒していくらでも湧いてきやがる。雑胡の連中は無事なのか」

ルーシャンは駅馬の手配のため、館《やかた》の外に残してきた部下の安否を気遣った。

踵《かかと》の腱《けん》に嚙みついて放そうとしない天狗を蹴《け》り払おうとする城主を、ルーシャンは偃月刀の柄で殴り倒した。天狗から解放された城主の衿《えり》を引っ張り上げ、泣く子も震えあがって凍りつくような低い声で脅しつけた。

「その首を落とされたくなければ、兵士どもに武器を捨てさせろ」

ルーシャンの場慣れした行動力と恐喝を、遊圭は呆然《ぼうぜん》と見守るばかりだ。

城主を盾に廊下に出た三人の前に、殺気に満ちた新手の兵士の壁が立ちはだかる。

「遊々、銀牌《ぎんぱい》を出せ」

遊圭は言われたとおりに、手の震えをこらえつつ、衿の下から銀牌を引っ張り出した。

「ここの城主は、金椛《ジンファ》の国を朔露の暴君に売り飛ばそうとした売国奴だ！」

ルーシャンの一喝に、武器を構えた兵士らは動揺して顔を見合わせた。

「楼門関から帝都への急使であるおれたちをここで殺して、朔露の軍を引き入れようと図っている。きさまらもこの城主の一味か！　そうでないやつは武器をさげろっ」

血に染まった悪鬼のような偉丈夫の恫喝《どうかつ》と、遊圭が突き出した銀牌に、兵士の何人かが、慌てて構えていた剣や鉾をおろした。

「きさまらが真に帝国の兵士なら、この城に巣くう逆賊を全員捕まえろっ。褒美は思いのままだぞ」

遊圭は言われるままに、先ほど受け取った賄賂をルーシャンに手渡した。

ルーシャンは賄賂の中身を床にぶちまける。純度の高い銀の硬貨が、何十枚と音を立てて床に転がった。兵士たちの目がルーシャンの手元から床へと釘《くぎ》づけになった。

「反逆者を捕えたらこんなもんじゃない。軍鴇と鴇を隠した奴らを探し出せ！」

金目当ての兵士による反逆者狩りで、同士討ちが始まった。

ルーシャンは手際よく城主を尋問して、国内における紅椛党《ホンファ》の内通者の氏名を聞き出した。

その尋問方法については、遊圭は胡娘に部屋から連れ出されてしまったので詳細を知らない。実際、運ばれてきた軍鳩に伝書をつけて飛ばすなど、やることはいっぱいあったのだ。ただ背筋の凍る城主の悲鳴を何度か聞いた後、そっと扉の隙間から盗み見た城主は五体満足だったので、遊圭はほっと息をついた。

城主の自白から、その一族と内応に関与した官吏と豪族をすべて地下牢《ちかろう》に押し込め、かれらと対抗する土地の豪族から推された父老《ふろう》に、城代を命じる。

三日を無駄にしたが、無事に鳩を見つけ出し、伝書を飛ばせたことは収穫であった。

しかし、遊圭はまだ休めない。こうした苦労のすえ飛ばした鳩と伝書が、この先で同じような目に遭っていないか見届けるために、先を急がねばならなかった。

玄月の言葉が甦《よみがえ》る。

『金椛《ジンファ》朝廷や地方の藩鎮《はんちん》にいるかもしれない内応者、他にも切り札が――』

紅椛皇室の子孫は、中原じゅうにいる。紅椛党の一味でなくても、現王朝に不満を抱える官僚や藩鎮に、報酬や利権をちらつかせて抱き込めば、形勢を逆転させ、金椛の皇帝に王手をかけることはできるのだ。

――用心が足りない。一介の城主が皇帝への親書を開けて読むはずがないのに。怒りに我を忘れて、こっちの手の内をさらけだしてしまうなんて！

後悔を嚙みしめつつ南下するにつれて、秋は深まり日の出は遅く、日没は早くなる。

満月が日に日に痩《や》せ細り、八月の朔《さく》が近づいてくる。

北天江を船で下った二日間は、帝都に最も近い港までひたすら眠り続けた。

中原の大気はしっとりとして、どこを向いても柔らかな緑に囲まれていた。

十六、金椛暦　武帝四年　秋分　初候――雷乃《すなわ》ちおさまる――

八月一日。

田園地帯に入って三日目だ。ほとんどの田では稲刈りが終わっていたが、まだ重たげに頭《こうべ》を垂れた一面の稲穂が、風に波打つ田圃《たんぼ》も残っている。

遊圭は見覚えのある村を通り過ぎながら、首をかしげた。

「曲がるところを、間違えたのかな。来たときにこんなところ、通っただろうか」

もう帝都まで馬車なら二、三日という距離だろう。ここまでくれば、都から地方へと放射状に広がり、人口が増えて枝道も複雑になる街道を、一本か二本間違えることはあるかもしれない。

「だけど妙に懐かしい。この小川の並木は、前にも見たことがある気がする。それにしても、収穫期なのにひと気がない。田畑にもっとひとが出ていてもよさそうなものだけど」

ルーシャンと胡娘に話しかけながら遠くに視線を向けた遊圭は、街道沿いの一軒の店に見慣れた看板を見つけた。

「明々《めいめい》の薬屋だ！　ここは明々の村だ」

無意識に、見慣れた風景に惹《ひ》かれて、こちらへ馬首を向けてしまったらしい。

遊圭は馬を降りて薬屋へ駆け寄ったが、店の扉は締まり錠が下ろしてある。

「明々が店を閉めるなんて。何かあったんだろうか。胡娘、ルーシャン、明々の家に寄ってみる」

遊圭はふたりの返事を待たずに、明々の家に急いだ。

丸太を組んだ門をくぐって、遊圭は明々の名を呼びながら玄関に駆け込んだ。

「遊々！」

土間で片づけ物をしていた明々は、驚いて飛び上がった。

「いつの間に帰ってたの！　ってそれより、今日みたいな日に出歩いちゃだめでしょ！　帝が出した布告を聞かなかったの？　なんか天変が起きるかもしれないから、災いを避けるために、仕事を休んで外に出ないようにって厳しく言われてるのよ。国中がお休みなんだから！」

早口でまくしたてる明々の顔を、遊圭はじっと見つめる。遊圭の頰がだんだんとゆるみ、見開いていた目が細くなる。遊圭はうしろへ振り向いた。

「胡娘！　ルーシャン！　間に合った！　間に合ったんだ！」

遊圭は明々の手を取って小躍りしたのち、胡娘に抱き着いてくるくる回った。

その騒ぎに、明々の両親と弟の阿清《あせい》が奥から出てきて、突然の珍客に目を丸くした。

明々の母親など、並外れた体格と、炎のような赤髪、ここのところ手入れができず伸び放題のあごひげ、そして恐ろしげな染みに覆われた甲冑《かっちゅう》をまとった異国人を目にして、腰を抜かした。地獄からの使者、牛鬼と思い込み、土下座して自分や夫の命乞《いのちご》いをする。

遊圭が胡娘とルーシャンを明々の家族に紹介しようとしたそのとき、すうっと日が翳《かげ》った。

「あれ、さっきまで晴天だったのに。雲が出てきたのかしら」

明々は手を拭《ふ》きながら外へ出て、空を見上げた。額に手をかざして目を細める。

「明々、太陽を見たらだめだ。目が潰《つぶ》れてしまう！」

遊圭は急いで明々を台所に引き戻した。

砂漠や高地で目を保護するために使っていた青紗《せいしゃ》の頭巾《ずきん》を広げ、折り重ねて外に出る。

紗布越しに見た太陽は、齧《かじ》られた饅頭《まんじゅう》のように端が欠けていた。

「何、何が起きてるの？」

明々とほかの者も、何事かといぶかしみつつ、あとに続いて出てきた。

じわじわと欠けていく日輪を、遊圭の青紗越しにのぞき込んだ明々とその家族は、畏《い》怖《ふ》の念に襲われて膝《ひざ》をつき祈りを始める。

「お前さん、これを知らせたかったのか」

ルーシャンが唸《うな》るような声で言った。

遊圭はもう話してもいいだろうと思って、深い息を吐いた。

「五十年前、紅椛《ホンファ》党は天官書の一切を盗んでこの国から逃げたから、金椛《ジンファ》の天子は正確な天変の予測ができなくなってしまった。今日の日蝕《にっしょく》は特に、皆既日蝕と呼ばれるもので、これを予言できなかったら、今上《きんじょう》帝は責任をとり、玉座を降りなくてはならなかっただろう。でも、皇太子はまだ幼い。朔露国があちこちに戦争をしかけているこのときに皇族同士が争えば、この国は滅んでしまうかもしれない。だから、玄月も、わたしも、どうしても、この日にこれが起きることを、帝《みかど》に伝えなくてはならなかったんだ」

遊圭は地面にへばりついて祈る明々の両親に、家の中に入るように言った。

「祈っても祈らなくても、二刻もすれば終わるから、安心して。もう少し暗くなったら、星が見えるようになる。とても神秘的な眺めだそうだよ」

明々は急におとなしくなって、遊圭の隣にきて肘《ひじ》につかまった。

「ねえ、あれ、太陽が魔物に食べられているわけじゃないよね。ちゃんと元通りになるのよね」

遊圭の頬に和やかな笑みが浮かぶ。

「大丈夫、いままでも日蝕は何度も起きているけど、いつも元通りになる」

「日蝕って、月の蛙が太陽に棲《す》んでいる三本足の金烏《きんう》を食ってしまうんだけど、熱くてまた吐き出してしまうんだよね」

阿清が村の古老から仕入れた知識を披露した。

「西方では、魔人が太陽を呑《の》んでは吐き出すと言われているぞ」

遊圭は微笑した。中原の伝説の方が真実に近い。日蝕とは、太陽の前を通り過ぎる月に遮られてできる影ではないか、と太史監《たいしかん》の学者たちは考えている。だがどうしてそうなるのかということは、説明できない。

「だけど、本当に大丈夫なのかな、なんか悪いことの前兆じゃないのか」

阿清は怯《おび》えを含んだ声で念を押した。野良《のら》仕事や行商を手伝う阿清は、すっかり逞《たくま》しくなって、遊圭よりも年下なのに背が高く、肩も胸も厚い。

遊圭は安心させようと微笑を浮かべて説明する。

「月が太陽の前を通るだけだよ。怖かったら家に隠れていてもいいけど、むしろ一生に一度見られるかどうかの天の祭だから、最後まで見ていたいくらいだよ」

半刻《とき》もするうちに、太陽の三分の一が欠けて、あたりは薄暗くなってくる。空気もひやりとしてきた。

時の過ぎるのも忘れてみなが見守るうちに、日輪は半分以上虧《か》け、明るい星が濃さを増した空に姿を現す。

「すごい……」

明々が感に堪えない声でつぶやいた。

無限とも思えるほどに時が移り、いつしか太陽は弓張の月のように細くなり、藍色《あい》の空に星がまたたき始めた。

やがて、月はその背後に太陽をすっぽりと隠してしまった。藍色の闇を背景に、暗黒の円を黄金の光輪が縁取る。地上は夜のごとく暗く、気温も下がり、だれもが肌寒さを覚えて身震いした。

「きれい」

青紗の幕をのぞき込んで、明々がつぶやいた。遊圭も直視しないように目の隅に捉《とら》えた金環蝕は確かに美しく、この真理と摂理を求めて、楊老人とその父親が一生を捧《さき》げた理由が、少しわかるような気がした。

誰もが不安を抱えながら、暗い空に輝く金環と星々を見上げているうちに、じわじわと太陽がふたたび姿を現し始める。

月が二十九と半日をかけて行う満ち欠けを、太陽はたったの二刻で終えてしまった。

遊圭は楊老人の山小屋で見上げた満天の星を思い出す。

夏沙王都では、この金環蝕はどのように見えたのだろうか。楊老人は、自分の予言が見事に当たって、正気を取り戻しただろうか。

気がつけばすでに夕刻となり、何事もなかったように秋の青空は高く、涼風が吹き、虫の音が草の蔭《かげ》から聞こえてくる。

終章　金椛暦　武帝四年　寒露　末候――菊花咲きそめる――

金椛《ジンファ》帝国の宮城には、重陽の節句のために、帝国全土から献上された菊の花が文字通りあふれかえっていた。大輪の菊花は、庭園のみならず通路や回廊まで並べられ、宮城全体が隅々まで黄金を敷き詰めた天上楽土を思わせる。

その黄金の露に、仕立てたばかりの最正装の裾《すそ》を濡《ぬ》らさないように注意して、星遊圭は紅椛《こうか》門へと向かった。

外朝と内廷《ないてい》を隔てる正門の扁額《へんがく》を見上げて、遊圭は嘆息した。去年の初秋にこの門を出たときには、門の名がどこからきたのか、何の知識もなかった。あったとしても特に関心も覚えなかったであろう。

金椛の初代皇帝は、何を思って先の王朝の名をここに残したのだろう。

定期的に塗り替えられる壁の白い漆喰《しっくい》と、柱の赤い丹《に》、陽元の即位時に葺《ふ》き替えられた黒い屋根瓦《やねがわら》は、この建造物の歴史を誰にも語ることはない。

遊圭が帝都に帰還し、この紅椛門をくぐって陽元に復命してから、早くもひと月以上が経っていた。

日蝕の四日後に帝都に帰還した遊圭は、その足で宮城へ向かった。宮城の正門で門兵に銀牌を見せ、皇帝への謁見を申し込むと、たちどころに陽元の住居である紫微宮へと通された。

公務を終えてくつろいでいた陽元は、居間に通された遊圭を見て驚き、喜びの声を上げて駆け寄った。拝跪叩頭《はいきこうとう》しようと膝をつく遊圭の肩を、抱き着かんばかりにつかみ、その顔をのぞきこむ。

「遊々、シーリーン。よくぞ戻った。そなたまで紅椛軍《ホンファ》との戦に参戦したと紹《しょう》から聞いて、ひどく心配したぞ。無理して帰京したのではないか。こんな変わり果てて」

陽元が口にした玄月の諱《いみな》から、遊圭は玄月がすでに生還していたことを察した。

「玄月さん、無事に戻られたんですね」

遊圭は安堵《あんど》の息を込めて訊《たず》ねた。

「うむ。日蝕の前夜に、そなた以上のやつれぶりでな。声を聞かなければ本人とは見分けられないほどの面相になっていた。また私が後宮中の女官から恨まれる」

陽元は帯から引き抜いた笏《しゃく》で、困り果てたというように自分の額をひたひたと叩《たた》いた。

「身体の方も、かなり衰弱してしまったので、陶太監《たいかん》の家で静養させている。身体が回復しても、見た目も元通りになるまでは出仕不要と言いつけておいた。あの仕事の虫には、つらいことであろうがな。現場復帰のために、必死で養生に励むことだろうよ」

陽元はうまい冗談でも口にしたように、にやりと笑う。

父親の陶名聞司礼《めいぶんしれい》太監の自宅ならば、玄月にとっては実家だ。不自由はないだろう。

「そなたもすっかり人相が変わってしまったぞ。遊々にまで何かあったら、玲玉《れいぎょく》に一生恨まれてしまう。なぜまた紅椛軍《ホンファ》との戦など、自分から危険に飛び込むのだ」

それは、間諜《かんちょう》のごとき任務を命じて、砂漠の彼方《かなた》の遠国に、遊圭を送り出した張本人の言葉として適切なのか。

「まったく、遊々には、麗華の話し相手と天官書の判別以外のことをさせてはならぬ、絶対に危険な仕事はさせてはならぬと、紹にはあれほど厳しく言いつけておいたのに」

そんな話は聞いてない上に、それ以外、いやそれ以上の仕事も、たくさんさせられたのだが。

だが、紅椛軍を出し抜き玄月に警告を与え、その後の戦闘にも参加したのは、遊圭の独断だ。

「わたしが北と西から楼門関に結集しつつある紅椛軍の動向を知ったのは、玄月さんが夏沙の王宮を発《た》ったあとのことですから、玄月さんの責任ではありません。誰かが知らせに走らなくてはならなかったのですし、もし玄月さんに何かあったら、代わりに帝都に日蝕の日時と紅椛軍の侵攻を知らせる人間が、ひとりでも多く必要だったでしょう」

それを聞いた陽元は、遊圭の顔をじっと見つめる。大きな目を潤ませて義理の甥《おい》の肩を引き寄せ、しっかりと抱きしめた。

「本当に、よくやってくれた。そなたらの飛ばしてくれた鳩のおかげで、日蝕前に天変を予言し、ほぼ金椛《ジンファ》全土に布告を出すことができた。古式に則《のっと》った祭祀《さいし》も行い、災いも避けられた——だが、真に命を賭《と》して帝国を救ってくれたのは、そなたらだ」

涙ぐみながら、満面の笑みで賞賛を惜しまぬ陽元に、遊圭はかえって羞恥心《しゅうちしん》を覚えた。

「いえ、あの、胡娘と、それからルーシャンが守ってくれなくては、夏沙の都から五里も進めなかったと思います。途中で、ほんとに、何度も、死ぬほど、危険な目に遭って。だけど、そのたびに——」

急に、胸が苦しく迫り、まぶたが熱くなる。遊圭は歯を食いしばると、うしろに控えていた胡娘とルーシャンを右手で示した。

「おお、ルーシャンとやら。よく我が甥を敵の軍勢から守り通し、熱砂と風塵《ふうじん》の七千里を連れ帰ってくれた。礼を言う。褒美は望みのままにとらせよう」

皇帝に対する作法を知らないわけではないが、これまで一度も行う必要のなかったルーシャンは、陽元の気さくさに押されて、膝《ひざ》をついたまま呆然《ぼうぜん》としている。

「皇帝の、甥？　遊々が？」

叩頭拝も、名指しされて前に膝行《しっこう》することも忘れて、ルーシャンは遊圭と陽元の顔を見比べる。

「遊々は我が皇后の甥である。ゆえに私には義理の甥にあたる。我が皇太子にとって、唯一の貴重な親族だ」

陽元は自ら歩み寄り、武骨な傷だらけのルーシャンの手を両手で包み込むようにして立ち上がらせた。

「おお、すばらしい手をしている。そなたはまさに、まことの武人で、戦士なのだな。そのうち手合わせを願いたいものだ。近いうちに席を設けさせるゆえ、異国の話を聞かせてくれ。まずはゆっくりと休息をとるがいい」

ルーシャンは恐縮するほかにどうすることもできず、いつもの磊落《らいらく》さや軽口は喉《のど》の下あたりで堰《せ》き止められてしまっている。思い出したように膝をついたものの、陽元に肘《ひじ》をつかまれ、榻《とう》を勧められて半ば強引に着席させられた。

陽元は遊圭と玄月の、どちらの鳩が先に着いたとは言わず、ただひたすらに、遊圭が五体満足で生還したことを心から喜んでいた。

また、紅椛《ホンファ》党と内応して軍鳩《ぐんきゅう》の中継を怠り、遊圭や玄月の復命を妨げようとした官吏や藩鎮《はんちん》は、すでに都に召喚され処罰を受け、逃亡を図った者は投獄され裁きを待っているという。

「芋づる式、というほどでもなかったが、宮廷内に潜む身中の虫も少しだが駆除できた。尻尾《しっぽ》をつかませなかった逆賊どもも、当分はおとなしくするしかあるまい。朝廷はかなり風通しが良くなったぞ」

そのためでもあるまいが、それまで無品の流外武官であったルーシャンは、遊圭を守りぬき帝都への帰還を遂げさせ、それにより国を救った恩賞として、その場で従六品上の校尉《こうい》の位を授かった。

ルーシャンはそれまで雇用主であった慶城太守《たいしゅ》に次ぐ地位に出世し、西方諸国の情勢と文化に詳しく、多言語を操る能力を見込まれて、喫緊の脅威である朔露軍防衛対策の主管として、楼門関近くの城塞《じょうさい》を任された。

八月初旬に入京したときは、わずか五人を連れての旅くたびれた武人だったルーシャンが、晩秋には下賜された新品の明光鎧《めいこうよろい》に身を包み、一万騎を率いる威風堂々たる将として皇帝に見送られ、都人の憧憬《どうけい》を浴びて朱雀門《すざく》から楼門関へと出立した。

いっぽう、遊圭の立場は非公式だったため、その奮闘は表向き誰の注意も引かなかった。遊圭自身は、公表できない公主とのかかわりや、未成年でいまだ反感を受ける外戚《がいせき》であるおのれの微妙な立ち位置を自覚していたので、恩賞としての授位授官は辞退した。

復命から療養、そして引っ越しまでの、ここ二か月の慌ただしさを回想しつつ、遊圭は紅椛門の前を素通りした。この日に用がある北斗院《ほくと》へと向かう。

北斗院は紅椛門の近くに位置する、小ぶりな庭園をもつ閑雅な書院だ。そこも菊の花一色に飾られていた。

礼部《れいぶ》の高官がすでにそこにいて、慇懃《いんぎん》な面持ちで数人の官吏や女官に、書院の内装と儀式の進行について指図している。遊圭はこの日の儀式を差配するこの官僚に挨拶《あいさつ》をし、謝礼と贈り物の入った木箱を渡したのち、待つように言われた榻に腰かける。

この日の主賓宛てに贈られた菊の鉢植えの数は多くない。主賓に親族がいないのと、交友関係が狭いのがその理由だ。

　遊圭は鉢植えに添えられた贈り主の札をひとつひとつ眺める。

『胡騎校尉《こきこうい》　康宇鹿山《コウルーシャン》』

『刑部侍郎《けいぶじろう》　蔡進邦《さいしんほう》』

『安寿殿《あんじゅ》　才人《さいじん》　蔡月香《げっか》』

『医生官《いせい》　周秀琴《しゅうしゅうきん》　周秀芳《しゅうほう》』

『鍼医《はりい》博士　馬延《ばえん》』

　蔡才人の実家からもいくつか届いている。城下の豪商である蔡才人の父親は、遊圭をすっかり気に入っている。遊圭の後見のような存在になりつつあった。

　そして、城下の隣人から三鉢。胡娘と凜々からも可憐《かれん》な小鉢が届いている。明々とその家族からも、野趣にあふれた寄せ植えの小菊の鉢が届き異彩を放っていた。

「やっぱ、来てないか――」

　ひととおり札を読み終えた遊圭は、少しがっかりした。

「まあ、そういう間柄じゃないから、な。こっちだって見舞いは出さなかったし――」

　満開の菊が隙間なく敷き詰められた庭を、遊圭が所在なく眺めていると、皇帝一家の到着が告げられた。

　遊圭は他の臣下と同様に膝を床につき、叩頭して陽元と叔母《おば》の玲玉を迎える。四歳になる皇太子の翔《しょう》が、従兄《いとこ》の遊圭を見つけて走り寄ろうとしたが、乳母に妨げられて必死にもがいている。

拝礼と形式通りに口上を受けたのち、陽元は上機嫌で遊圭に話しかけた。

「遊々。久しぶりだな。帰国の復命以来一度もこちらに顔をだしてなかったろう」

「いろいろと、取りまぎれておりまして。体調も崩しておりましたし」

遊圭は跪拝《きはい》したまま言い訳をする。思いつきで頻繁にご機嫌伺いに訪《おと》なえるような親戚ではないのだから、陽元の言い分の方が無理難題というものだ。

遊圭は今日のような個人的な儀式を、皇帝自ら主宰してもらったことに、感謝の言葉を述べる。

堅苦しいことの嫌いな陽元は、公私の私の部分では極力儀礼ばったことを省こうとする。このときも遊圭の口上が終わるなり本題に入った。

「まあいい、今日の主役がいつまでも膝をついていては体裁が悪い。さっさと儀式をすませて宴席に移らねば、幼子らがいつ暴れだすか」

遊圭は言われるままに、彼のために用意された椅子に腰かけた。

礼部の官僚が遊圭の総角《あげまき》を解いて櫛《くし》を通し、頭頂で髻《もとどり》に結い上げた。遊圭は心臓をどきどきさせながらあごを上げる。陽元が近侍から手渡された小冠を遊圭の髻にかぶせて笄《こうがい》を挿し、固定した。さらにあごの下で紐《ひも》を結んでもらう間、遊圭は陽元の肌や服に息がかからぬよう、呼吸を止めてじっとしていた。

無事に加冠《かかん》の儀を終えると菊酒がふるまわれ、菊を使った菓子などが出された。

儀式を取り仕切った外臣は退席し、北斗院は身内と内廷から連れてきた近侍のみとなり、くつろいだ空気となった。

頭に載せた儀礼用の冠のすわりが気になって、両側から子どもたちに遊びをねだられても遊圭は首を傾けることができない。子どもたちは胡娘に外へ連れ出され、菊を荒らさないよう玲玉に注意されながら、庭園で近侍たちとかくれんぼを始める。

「麗華《れいか》から、そなたあてに書簡が届いている」

陽元から手渡された文箱《ふばこ》を開けば、ふわりと白檀《びゃくだん》の香りが立ちのぼる。

開封されていない手紙に、遊圭は陽元の配慮に感謝した。


――無事に帰京されたと聞き、安心しています。

お兄さま、玲玉お姉さま、翔太子と瞭皇子もお元気と伺って喜んでいます。

それにしても、一度も便りを寄こさない遊々の薄情さにはちょっとあきれているのだけど、元気でいるの？　明々とは仲良くやっている？

わたくしは元気だから安心して。イナールさまはお優しいし、他のお妃方《きさき》も敬意をもって接してくださるのでなんとかやっています。

あなたたちが去ってから、紅椛人《ホンファ》は宮廷に居づらくなって、退職したりほかの都市へ引っ越したりしてしまいました。金椛語《ジンファ》の話せる女官が減って寂しいけど、何人かは残ってくれたので近侍として取り立てました。

陳叔恵妃《ちんしゅくけい》は、隣の都市へ荘園を賜ってヤスミンとともに移りました。実家が豪《ごう》氏について出奔した以上、後ろ盾もなく後宮に居続けるのもつらいでしょうし、無理には引き留めなかったわ。

豪家の陰謀で嫁がされたのに、本当にイナール王を愛してしまったせいで、夫には秘密を抱え、実家には背くことになって、お気の毒としか言いようがないわね。ヤスミンはいまでも、前後の道理がわからず周りに当たり散らして、叔恵妃は苦労しているみたいです。何も知らされないまま、とばっちりだけ受けたんだから、ヤスミンの気持ちもわからなくもないけどね。

叔恵妃のヤスミンへの仕打ちはひどすぎるとは思うのだけど、我が子を愛しているのも確かなんでしょうし、それが伝わらないのも気の毒で、母親に打たれたことすらないわたくしには、母と子のどちらに同情していいのかわかりません。

ひとつだけわかったことは、何度言い聞かせても道理のわからない者には、打ったり脅したりしても通じないということかしら。自分に非があることすらわからないのだから、厳しく罰したところで逆に恨まれるだけのようです。遊々も、そのうち他者を使う立場につくでしょうから、そのことは覚えておいた方がいいと思います。

わたくしもイナールさまのお子を授かったら、いろいろ悩むのでしょうね。でも、授かるのが男子だったら、しつけ以上に王位継承問題で揉《も》めて、心労が増えそう。できたら女の子を授かりたいものです。

菫児《きんじ》の手足はかなり回復しました。玄月から見舞いの手紙と品が届いたせいか、いまでは機嫌よく杖《つえ》を突きながら近侍の仕事をこなしています。全快するまで休んでいいと言っているのだけど、動いた方が早く良くなるといって聞きません。わたくしの周りには頑固者が多くてほんとに疲れるわ。

仕方ないので食器も調度もみな、金属と木製のものに替えました。陶器や硝子《ガラス》の食器を壊されてはたまりませんからね。玄月にはいつ迎えにきてもいいけど、急がなくていいと伝えておいて。菫児は不器用な子だけど、声がきれいなので歌を習わせているの。才能が花開くまで見守っていたいから。

あと、黄小香《こうしょうきょう》から楊老人の訃報《ふほう》が届きました。秋分の日の三日後にお亡くなりになったそうです。予言が見事に当たって、大往生だったそうよ――


遊圭はそこまで読んで手紙を置いた。

いろいろな記憶が甦《よみがえ》って、頭も胸もいっぱいいっぱいになってしまったのだ。

陽元と玲玉が、微笑みながらこちらを見ていた。遊圭はどんな顔で手紙を読んでいたのかと恥ずかしい気持ちになる。

「遊々は、来年は童試《どうし》を受けるのか」

童試とは、高級官僚への登竜門、その第一関門である国士《こくし》太学《たいがく》の入学試験のことだ。受験希望者は十代から三十代までの男子が大半を占めるが、ときに白髪になるまで受験し続ける学生もいる。

陽元としては、後宮に玄月、遊圭が朝廷で官僚として出世してくれれば、内と外において、これ以上心強いことはないだろう。その期待がわからない遊圭ではないが、即答はできなかった。

陽元の問いに、遊圭は軽く咳払《せきばら》いして答える。

「まだ、決めてません。楊老人の何かに取り憑《つ》かれたような天文学への希求心と、生涯を費やしてもたどり着けない真理の深さを思い出すたびに、自分は何を学びたいのか、そこに自分の道はあるのかと考えてしまいます。ただ積み上げた書物を片端から学んで覚えることの意味が、わからなくなるのです」

玲玉が軽く身を乗り出す。

「遊々、自分の好きなようになさい。医薬も天文も、あなたが学んできたことはすべて、ひとびとのために役立っています。立身出世のためでなく、そのときそのとき必要な知識や体験を積み重ねて、あなたの見聞が豊かになれば、それがあなたの財産ですよ」

叔母の言葉が胸に沁《し》みて、遊圭はただうなずき返した。陽元はしんみりとした空気に頓着《とんちゃく》せず、朗らかに話題を変える。

「そういえば玲玉、元服したのだから、もう遊々ではおかしいだろう。遊圭というのは諱《いみな》か」

「え、そうだと、思いますけど」

いきなり問われた遊圭は、戸惑いつつ答える。病弱な体に生まれついた遊圭の延寿を祈るまじないのため、両親はかれの生年を戸籍に記載せず、諱の話もしたことがなかった。親には他の名で呼ばれた覚えがないので、遊圭はそれが自分の諱だと思っていた。字《あざな》を持つとしたら、兄の伯圭《はくけい》に続いて仲圭《ちゅうけい》と呼ばれていただろう。だが、確かに二字の諱は珍しい。

「遊々の諱は『游《ゆう》』です。主上《しゅじょう》」

玲玉の発言に、遊圭は驚いて叔母の顔を見つめた。

「兄夫婦が長男の伯圭の字を選んでいた時に、遊々は自分もそう呼ばれたがったので、そのとき一緒に遊圭という字を選んだのです。体の弱かった游が……無事に成人するようにと、願いを込めて」

それでは親までが息子を字で呼んだ理由にはなり得ない。むしろ、字を持つまで生き永らえないだろうとの絶望から、両親は幼い次男を成長したものとして、字で呼ぶことにしたのではないだろうか。

一瞬言い淀《よど》んだ玲玉のためらいに、遊圭は両親のそんな本音と願いを聞き取った気がした。

「そうか、ではこれからは堂々と字を名乗るといい」

「はい」

陽元の言葉に遊圭は立ち上がり、丁寧な揖《ゆう》を叔母夫婦に捧《ささ》げた。

星遊圭は、年が明ければ十六歳となる。

太陽暦／太陰暦　対比表

年代	太陽暦	太陰暦	節記
武帝三年	12月22日	11月21日	冬至　初候
	12月27日	11月26日	次候
	1月1日	12月2日	末候
	1月6日	12月7日	小寒　初候
	1月11日	12月12日	次候
	1月15日	12月16日	末候
	1月20日	12月21日	大寒　初候
	1月25日	12月26日	次候
	1月30日	1月2日	末候
	2月3日	1月6日	（節分）
武帝四年	2月4日	1月7日	立春　初候
	2月9日	1月12日	次候
	2月14日	1月17日	末候
	2月19日	1月22日	雨水　初候
	2月24日	1月27日	次候
	3月1日	2月2日	末候
	3月6日	2月7日	啓蟄　初候
	3月11日	2月12日	次候
	3月16日	2月17日	末候
	3月21日	2月22日	春分　初候

武帝四年

3月26日	2月27日		次候
3月31日	3月3日		末候
4月5日	3月8日	清明	初候
4月10日	3月13日		次候
4月15日	3月18日		末候
4月20日	3月23日	穀雨	初候
4月26日	3月29日		次候
5月1日	4月4日		末候
5月6日	4月9日	立夏	初候
5月11日	4月14日		次候
5月16日	4月19日		末候
5月21日	4月24日	小満	初候
5月27日	4月30日		次候
6月1日	5月5日		末候
6月6日	5月10日	芒種	初候
6月11日	5月15日		次候
6月17日	5月21日		末候
6月22日	5月26日	夏至	初候
6月27日	6月2日		次候
7月2日	6月7日		末候
7月8日	6月13日	小暑	初候
7月13日	6月18日		次候
7月18日	6月23日		末候

年代	太陽暦	太陰暦	節記
武帝四年	7月23日	6月28日	大暑 初候
	7月28日	閏6月3日	次候
	8月3日	閏6月9日	末候
	8月8日	閏6月14日	立秋 初候
	8月13日	閏6月19日	次候
	8月18日	閏6月24日	末候
	8月24日	7月1日	処暑 初候
	8月29日	7月6日	次候
	9月3日	7月11日	末候
	9月8日	7月16日	白露 初候
	9月13日	7月21日	次候
	9月18日	7月26日	末候
	9月23日	8月1日	秋分 初候
	9月29日	8月7日	次候
	10月4日	8月12日	末候
	10月9日	8月17日	寒露 初候
	10月14日	8月22日	次候
	10月19日	8月27日	末候
	10月24日	9月2日	霜降 初候
	10月31日	9月9日	（重陽）

あとがき

篠《しの》原《はら》悠《ゆう》希《き》

お読みいただき、どうもありがとうございました。

本書をお買い上げくださった読者の皆様、素敵な装画を描いてくださった丹地《たんじ》陽子《ようこ》様、本作のシリーズ化にご尽力いただいた担当編集者様に、心からの感謝を申し上げます。

金椛《ジンファ》国は架空の王朝です。行政や後宮のシステム、度量衡などは唐《とう》代のものを、風俗や文化は漢《かん》代のものを参考にしております。

なお、作中の薬膳《やくぜん》や漢方などは実在の名称を用いていますが、呪術《じゅじゅつ》と医学が密接な関係にあった、古代から近世という時代の中医学観に沿っていますので、必ずしも現代の東洋・西洋医学の解釈・処方とは一致しておりませんということを添えておきます。

参考文献

『星の古記録』斉藤国治　岩波新書
『興亡の世界史　シルクロードと唐帝国』森安孝夫　講談社学術文庫
『文明の十字路＝中央アジアの歴史』岩村忍　講談社学術文庫
『騎馬民族史　2――正史北狄伝』佐口透・山田信夫・護雅夫訳注　東洋文庫　平凡社
『安禄山と楊貴妃　安史の乱始末記』藤善真澄　清水書院
『世界史リブレット人018　安禄山「安史の乱」を起こしたソグド人』森部豊　山川出版社
『山海経』高馬三良訳　平凡社
『霊枢』新釈・小曽戸丈夫　たにぐち書店
『20世紀暦』日外アソシエーツ編集部編　日外アソシエーツ
『暦の百科事典　2000年版』暦の会編　本の友社

本書は書き下ろしです。
この作品はフィクションです。実在の人物、団体等とは一切関係ありません。

幻《げん》宮《きゅう》は漠《ばく》野《や》に誘《いざな》う

金《きん》椛《か》国《こく》春秋《しゅんじゅう》

篠《しの》原《はら》悠《ゆう》希《き》

平成30年 4月25日　初版発行

発行者●郡司 聡

発行●株式会社KADOKAWA
〒102-8177　東京都千代田区富士見2-13-3
電話 0570-002-301（ナビダイヤル）

角川文庫 20896

印刷所●株式会社暁印刷　製本所●株式会社ビルディング・ブックセンター

表紙画●和田三造

ISBN978-4-04-106596-9　C0193

角川文庫発刊に際して

角川源義

第二次世界大戦の敗北は、軍事力の敗北であった以上に、私たちの若い文化力の敗退であった。私たちの文化が戦争に対して如何に無力であり、単なるあだ花に過ぎなかったかを、私たちは身を以て体験し痛感した。西洋近代文化の摂取にとって、明治以後八十年の歳月は決して短かすぎたとは言えない。にもかかわらず、近代文化の伝統を確立し、自由な批判と柔軟な良識に富む文化層として自らを形成することに私たちは失敗して来た。そしてこれは、各層への文化の普及滲透を任務とする出版人の責任でもあった。

一九四五年以来、私たちは再び振出しに戻り、第一歩から踏み出すことを余儀なくされた。これは大きな不幸ではあるが、反面、これまでの混沌・未熟・歪曲の中にあった我が国の文化に秩序と確たる基礎を齎らすためには絶好の機会でもある。角川書店は、このような祖国の文化的危機にあたり、微力をも顧みず再建の礎石たるべき抱負と決意とをもって出発したが、ここに創立以来の念願を果すべく角川文庫を発刊する。これまで刊行されたあらゆる全集叢書文庫類の長所と短所とを検討し、古今東西の不朽の典籍を、良心的編集のもとに、廉価に、そして書架にふさわしい美本として、多くのひとびとに提供しようとする。しかし私たちは徒らに百科全書的な知識のジレッタントを作ることを目的とせず、あくまで祖国の文化に秩序と再建への道を示し、この文庫を角川書店の栄ある事業として、今後永久に継続発展せしめ、学芸と教養との殿堂として大成せんことを期したい。多くの読書子の愛情ある忠言と支持とによって、この希望と抱負とを完遂せしめられんことを願う。

一九四九年五月三日

後宮に星は宿る

金椛国春秋

篠原悠希

この無情なる世の中で、生き抜け、少年!!

大陸の強国、金椛国《きんかこく》。名門・星家《せいけ》の御曹司・遊圭《ゆうけい》は、一人呆然と立ち尽くしていた。皇帝崩御に伴い、一族全ての殉死が決定。からくも逃げ延びた遊圭だが、追われる身に。窮地を救ってくれたのは、かつて助けた平民の少女・明々《めいめい》。一息ついた矢先、彼女の後宮への出仕が決まる。再びの絶望に、明々は言った。「あんたも、一緒に来るといいのよ」かくして少年・遊圭は女装し後宮へ。頼みは知恵と仲間だけ。傑作中華風ファンタジー！

角川文庫のキャラクター文芸

ISBN 978-4-04-105198-6